I0573246

SOCCORRERE SIDNEY

Armi & Amori: verso il futuro, Libro 3

SUSAN STOKER

__Also by Susan Stoker__

__Armi & Amori: verso il futuro__
Soccorrere Caite (1 Marzo)
Soccorrere Brenae (15 Marzo)
Soccorrere Sidney (15 Aprile)
Soccorrere Piper (1 Giugno)
Soccorrere Zoey
Soccorrere Avery
Soccorrere Kalee
Soccorrere Jane

__Delta Force Heroes__
Salvare Rayne
Salvare Emily
Salvare Harley
Il Matrimonio di Emily
Salvare Kassie
Salvare Bryn
Salvare Casey
Salvare Sadie
Salvare Wendy
Salvare Mary
Salvare Macie
Salvare Annie (Feb 2022)

__Armi e Amori__
Proteggere Caroline
Proteggere Alabama
Proteggere Fiona
Il Matrimonio di Caroline
Proteggere Summer
Proteggere Cheyenne

Proteggere Jessyka
Proteggere Julie
Proteggere Melody
Proteggere il Futuro
Proteggere Kiera
Proteggere i figli di Alabama
Proteggere Dakota

Forze Speciali alle Hawaii

Trovare Elodie
Trovare Lexie
Trovare Kenna (19 Oct 2021)
Trovare Monica (10 Maggio 2022)
Trovare Carly
Trovare Ashlyn
Trovare Jodelle

Mercenari di Montagna

Difendere Allye
Difendere Chloe
Difendere Morgan
Difendere Harlow
Difendere Everly
Difendere Zara
Difendere Raven

Ace Security

Il riscatto di Grace
Il riscatto di Alexis
Il riscatto di Bailey
Il riscatto di Felicity
Il riscatto di Sarah

CAPITOLO 1

Decker "Gumby" Kincade parcheggiò nei pressi dell'ufficio del veterinario e non riuscì a trattenere un sorriso mentre la donna che lo aveva seguito da vicino parcheggiava nel posto a fianco. La Honda Accord tutta ammaccata sembrava aver visto giorni migliori, ma lei non sembrava notare (o preoccuparsi) del fatto che producesse un bizzarro rumore sferragliante.

Non appena lui ebbe aperto la portiera del proprio pickup, lei era già lì ad aspettarlo.

"Come sta? È tutto a posto? Stava piangendo?" La donna lo investì di domande, senza dare a Gumby il tempo di rispondere.

Sidney Hale era una contraddizione. A causa della scazzottata interrotta da Gumby, la ragazza aveva un aspetto particolare: i lunghi capelli neri erano tutti scompigliati, aveva un occhio nero che le metteva ancora più in risalto le iridi azzurre, il labbro gonfio sanguinava ancora un po'; le si era strappata la maglia e aveva segni di sporco sulle mani e sui jeans.

Ma non sembrava importarle nulla del proprio aspetto:

Sidney era preoccupata per la cagnolina scossa e ferita, adagiata sul sedile del pick-up.

Gumby chiuse la portiera e fece il giro del veicolo, con Sidney che lo tallonava. "È andata bene. Non ha emesso un suono per tutta la durata del tragitto."

"Wow, è incredibile. Deve stare proprio male!" esclamò Sidney. "Non posso credere che quello stronzo l'abbia maltrattata in quel modo. Sei sicuro che qui siano bravi? Forse dovremmo portarla dal veterinario dove vado di solito."

Gumby la ignorò mentre apriva la portiera del lato passeggero e si chinava per prendere in braccio delicata-mente la cagnolina che lui aveva deciso di chiamare Hannah. Proprio com'era successo poco prima, il pitbull non cercò di morderlo né gli mostrò alcun tipo di aggressività... però *stava* tremando. "Tranquilla, piccola," mormorò Gumby mentre chiudeva la portiera del pick-up con un colpo di fianco.

Guardò Sidney mentre si dirigeva verso la porta dell'edifi-cio. "I veterinari qui sono bravissimi... Rilassati, Sidney."

Sembrava che lei fosse sul punto di dire qualcosa, ma dato che si trovavano in prossimità della porta lei si affrettò ad aprirla. Gumby aprì bocca per informare la receptionist dell'emergenza, ma Sidney lo bruciò sul tempo.

"Abbiamo un cane ferito, ci serve subito un veterinario!"

La receptionist si alzò e fece cenno di seguirla. Gumby rimase sorpreso quando Sidney gli appoggiò una mano sulla parte bassa della schiena e finì per incollarglisi a un fianco mentre entravano nel piccolo ambulatorio.

"Tra poco verrà un'assistente per registrare le vostre infor-mazioni e visitare il vostro animale."

"Oh, ma lei è..."

"Grazie," rispose Gumby, interrompendola.

Quando la signora uscì dalla stanza, Sidney si voltò verso di lui con aria arrabbiata. "Perché mi hai interrotta?"

"Non voglio che pensino ad Hannah come una randagia o che nessuno la voglia, perché non è così."

Sidney aprì la bocca per rispondere, ma fu interrotta dall'arrivo dell'assistente veterinaria.

"Ho sentito che abbiamo un'emergenza, cosa... santo cielo!"

Gumby appoggiò con estrema delicatezza Hannah sul tavolo rialzato e le lasciò una mano sulla testa. "Sì, è messa male."

"Ma cos'è successo?" chiese l'assistente in modo agitato.

"Me l'hanno rubata dal giardino," mentì Gumby. "Pensiamo che il tizio che l'ha rubata la stesse addestrando per farla combattere con altri cani, o qualcosa del genere. Deve averle versato qualche tipo di acido sul dorso, sembra che sia stata anche trascinata dietro una macchina... Forse stava cercando di farla correre, ma probabilmente lei non riusciva a tenere il passo."

"Povera piccola," commentò la donna a voce bassa, chinandosi per accarezzare Hannah.

La cagnolina rizzò il pelo e ringhiò sommessamente.

"Hannah," disse Gumby con tono fermo; la cagnolina smise immediatamente di ringhiare e iniziò a mugolare. "Mi dispiace," disse all'assistente. "Di solito è molto docile, ma non sappiamo cosa le sia capitato di preciso tra quando è stata rapita e quando l'abbiamo recuperata poco fa."

"Certo," gli rispose la donna. "Tornerà a fidarsi, ma ci vorrà del tempo." Diede un paio di fogli a Sidney. "Mi servono questi moduli compilati... la veterinaria arriverà tra pochi minuti." Poi si rivolse ad Hannah. "Resisti, bella. Ti rimetteremo in sesto in un batter d'occhio."

Non appena l'assistente lasciò la stanza, Sidney si rivolse a Gumby e sussurrò: "Perché le hai detto che l'avevano rubata dal tuo cortile? Che idiozia."

Gumby accarezzò Hannah sulla testolina e notò come lei

sembrasse sospirare soddisfatta e cercasse di strisciare più vicino a lui.

"E cos'avrei dovuto dire, che l'ho trovata mezz'ora fa quando eri impegnata a scazzottarti con lo stronzo che l'aveva maltrattata, che gliel'hai rubata? Pensi che questa versione dei fatti avrebbe accelerato le cure di Hannah?" Continuò prima che lei potesse rispondere a quelle domande retoriche. "No. Avrebbero voluto conoscere più dettagli e una volta ammesso di non sapere nulla della storia di Hannah, avrebbero potuto essere riluttanti a curarla. Invece, in questo modo, la cureranno subito. Tra l'altro, me la tengo."

Era da un po' che Gumby accarezzava l'idea di prendersi un cane: più precisamente, da quando aveva rischiato la vita in Bahrain durante la sua ultima missione. Si era sempre pentito di non averne preso uno, Hannah sembrava essergli caduta dal cielo. Era un segno: Gumby credeva molto a quel tipo di segnali.

"Dovremmo parlarne con la coordinatrice del gruppo di salvataggio locale con cui collaboro, avevo intenzione di portarla lì. Forniscono assistenza medica ai cani maltrattati e fanno controlli approfonditi su chi potrebbe adottarli," gli spiegò Sidney.

"Lo fai spesso?" le chiese.

"Cosa?"

"Rintracci tramite i social persone che potrebbero maltrattare animali, le spii e quando vedi che si spingono troppo oltre intervieni sfidando uomini grossi il doppio di te per salvare le creature che maltrattano?"

Senza alcuna esitazione, Sidney rispose: "Sì."

Gumby apparve sorpreso: "Davvero?"

Lei annuì. "I cani sono animali innocenti: non chiedono di essere gettati in una fossa per combattere contro un altro cane, di essere ridotti alla fame o passare la vita incatenati in un cortile. Affronterò chiunque mi sbarri la strada per salvare un animale innocente e indifeso."

"Ti sei mai messa nei guai?"

Lei sorrise. "Mi stai chiedendo se i farabutti che maltrattano gli animali mi denunciano? Beh, no. Sono tutti troppo occupati a pararsi le chiappe e nascondersi della polizia per sporgere denuncia contro di *me*."

Gumby pensò che Sidney sembrasse un po' troppo soddisfatta di sé, ma mentre lei gli spiegava come si batteva per gli animali intravide un guizzo particolare in quegli occhi chiari: senso di colpa. Voleva sapere perché e conoscere la storia di quella donna.

Entrò la veterinaria, distraendolo. La donna si mise subito al lavoro, esaminando la povera Hannah per dieci minuti e chiedendo tutte le informazioni possibili a Gumby... senza ottenerne molte. Lui le suggerì di analizzare attentamente il sangue di Hannah perché non era sicuro di cosa le fosse stato fatto da quando era stata catturata. Non era fiero delle proprie bugie, ma se fossero servite ad agevolare Hannah e a farle ottenere le cure di cui aveva bisogno e che si meritava, andava bene così.

La veterinaria confermò la loro ipotesi, sulla schiena dell'animale era stato versato una sorta di acido ed era stata trascinata. Hannah non aveva più unghie e i cuscinetti sotto le zampe erano tutti consumati. A giudicare dalla pelle, la ferita sulla schiena sembrava più grave del previsto. Probabilmente il pelo non sarebbe ricresciuto in quella zona, ma la veterinaria pensava che la ferita sarebbe guarita.

Quando la veterinaria e l'assistente fecero per portare Hannah sul retro per medicarla, Hannah smise di essere docile e ringhiò a entrambe.

Facendo un passo indietro, la veterinaria disse: "Forse dovrebbe venire con noi, finché non riusciamo a sedarla."

"Sedarla?" le chiese Gumby.

"Sì. Le faremo male per medicarle le ferite, preferirei che non soffrisse più del dovuto."

Gumby annuì immediatamente. "Certo, va bene. Entro con voi."

"Solo lei," disse la veterinaria, scoccando all'assistente un'occhiata indecifrabile per Gumby. "La sua... amica può restare fuori a compilare i moduli."

"Sid, per te va bene?" le chiese Gumby, chiamandola in quel modo senza nemmeno pensarci.

Sidney annuì. "Certo."

"Pensa che il suo cane si lascerebbe prendere di nuovo in braccio da lei?" gli chiese la veterinaria.

"C'è solo un modo per scoprirlo." Gumby si chinò e sussurrò ad Hannah: "Cosa ne pensi? Queste brave persone ti rimetteranno in sesto. Non ringhiamo contro di loro, ok?"

In tutta risposta Hannah alzò la testa e leccò la faccia di Gumby con un sonoro *slurp*.

Tutti i presenti ridacchiarono.

"Immagino che questo sia un sì." Detto ciò, Gumby prese in braccio la cagnolina e seguì la veterinaria nella stanza sul retro, la zona per gli interventi.

Mezz'ora dopo tornò nella sala d'attesa e si diresse verso Sidney, in qualche modo sorpreso di trovarla ancora lì. Una parte di lui era convinta che quella donna se la sarebbe data a gambe, una volta saputo che Hannah stava bene.

Non poté fare a meno di provare una fitta di... una sorta di emozione... quando la trovò lì ad aspettarlo. Era passato molto tempo da quando aveva affrontato un'emergenza con qualcuno al suo fianco. Certo, non avrebbe nemmeno affrontato l'emergenza di Hannah, se non avesse avvistato Sidney lottare per strada, ma non importava.

"Ehilà," le disse dolcemente mentre si sedeva accanto a lei.

"Ciao," gli rispose Sidney, passandogli subito la cartellina con uno dei moduli. "Non conosco i tuoi dati."

Gumby fissò il foglio. Notò che Sidney aveva inserito tutte le informazioni possibili su Hannah, ma aveva lasciato vuota la parte superiore, dove avrebbero dovuto andare l'indirizzo e il numero di telefono. Non poté fare a meno di constatare che lei aveva una bellissima grafia: ordinata e precisa, niente a che vedere con la propria.

Mentre Gumby tornava a concentrarsi sul modulo, Sidney gli disse: "L'assistente mi ha chiesto se stessi bene, quando sei uscito dalla stanza."

Lui sollevò lo sguardo. "Come?"

"Voleva sapere se fossi al sicuro, se mi sentivo a disagio... o minacciata."

Gumby strinse la penna che teneva in mano. "Pensava che *io* ti avessi fatto male?"

"Non essere così sorpreso," gli rispose ridacchiando. "Mi sanguina il labbro, ho la maglia strappata e tu sei un bestione."

"Non ti farei *mai* del male," disse Gumby con voce bassa e profonda, fissandola intensamente negli occhi. "Non faccio del male a donne, bambini o animali."

Il sorriso di Sidney si spense, lo guardò con altrettanta intensità. "Fai del male agli uomini?"

Lui fece spallucce. "Sì, quando se lo meritano sì."

Sidney si limitò ad annuire, sorprendendo Gumby quando non gli chiese ulteriori spiegazioni in merito, poi gli disse: "Le ho detto che abbiamo dovuto inseguire il tizio che ha preso Hannah, poi sono caduta mentre correvo e mi sono spaccata il labbro, mi sono strappata la maglia quando abbiamo dovuto scavalcare una recinzione. Non credo che se la sia bevuta, ma del resto non poteva fare altro, dato che le ho detto che stavo bene e che non eri stato tu a conciarmi così."

Gumby le portò una mano sul viso e le passò delicatamente un pollice sul labbro inferiore, proprio nel punto dove si era spaccato durante la rissa. "Stai davvero bene?"

"Sto bene," sussurrò lei.

"Decker Kincade?" chiamò una voce forte da dietro di loro, facendo trasalire sia Gumby che Sidney.

"Eccomi," disse lui, voltandosi verso la receptionist che lo aveva chiamato.

"Volevo solo assicurarmi che non se ne fosse andato," gli disse la donna con un sorriso mesto. "Si prenda tutto il tempo necessario per riempire quei moduli."

Gumby annuì e si voltò di nuovo verso Sidney. "Ho quasi finito... grazie per il tuo aiuto di oggi, lo apprezzo."

"Ehi, questo dovrei dirlo io," rispose lei.

"Mi dai il tuo numero di telefono, così potrò tenerti aggiornata sulla guarigione di Hannah?" le chiese.

Sidney sbatté le palpebre sorpresa, poi gli rispose: "Credo che tu abbia capito male. Penso che tu dovresti darmi il *tuo* numero, così posso tenere *te* aggiornato sulla guarigione."

"Se volevi il mio numero bastava chiedere, Sid," la prese in giro Gumby.

Lei non sorrise. "Dico sul serio, Decker."

Il sorriso di Gumby si spense lentamente. "Hannah è mia," le disse a bassa voce.

"Non ha senso," commentò Sidney. "Non puoi dirmi che avevi intenzione di prendere un cane prima di trovarmi... non puoi prendere una decisione del genere all'improvviso."

"Andiamo," disse lui, prendendola per mano e aiutandola ad alzarsi in piedi.

"Decker! Cosa stai..."

"Ecco i moduli," disse Gumby alla receptionist mentre le porgeva la cartellina. "Devo ancora compilare i miei dati personali, torno subito." Detto ciò, condusse Sidney fuori dall'edificio e verso il pick-up.

Si fermò accanto al proprio veicolo, leggermente sorpreso

dal fatto che Sidney non si fosse ribellata alla presa. Non appena le lasciò la mano, Sidney incrociò le braccia sul petto e lo guardò in modo torvo. Probabilmente lei cercava di intimidirlo, ma dall'alto del suo metro e cinquantasette non era molto convincente.

"Avevo tutte le intenzioni di prendere un cane," la informò, riprendendo la loro conversazione dal punto in cui si era interrotta nella sala d'attesa. "Abito in una casa di proprietà, quindi non devo preoccuparmi di alcuna restrizione per quanto riguarda il tipo di cane che posso avere. Ho un buon lavoro e guadagno bene, quindi posso permettermi di nutrirla e assicurarmi che stia bene. Sono una brava persona, Sidney. Perché non vuoi che l'adotti?"

Notò come la spavalderia di Sidney sembrò scivolarle dalle spalle; la donna si rilassò e sospirò. "Non ti conosco, ci siamo incontrati poco fa... Non è così che funzionano le adozioni."

"Guardami." Quando i loro sguardi si incontrarono, lui le disse: "Mi prenderò cura di Hannah, la vizierò fino alla nausea e farò una donazione al gruppo di salvataggio, se è questo che ti preoccupa."

"Non mi importa dei soldi," protestò lei. "Facciamo dei controlli, ci dobbiamo assicurare che chi adotti sia adatto a gestire un pitbull."

"E allora fai tutti i controlli del caso," le disse Gumby, fiducioso del fatto che né lei né quelli del gruppo di salvataggio avrebbero trovato nulla da eccepire su di lui come un buon padrone.

"Davvero?" gli chiese.

"Davvero."

Sidney gli lanciò un'occhiata scettica. "A molti non piace quando chiediamo di effettuare qualche controllo."

"Io non sono 'molti', sai," le disse Gumby, sporgendosi verso di lei mentre lo diceva.

Rimasero immobili, con i volti molto vicini. Se Gumby si fosse chinato ancora un po', avrebbe potuto baciarla.

Fu sorpreso dal suo stesso pensiero; erano mesi che non si interessava a una donna. Anzi no, da almeno un anno e mezzo...

Era passato davvero così tanto tempo? Gumby cercò di ricordare l'ultima donna con cui era uscito... ma non ci riuscì.

Quella donna ferita, suscettibile ed enigmatica gli faceva desiderare un qualcosa che non era sicuro di poter gestire: a causa del proprio lavoro, non aveva avuto molta fortuna con le donne. Il suo compagno di squadra Rocco aveva trovato una donna che non aveva problemi a stare con un SEAL della marina, ma non era un evento così comune. Gumby era spesso lontano da casa, affrontava missioni pericolose e non poteva rivelare a una fidanzata o una moglie dove andava o quando sarebbe tornato.

Avere un cane sarebbe stato complicato: avere una donna sarebbe stato ancora più difficile.

Allora perché non riusciva a smettere di pensare a che sapore avesse Sidney Hale, o a quanto sarebbe stato facile chinarsi e sfiorarle le labbra con le proprie, o ancora a quanto sarebbe stato bello sedersi con lei sul portico posteriore, guardando il tramonto sull'oceano mentre bevevano un bicchiere di vino e guardavano Hannah che scorrazzava felice sulla spiaggia?

Pazzesco.

Ma in fin dei conti Gumby aveva imparato con i compagni di squadra che doveva essere flessibile e seguire il flusso degli eventi. Diavolo, era uno dei motivi per cui aveva ottenuto quel soprannome... Era sempre stato così. Non si lasciava travolgere dalle palle curve lanciate dalla vita.

La squadra aveva iniziato a soprannominarlo Gumby[1] anche perché un giorno, durante l'addestramento di Sopravvivenza, Evasione, Resistenza e Fuga, era stato l'unico tra loro sei che era stato in grado di contorcersi a sufficienza per liberarsi dalle corde.

"Allora, mi dai il tuo numero?" le chiese.

"Così mi farai sapere come sta Hannah?" chiese Sidney.

"Anche."

Lei inarcò un sopracciglio.

"Così posso chiamarti e chiederti di uscire."

Sidney sbatté le palpebre. "Beh, che sfrontato."

"Sì."

"Fammi indovinare, le donne non ti rifiutano mai e cadono tutte ai tuoi piedi," disse lei, suonando spazientita.

"A essere sincero," le rispose, facendo un passo indietro per darle più spazio, "è davvero tanto tempo che non chiedo a una donna di uscire con me. Nessuna mi è mai interessata... fino a ora."

"Perché io?"

Gumby capì che Sidney voleva già rimangiarsi la sua stessa domanda, nel momento stesso in cui l'ebbe finita.

"Perché tu?" ripeté Gumby. "Perché sei la prima donna che mi ha colpito dopo tanto tempo. Pensavo di salvarti da un pestaggio, invece te la stavi cavando benissimo anche senza di me. Non mi aspettavo proprio che stessi lottando per salvare un cane... mi affascini e voglio saperne di più su di te."

"Oh."

Non disse nient'altro, quindi Gumby si acciglò. Accidenti, non era interessata... Si era reso ridicolo.

"Scusa," le disse dolcemente. "Ovviamente sono fuori dal giro da così tanto tempo che non so più come ci si comporta. Comunque, non stavo scherzando sul fatto dei controlli, sarò felice di fare tutto quello che viene richiesto agli altri quando vogliono adottare un animale; in questo modo, Hannah sarà mia a tutti gli effetti."

Sidney gli appoggiò una mano sull'avambraccio, il contatto pelle a pelle fu stranamente elettrizzante; lei ritrasse la mano subito dopo averlo toccato, come se avesse percepito la stessa sensazione provata da Gumby. "Non mi dispiace se mi chiami," gli disse, poi si morse un labbro. "È solo che... non credo che siamo allo stesso livello."

Gumby si accigliò di nuovo. "Non credo di voler sapere cosa intendi dire."

"Voglio dire... possiedi una casa: è notevole, in California gli immobili costano molto. Io vivo in una roulotte che ha visto giorni migliori. Non sono laureata e lavoro part-time per il parcheggio delle roulotte. Tu sembri il tipo d'uomo che ha una famiglia perfetta, una casa perfetta, un lavoro strepitoso e probabilmente al liceo sei stato votato come ragazzo dal futuro più brillante."

"Che ha rischiato di morire prima del suo ventunesimo compleanno," le disse Gumby.

Toccò a Sidney accigliarsi.

"Non me ne frega niente di dove vivi o se non hai frequentato l'università. Conosco un sacco di coglioni laureati che non hanno imparato un bel niente. Non ho mai giudicato nessuno in base a dove vive, al lavoro o ad altro che non sia la persona stessa. Da quel che ho visto nel poco tempo in cui ti ho conosciuta, non ho nulla da temere in quel senso. Se non ti interessa conoscermi va bene, non andrò fuori di testa né mi trasformerò in un corteggiatore ossessionato e deriso. Però dimmelo e basta, non cercare scuse."

Sidney lo fissò per un lungo momento prima di portare un braccio dietro di sé e prendere il cellulare. "Numero?" gli chiese a bassa voce.

Gumby glielo dettò, sospirando internamente con sollievo. Sentì il telefono vibrargli in tasca, ma non si preoccupò di tirarlo fuori per controllare. "Grazie," le disse. "Ti chiamerò non appena avrò notizie dalla veterinaria. Mi ha detto che probabilmente Hannah dovrà restare qui per qualche tempo, almeno finché non saranno guarite le ferite peggiori... poi potrò portarla a casa."

"Ok."

"Anche se rischio di minare le mie possibilità di tenermi Hannah con questa confessione, devo dirti che non ne so molto sui cani. Posso contare sul tuo aiuto?"

"Ci tieni davvero a tenerla?"

"Sì."

"Allora sì, ti aiuterò."

"Grazie." Gumby si voltò a guardare l'edificio prima di riportare lo sguardo in quello di Sidney. "Ora devo tornare e convincerli che non ti sto picchiando e che sono perfettamente innocuo."

Sidney sorrise. "Ho beccato due di loro sbirciare dalla finestra, probabilmente per assicurarsi che tu non mi stessi prendendo a pugni."

Gumby rimase serio. "Non fai ridere."

Sidney alzò gli occhi al cielo. "Beh, comunque ora devo tornare a casa e darmi una ripulita. Sono sicura che il mio capo mi deve dare una lista bella lunga sulle faccende da sbrigare questo pomeriggio."

Gumby annuì e si avvicinò a Sidney, che non indietreggiò (non che potesse andare tanto lontano, dietro di lei c'era il pick-up). Lui le sfiorò delicatamente con un pollice il segno nero che le si stava formando sotto l'occhio. "Mettici del ghiaccio per cercare di impedire la formazione di qualche livido."

"Sarà fatto."

Costringendosi ad allontanarsi da lei, Gumby indietreggiò in direzione dell'edificio. "Guida con prudenza."

"Anche tu."

Poi lui si girò e si diresse rapidamente verso le porte dello studio del veterinario. Con una mano sulla maniglia della porta, si voltò e guardò Sidney uscire dal parcheggio e immettersi nel traffico.

Il SEAL non riusciva a smettere di sorridere mentre rientrava nello studio per finalizzare il pagamento e assicurarsi che conservassero le sue informazioni per il futuro; aveva la sensazione che la sua vita avesse preso una direzione completamente nuova.

Sidney pensava che loro due non fossero allo stesso livello, aveva ragione: Gumby aveva la sensazione che lei fosse avanti anni luce, rispetto a lui. Ma non aveva intenzione di rinunciare a lei senza lottare; era passato troppo tempo dall'ultima volta che aveva provato anche il minimo interesse di conoscere una donna nel modo in cui voleva conoscere Sidney. Lei lo aveva sorpreso e impressionato: per uno come lui, era un avvenimento decisamente raro.

Chissà come avrebbero reagito i suoi compagni di squadra scoprendo che nel tempo di una pausa pranzo Gumby era passato dall'essere uno scapolo incallito a essere padrone di un cane, e forse anche fuori dal giro dei single.

CAPITOLO 2

Più tardi, quel pomeriggio, Sidney si trovava sdraiata sotto una grande roulotte e trafficava con un tubo dell'acqua gocciolante. Nel frattempo, ripensava a tutto quello che le era successo prima, le sembrava quasi che fosse accaduto a qualcun altro.

Si era abituata alla sua vita, si era creata una routine che per molti versi era confortante; nulla di troppo emozionante, ma almeno era rassicurante. Non sapeva bene come fosse diventata una soccorritrice di cani, non l'aveva pianificato... ma visto com'era cresciuta, non poteva dirsi troppo sorpresa.

"Ehi, Sid! Sei lì sotto?" la chiamò una voce.

Sidney rispose sorridendo: "Sì! Arrivo subito!" Finì di stringere i collegamenti tra tubi e sperò di aver risolto il problema della perdita. In caso contrario avrebbero dovuto sostituire tutto l'impianto di tubature, sapeva che in quel caso Jude si sarebbe arrabbiato.

Jude Camara era il suo capo, nonché il proprietario del parco roulotte. Era sulla sessantina, ma sembrava più sulla quarantina: era grande, grosso e tatuato. Le aveva dato una mano quando era arrivata in California, Sidney gli doveva più di quanto avrebbe mai potuto ripagarlo: non tanto per i soldi, ma per tutto l'aiuto che le aveva dato nel corso degli anni... compreso il fatto di pagarla per essere la tuttofare del parcheggio. Lei aveva imparato da Jude tutto quello che sapeva sugli impianti idraulici ed elettrici e le nozioni base per prendersi cura di una casa.

Sidney strisciò fuori da sotto la roulotte e guardò la sua vicina. Anche Nora aveva trentadue anni, ma gli elementi in comune tra le due finivano lì. Nora era alta, Sidney era bassa; Nora aveva dei bellissimi capelli biondi, Sidney li aveva scuri. Nora era snella e proporzionata, Sidney si sentiva sempre sgraziata e poco sofisticata accanto a Nora. Ma in qualche modo Sidney si sentiva più intelligente dell'altra donna. Nora saltava costantemente da un ragazzo all'altro, sicura che ognuno di loro sarebbe stato il biglietto vincente per andarsene dal parcheggio delle roulotte.

Quel giorno Nora indossava un paio di jeans attillati che sembravano fatti su misura per lei e un top talmente leggero che probabilmente con il primo colpo di vento le avrebbe esposto il seno a tutto il mondo. Portava i capelli raccolti molto in alto e si era truccata pesantemente.

"Ehi, Nora," la salutò Sidney mentre si alzava e si puliva lo sporco dai jeans. "Che si dice?"

"Woah. Che ti è successo alla faccia?" le chiese Nora.

Sidney agitò una mano, come se non fosse successo nulla. "Ho sbattuto contro una roulotte."

"Ahia... Comunque mi serve una mano."

Sidney non era sorpresa: Nora aveva sempre bisogno di aiuto.

"Sto uscendo per incontrare un tizio che ho conosciuto su Tinder, mi chiedevo se tu potessi farmi da spalla."

"Certo. Vuoi che ti mandi un messaggio e se mi dici che la situazione non va bene, fingiamo che ci sia un'emergenza per farti andare via?" le chiese Sidney.

Nora si mise a ridere. "Oh, no. Andrà tutto bene, su questo non ho dubbi."

"Come fai a saperlo?"

Invece di rispondere, Nora prese il telefono e cliccò alcune volte prima di girarlo in modo che Sidney potesse vedere la foto sullo schermo.

"Ecco come lo so," le disse Nora con un sorriso.

Il tipo sullo schermo era sexy, nessun dubbio in merito. Era seduto su una Harley-Davidson e sorrideva, indossava una maglietta nera che gli metteva in risalto le braccia muscolose e tatuate, ma Sidney non si sentì per nulla attratta da quella figura: le sembrava che quell'uomo forzasse un po' la mano... non era affatto come Decker.

Quel pensiero bloccò Sidney.

Che diavolo stava facendo? Paragonava quel tizio a Decker? Era una follia, aveva conosciuto Decker solo quel giorno.

"È bello," disse Sidney all'amica con un sorriso, cercando di spingere i pensieri su Decker Kincade nei meandri della mente.

"Bello?" le chiese Nora incredula. "È fottutamente *figo*, e cascasse il mondo stanotte sarò nel suo letto."

Sidney ridacchiò e scosse la testa, l'ottimismo di Nora era ammirevole. "Per cosa ti devo aiutare, allora?"

"Gli ho detto che avevo una coinquilina," le rispose Nora. "Ho bisogno che mi chiami tra circa un'ora e mezza, tecnicamente mi dirai che ci è scoppiato un tubo dell'acqua e così non potrò tornare a casa. Calcherò la mano, così si sentirà in colpa e mi lascerà stare a casa sua. Poi lo farò... *impazzire*... a tal punto che non vorrà lasciarmi andare via tanto presto!"

Sidney non capiva proprio perché l'amica desiderasse andare a letto con metà della popolazione maschile, ma non la giudicava negativamente; Nora aveva sicuramente il corpo adatto per soddisfare i suoi appetiti sessuali. "Pensi che ci cascherà?"

"Oh, sì," disse Nora. "Darà un'occhiata qui," indicò se stessa con una mano, "e farà di tutto per avermi."

"Che lavoro fa?" le chiese Sidney.

Nora fece spallucce. "Non ne ho idea."

"Di dov'è?"

Per la seconda volta, Nora fece spallucce. "Qui, credo."

Sidney scosse la testa, esasperata. "Ma non sai *proprio* niente su di lui?"

"So che ha un grosso uccello con un piercing Prince Albert."

Sidney alzò gli occhi al cielo. "Non voglio sapere come fai a sapere *ciò,* ma non sai ancora cosa faccia per vivere."

Nora le rivolse un sorrisetto. "Mi ha mandato una foto, ovviamente."

"Che schifo," commentò Sidney, arricciando il naso.

"Oh, cara... dobbiamo proprio farti scopare," le disse Nora quasi con affetto. "Perché il suo uccello non è per niente rozzo o volgare."

"Sono a posto così, ti ringrazio," le disse Sidney. "Hai un preservativo?"

"Una scatola intera, grazie mamma," rispose Nora alzando gli occhi.

"Bene. Se hai bisogno di aiuto, nel caso in cui saltasse fuori che non è davvero lui quello della foto, ma ti trovi di fronte un contabile con occhiali, un proteggi-tasca e pantaloni con il risvolto... chiamami. Starò al gioco e dirò tutto ciò di cui hai bisogno per farti andare via."

"Sid, non mi interessa affatto se non è lui quello della foto, basta che l'uccello sia quello! Sono quasi due settimane che non faccio niente, sono in astinenza."

Ecco un altro dettaglio che Sidney non capiva: per lei erano passati tre *anni* dall'ultima volta e sinceramente il suo vibratore le dava il triplo del piacere offerto da qualsiasi uomo in precedenza. Non capiva tutta quella smania della sua amica.

"Ok, vai e divertiti. Ti chiamo tra un po' allora," le disse Sidney.

"Grazie, sei un tesoro," le disse Nora, poi si chinò in avanti e le mandò un bacio al volo.

Sidney ricambiò il gesto e guardò Nora che se ne andava a testa alta con scarpe tacco dieci, per nulla turbata di camminare su un terreno irregolare e roccioso.

Sidney guardò i propri vestiti e si lasciò sfuggire una smorfia. Era sporca dalla testa ai piedi, l'unica volta che aveva provato a camminare con i tacchi si era stampata per terra.

Doveva ammettere che ammirava Nora per molti aspetti. A quella donna non importava di usare il corpo e il viso per farsi pagare dagli uomini: non aveva un lavoro e non ne aveva di certo bisogno, perché gli uomini le "prestavano" costantemente dei soldi. Non era una prostituta, non prendeva soldi per andare a letto con gli uomini: li prendeva *poiché* andava a letto con loro. C'era una sottile differenza, ma Sidney era l'ultima persona che avrebbe potuto giudicare Nora, una donna gentile, che condivideva volentieri il suo ultimo dollaro con chiunque ne avesse bisogno e sorrideva sempre. Sì, a Sidney piaceva Nora e a volte la invidiava; la sua amica aveva anche un ottimo rapporto con la famiglia, al contrario suo.

Sidney si rifiutò di pensare alla famiglia, poiché altrimenti avrebbe imboccato un sentiero decisamente spinoso. Per distrarsi, fece per raccogliere la borsa degli attrezzi e dirigersi verso il prossimo lavoretto che l'aspettava, quando le vibrò il telefono in tasca.

Tirandolo fuori, vide il nome di Decker lampeggiare sullo schermo.

Sovrastata dall'emozione, valutò se lasciare andare la chiamata dritta in segreteria telefonica... ma era troppo curiosa di sentire le novità su Hannah.

"Pronto?"

"Ehi, Sidney. Sono Decker."

"Ciao."

"Volevo farti sapere che mi ha richiamato la veterinaria. Le ferite di Hannah sembravano peggiori del previsto, concorda con la nostra ipotesi: a quanto pare è stata trascinata dietro una macchina, strappandosi le unghie e consumando i cuscinetti sotto le zampe. La veterinaria fascerà tutto, così Hannah potrà guarire."

"E il dorso?"

"Dice che potrebbe essere acido della batteria."

"Cristo, certa gente è proprio stronza," esclamò Sidney.

"Sì, concordo in pieno. La veterinaria le ha ripulito la schiena, ha detto che probabilmente lì non ricrescerà il pelo, però visto che siamo intervenuti in fretta il danno è contenuto. A quanto pare, Hannah ha un aspetto bizzarro con metà schiena rasata, ma la veterinaria mi ha rassicurato che il pelo intorno all'ustione ricrescerà in fretta."

"Bene. Per quanto tempo dovranno tenerla lì?"

"Probabilmente solo una settimana, o giù di lì... dipenderà da come si comporterà quando si riprenderà."

"Ho capito. Posso chiamare Faith, la signora che gestisce il centro di soccorso per pitbull con cui sto collaborando, può pagare lei le cure di Hannah," gli disse.

"No, me ne occupo io. Dammi il numero di questa signora, la chiamerò per adottare Hannah."

Sidney si morse un labbro. "Non le ho ancora detto di Hannah."

Sidney fu sorpresa quasi quanto Decker, a giudicare dal silenzio del SEAL. Di solito Sidney chiamava subito la presidente del gruppo di salvataggio dopo aver recuperato un pitbull, ma per qualche ragione... quella volta non l'aveva fatto. In parte perché aveva di nuovo violato la legge per sottrarre Hannah dal perfido proprietario.

Ma in realtà era per Decker.

"Sai che sono disposto a fare tutto il necessario per adottarla," le disse Decker dopo qualche istante.

"Lo so, ma a questo punto mi sembra solo burocrazia inutile. Tu vuoi Hannah, lei ti si è già affezionata... non mi sembra giusto farti pagare anche la tassa di adozione, oltre ai costi del veterinario."

"Mi sento un po' come un bambino con la mamma che lo ha appena spinto sul trampolino e gli ha detto di saltare," disse Decker con una risata. "Mi aiuti a capire cosa devo prendere per... Oh... merda."

"Cosa?" gli chiese Sidney, subito allarmata.

"Casa mia. Sono nel bel mezzo della ristrutturazione... c'è casino ovunque, non posso portare un cane qui."

"Dai, non può essere messa così male," disse Sidney. Quando Decker non rispose, lei trasalì. "Uhm... È *davvero* messa così male?"

"Io... vivo da solo e passo la maggior parte del tempo sul retro, dove c'è il portico. Non ho avuto fretta di finire la casa, era stata pignorata quando l'ho comprata e aveva bisogno di un sacco di lavoro, sia dentro che fuori. Ma l'ho presa per un prezzo ridicolo, pensavo di avere un sacco di tempo."

"Vuoi che venga a dare un'occhiata? Sono abbastanza pratica."

Sidney gli lanciò quella proposta ancora prima di pensare; si morse un labbro e chiuse gli occhi. Accidenti, Decker avrebbe sicuramente pensato che ci stesse provando con lui; avrebbe pensato che era una facile e probabilmente se ne sarebbe approfittato.

"Davvero?"

Sidney aprì gli occhi e fissò il lato della roulotte sotto cui era appena stata. "Sì."

"Mi piacerebbe molto." Sembrava... sollevato.

"Però sono sicura che sarebbe meglio rivolgersi a un esperto," gli disse con sincerità, cercando di ritornare sui propri passi.

"Ho già il contatto di un'impresa edile, ma sei tu l'esperta di cani. Se eri seria circa la tua proposta, aiutarmi a capire come intervenire subito per fare in modo che Hannah sia al sicuro qui. Poi posso chiamare Max e fargli fare tutto il resto quando ci sarà tempo."

"Ok."

"Che ne dici di domani?"

"Domani?" gli chiese Sidney sorpresa.

"Sì. Non ho molto tempo, non se mi ridaranno Hannah entro la settimana," le disse Decker.

"Giusto." Era ovvio che fosse quello il motivo della fretta di Decker.

"E poi voglio vederti di nuovo," aggiunse lui.

Sidney deglutì rumorosamente, facendo del suo meglio per tenere a bada le farfalle che le svolazzavano nello stomaco. Era da molto tempo che non si sentiva in quel modo per qualcosa, specialmente per qualcuno.

Decker era un uomo straordinario. Sidney aveva notato che era un uomo bellissimo; certo che lo aveva notato, ma non lei non aveva avuto davvero il tempo di riflettere fino a quando Hannah era affidata alle cure della veterinaria.

Quando si erano incontrati, Decker indossava una maglietta che gli metteva in risalto le spalle e i bicipiti possenti, mostrando quanto fosse muscoloso. Aveva una serie di tatuaggi neri che gli arrivavano fino ai polsi, dettaglio molto sexy. Aveva anche una barba abbastanza folta e ben curata, particolare che incuriosiva Sidney: non era mai uscita con un uomo con la barba e non poteva negare di essere curiosa di sapere come sarebbe stato baciarlo. I peli sul viso sarebbero stati graffianti e fastidiosi, o sarebbero stati morbidi e le avrebbero fatto il solletico durante il loro primo bacio?

Sidney chiuse gli occhi e cercò di ritornare sulla retta via. Non era come Nora, non si aspettava sesso in cambio di un favore, ma aveva la sensazione che un Decker nudo sarebbe stato splendido... quasi troppo accanto a lei, che pensava di avere un fisico lontano dalla perfezione.

"A che ora?" chiese lei, cercando di riemergere dai propri pensieri.

"All'ora che preferisci," le rispose immediatamente.

"Non devi lavorare?" gli domandò, chiedendosi improvvisamente cosa facesse lui per vivere. Quel pomeriggio aveva avuto tempo per aiutarla e portare Hannah dal veterinario. Le aveva detto di avere un lavoro, ma forse le aveva mentito? Forse *non* lavorava, forse era un ragazzo con un fondo fiduciario e viveva con i soldi dei genitori...

"Sì, ma al momento i miei orari sono flessibili. Non è sempre così, ma ne approfitto finché posso."

Sidney moriva dalla voglia di saperne di più sul lavoro di Decker, *davvero* tanto, ma sapeva che sarebbe sembrato scortese... gli avrebbe fatto tutte le domande del caso il giorno successivo.

"Ok, facciamo alle due? In mattinata devo dare una mano a Jude, visto che oggi sono stata via quasi tutto il giorno."

"Jude?" le chiese Decker.

Sidney pensò di aver avvertito una nota di gelosia nel tono di Decker, ma non poteva essere. "Il mio capo."

"Hmmm."

"Il mio capo sessantatreenne," aggiunse lei, sentendo il bisogno di rassicurare Decker sul fatto che non provasse nulla per il capo.

"Chiaro. Mi hai sgamato subito, eh?" le disse Decker con una risata. "Grazie per non fare giochetti con me, Sid. Alle due va benissimo. Vuoi che venga a prenderti?"

"Cosa? Perché?"

"Perché mi stai facendo un favore, venendo a casa mia. È il minimo che possa fare."

"No, ci vediamo da te," gli disse lei con fermezza. Non era una sprovveduta, non si sarebbe mai lasciata intrappolare a casa di uno sconosciuto senza un mezzo di trasporto proprio.

"Puoi fidarti di me," le disse Decker abbassando la voce. "Mi rendo conto di come ti sia suonata la frase, ma non hai nulla da temere; non rappresento una minaccia per te."

Sidney notò che Decker aveva specificato di non essere una minaccia solo per lei, non in generale; magari altre persone non avrebbero fatto caso a quella scelta di parole, ma lei sì.

"Verrò da te." Sidney intendeva quelle parole con innocenza, ma nel momento in cui le pronunciò si rese conto che sembravano aver assunto un significato più profondo.

"Ti mando un messaggio con il mio indirizzo," le disse Decker.

"Ok."

"Sidney?"

"Sì?"

"Grazie."

"Non c'è di che."

"Ci vediamo domani."

"Ciao."

"Ciao."

Sidney riagganciò la chiamata e fissò il telefono, senza vederlo realmente. Solo quando le vibrò in mano, si scosse dalla trance in cui era caduta.

Abbassando di nuovo lo sguardo, vide che Decker le aveva inviato davvero l'indirizzo. Lo aprì su Google Maps e si lasciò sfuggire un gemito.

Naturalmente si trattava di una casa proprio sulla spiaggia.

Cosa le era venuto in mente? Non scherzava quando gli aveva detto che secondo lei, loro due non erano allo stesso livello. Una donna come Nora avrebbe potuto accalappiarlo in un secondo... e poi se ne sarebbe andata senza mai voltarsi, senza degnarlo di un secondo sguardo.

Decker Kincade non le sembrava un donnaiolo, aveva percepito bontà e sincerità in lui.

Sentiva anche che doveva stargli il più lontana possibile.

Lo avrebbe contaminato, quanto era vero che si chiamava Sidney Hale. Doveva farsi coraggio e dirgli chi era suo fratello, per poi tagliare i ponti.

Egoisticamente, però, voleva trascorrere ancora un po' più di tempo per essere semplicemente Sidney e godersi la peculiare connessione che aveva stabilito con Decker...

Prima che lui la guardasse con orrore e trovasse un modo per allontanarsi da lei.

Sidney rimise il telefono in tasca con un sospiro e prese la borsa degli attrezzi. Aveva delle faccende da sbrigare e pensare agli occhi color cioccolato di Decker Kincade non era una di quelle.

CAPITOLO 3

Gumby si aggirava impaziente per la stanza.

Sidney era in ritardo: voleva chiamarla per assicurarsi che non lo stesse ignorando, ma si trattenne. Nella zona di Riverton il traffico era tremendo, probabilmente era rimasta imbottigliata e non voleva distrarla con una telefonata.

Ma lui non riusciva a far tacere quella parte di sé che pensava di aver esagerato... e che lei non nutrisse alcun interesse nei suoi confronti.

Detestava quella sensazione di insicurezza; come SEAL della marina, Gumby era solito essere fiducioso e ottimista. Però Sidney riusciva in qualche modo a farlo sentire come se fosse tornato ad essere un adolescente che sperava di ottenere il permesso di tenere la fidanzatina per mano durante il pranzo.

Si passò una mano tra i capelli continuando la sua marcia inquieta, preoccupato.

Finalmente, verso le due e quarantacinque, Gumby sentì l'inconfondibile rombo dell'Accord di Sidney. Aprì la porta d'ingresso e aspettò che lei parcheggiasse nel vialetto e scendesse dall'auto.

Quando fu a circa un metro e mezzo da lui, Sidney si fermò, alzò lo sguardo e cominciò a parlare a raffica, come per non permettergli di interromperla.

"Mi dispiace tanto per il ritardo... Jude mi ha chiesto di fermarmi a dare un'occhiata alla roulotte del signor Cotter, si lamentava della pressione dell'acqua che era troppo bassa. Aveva ragione, perché dai rubinetti usciva pochissima acqua. Così sono andata sotto la roulotte per capire quale fosse il problema, appena ho sfiorato uno dei tubi è scoppiato! Non avevo ancora chiuso l'acqua perché stavo facendo solo un controllo veloce. Mi sono inzuppata tutta e il terreno sotto di me è diventato fanghiglia... quindi ho dovuto chiudere l'acqua e ritornare sotto la roulotte. Il tubo era totalmente arrugginito, ecco spiegata la bassa pressione dell'acqua e perché il tubo mi si è praticamente disintegrato tra le mani. Davvero, scommetto che quel tubo era vecchio almeno quanto il signor Cotter."

"Non potevo lasciarlo senz'acqua, così sono dovuta andare a recuperare un nuovo pezzo di tubo e sistemarlo in modo provvisorio, ma prima o poi si dovrà cambiare tutto l'impianto di tubature. Quando ho finito tutto erano già le due meno un quarto e ho dovuto farmi una doccia perché credimi... sembravo quel personaggio verde dei fumetti chiamato *Swamp Thing*, non so se hai presente... e poi ho trovato un sacco di traffico. Volevo chiamarti per avvisarti del ritardo, ma come una tonta ho lasciato il telefono in borsa, che avevo gettato sui sedili posteriori; non volevo fermarmi a recuperare il telefono perché avrei perso dell'altro tempo. Sei arrabbiato?"

Gumby non si era mai *arrabbiato*. Si era sentito preoccupato, agitato e sentito insicuro... sì. Ma non si era arrabbiato. Mentre lei finiva di raccontargli le varie vicissitudini che l'avevano fatta ritardare, lui stava già sorridendo. *Ovvio* che Sidney era in ritardo perché stava aiutando qualcun altro... Gumby aveva la sensazione che anche se non si fosse trattato di lavoro, Sidney non avrebbe mai lasciato una persona nei guai.

Gumby fece un passo verso di lei senza dirle nulla e poi l'abbracciò.

Lei si irrigidì sul momento, ma si sciolse lentamente contro di lui come se si fossero abbracciati in quel modo da anni. Gli appoggiò una guancia sul petto, lui inalò il fresco profumo fiorito dello shampoo che lei aveva usato da poco. Sidney sembrava ancora più minuta contro il corpo possente di Decker; lui faticava ancora a credere che il giorno prima quella donnina fosse stata coinvolta in uno scontro fisico contro quel delinquente che aveva maltrattato Hannah.

Ricordandosi di quello scontro, Decker si tirò indietro e le portò una mano al viso. Lei non aveva cercato in nessun modo di coprire l'occhio nero con del trucco, lui le passò un pollice sul livido. "Fa male?" le chiese.

Sidney scosse la testa.

"Bene. Non sono arrabbiato, Sid. Sono più tranquillo, sapendo che stai bene e non sei stata coinvolta in un incidente stradale mentre venivi qui... e, cosa più importante, che non hai avuto ripensamenti sul venire da me, non hai pensato che fossi un maniaco."

Lei ridacchiò e cercò di fare un passo indietro, ma Gumby glielo impedì. Se lei avesse insistito lui avrebbe allargato immediatamente le braccia per lasciarla andare, ma Sidney si rilassò di nuovo contro di lui. Gli afferrò i bicipiti e lo guardò negli occhi.

"Non posso permettere che Hannah viva in una casa pericolosa, sai," gli disse con un piccolo sorriso.

Gumby si sentì deluso da quella risposta, considerando quello che stava pensando *lui;* a ogni modo non lasciò trasparire sul volto le proprie emozioni. "Bene." Lasciò cadere le braccia e fece un passo indietro, facendo un cenno verso la porta. "Pronta per iniziare la visita?"

Sidney lo fermò, trattenendolo con una mano sul braccio. "Decker... se non fossi interessata, non sarei qui."

Lui si fermò e la fissò. In genere era piuttosto bravo a nascondere le proprie emozioni, faceva parte del suo lavoro... ma era sorprendente con quanta facilità Sidney gli avesse decifrato l'umore. Gumby si sentì sconvolto ma sollevato al tempo stesso. "So che sono un po' insistente," le disse. "Non è proprio da me... Ma in te c'è qualcosa di irresistibile."

"Non sono niente di speciale," gli disse.

"Questa tua convinzione fa parte del fascino che eserciti su di me," le disse Gumby. "Non hai idea di quanto tu sia speciale: la maggior parte delle donne avrebbe rimandato l'appuntamento con il signor Cotter, ma tu non l'hai fatto. Per non parlare della tua compassione quando si tratta di cani maltrattati come Hannah."

Sidney scosse la testa. "Davvero, Decker... Non mi conosci neanche. Certo, mi piacciono i cani, ma non serve mettermi su un piedistallo."

"C'è di più," le disse. "Non riesco ancora a spiegare cosa sia, ma in te c'è qualcosa che mi attrae... come la fiamma che attira la falena."

"Ti brucerai," lo avvisò Sidney.

Gumby sapeva che lei era convinta di ciò che diceva, proprio come il giorno prima, quando lei aveva sostenuto che loro due non erano allo stesso livello. Percepiva che Sidney nascondesse qualche segreto oscuro e profondo... ma non gli importava. Sapeva che Sidney Hale era una brava persona, se lo sentiva e basta, come una sorta di sesto senso.

Aveva spesso avuto a che fare con il lato peggiore dell'umanità: aveva visto uomini legarsi bombe sul corpo, premere il pulsante e farsi saltare in aria per compiere una missione. Gli avevano mentito, sputato, sparato, lo avevano guardato con disprezzo e torturato; le persone peggiori volendo avrebbero potuto tranquillamente mescolarsi tra i cittadini di Riverton.

Ma lui se ne sarebbe accorto guardandoli negli occhi, vedendo il male celato nei loro sguardi.

Invece, quando guardava Sidney, intravedeva solo del gran dolore; ma qualunque demone avesse incatenato nel profondo dell'anima non le impediva di aiutare gli anziani proprietari di roulotte o animali indifesi che non potevano salvarsi da soli.

"Sono sempre stato un po' un amante del rischio," le disse Gumby. Non si avvicinò di nuovo, non le sistemò i capelli dietro un orecchio come avrebbe voluto. "La domanda è... sono l'unico che avverte una certa chimica tra noi?"

Lei aprì la bocca per rispondere ma lui riprese a parlare in fretta, non voleva rischiare che lei gli dicesse di sì.

"Concedimi questa giornata," la supplicò. "Prova a conoscermi meglio... se alla fine di questa giornata non proverai la stessa attrazione che sento verso di te, ti lascerò stare. Non sto cercando un appuntamento per pietà, Sidney. Ormai sono troppo grande per queste cazzate. Voglio una donna che stando nella stessa stanza con me non riesca a non toccarmi, a non tenermi la mano o sfiorarmi il braccio con le dita. Voglio una donna che sappia farsi valere quando io non ci sono, ma che non abbia paura di lasciarmi prendere l'iniziativa quando è necessario. Voglio una compagna... una persona con cui ridere, ma che possa anche lasciarsi andare e con cui posso condividere i pesi della vita."

"Non sto dicendo che sia tu quella donna, ma *sto* dicendo che sei la prima donna ad aver catturato il mio interesse dopo tanto tempo. Però se oggi deciderai che dobbiamo essere solo amici, dimmelo senza problemi. Non perderò la testa, ok?"

Lei annuì.

Gumby sapeva che probabilmente aveva parlato troppo, ma voleva essere onesto: non voleva uscire con qualcuna solo per divertirsi. Dopo essere quasi morto in Bahrain e aver visto lo splendido rapporto tra Rocco, uno dei suoi più cari compagni di squadra, e la fidanzata Caite, aveva capito che voleva un legame simile. Forse Sidney non era quella donna... e se invece lo fosse stata?

"Andiamo," le disse, sforzandosi di assumere un tono più leggero. "Ti faccio vedere la casa, ma ti avverto... è un casino."

Lei sorrise. "Dai, sono sicura che non è messa così male."

Gumby trasalì aprendo la porta... in realtà era messa proprio male, ma avrebbe lasciato giudicare a lei.

Mezz'ora dopo Gumby fissava imbambolato il sedere di Sidney mentre lei era a quattro zampe sul pavimento della cucina, con la testa nascosta nell'armadietto sotto il lavello.

Voleva impressionarla e convincerla a sedersi con lui sul portico per conoscersi meglio, ma non appena Sidney aveva visto la cucina si era messa subito in azione, dato che attualmente era un disastro per la ristrutturazione iniziata ma mai finita (lui era stato spedito in Bahrain e non aveva ancora richiamato Max per completare i lavori).

Sidney si era fatta dire da Decker come voleva sfruttare lo spazio; appena ricevute le informazioni, aveva iniziato a ispezionare tutti i lavori che erano stati svolti fino a quel momento, dicendogli dove si potevano apportare delle migliorie e cos'altro doveva essere fatto. In quel momento Sidney stava ispezionando l'impianto idraulico sotto il lavandino per controllare se si potesse installare la macchina del ghiaccio desiderata da Gumby.

"Buone notizie!" gli disse con voce attutita dal mobiletto. "Sono abbastanza sicura che sia fattibile!"

Gumby non riusciva a staccarle gli occhi dal fondoschiena. Non si era mai considerato un amante di culi o tette, per quel che valeva. Gli piacevano solo i corpi femminili e basta, erano tutti diversi... ma adorava sentire corpi più morbidi del proprio. Lui aveva trascorso la vita assicurandosi di avere un corpo sempre pronto all'azione, ma non voleva una donna robusta quanto lui. Voleva un corpo morbido e sinuoso.

Sidney soddisfaceva pienamente quel requisito. Mentre le guardava il sedere e la guardava muoversi su mani e ginocchia, Gumby ritornò immediatamente l'adolescente che sbirciava riviste osé. Non riusciva a trattenersi, fantasticò di prenderla in quel modo.

La immaginava su mani e ginocchia, com'era in quel momento, ma sul loro letto. Lei lo guardava timidamente oltre la spalla e agitava il sedere, esortandolo a muoversi e scoparla. Ma lui si prendeva il suo tempo, mettendosi in ginocchio dietro di lei e divorandola... Con lei che cadeva sui gomiti, inclinando i fianchi in alto per dargli un migliore accesso alla dolce fonte.

Gumby era totalmente perso nella fantasia, arrivando persino a leccarsi le labbra immaginando di gustarla, quando Sidney sbucò da sotto il lavandino, si sedette sui talloni e lo guardò. "Mi hai sentito?"

Il SEAL sbatté le palpebre e si rese conto con orrore di avere l'erezione praticamente in faccia a lei; era all'altezza perfetta per...

Dannazione.

Gumby si voltò rapidamente e appoggiò le mani sul top della cucina, cercando di rimettersi in sesto.

"Sì, certo. Fantastico," le disse rapidamente.

La sentì alzarsi in piedi. "Stai bene?"

"Certo. Hai sete?"

Gumby sentì la mano di lei sulla schiena, gli formicolarono le dita per il desiderio di girarsi e stringere Sidney tra le braccia. Diamine, erano anni che non si sentiva così arrapato. Che problemi aveva? Lei era andata da lui per assicurarsi che la casa fosse a prova di cane, Gumby si sentiva un maiale per aver fantasticato in quel modo.

"Qual è il problema?" gli chiese lei. "Scusami, mi sono

persa subito in questa cucina... ha un grande potenziale e mi sono lasciata trasportare. Ora possiamo passare al resto della casa."

Gumby scosse la testa e non si voltò, era come se le dita della donna gli avessero marchiato a fuoco la schiena; da una parte voleva che lei lasciasse la mano esattamente dov'era, dall'altra sperava che la togliesse. "No, hai ragione. Stavo trattando il tutto con sufficienza, ma ho bisogno di rivalutare la situazione, mi hai fornito degli ottimi spunti."

"Decker?" lo richiamò lei. "Ho l'impressione di metterti a disagio... forse è meglio che vada."

A quelle parole lui *si* voltò così rapidamente da far sussultare Sidney, che tentò di fare un passo indietro e inciampò su un mucchio di piastrelle sul pavimento; se lui non l'avesse afferrata tempestivamente per la vita sarebbe caduta a terra.

Gumby non riuscì a trattenersi dal tirarla a sé, la fissò per un lungo istante: Sidney aveva i capelli neri arruffati e con il livido in viso ben evidente. Quel dettaglio gli catturò l'attenzione; le metteva in risalto gli occhi chiari, di un azzurro incredibile. Gli ricordavano l'oceano che poteva vedere dal portico sul retro, nell'esatto momento prima che diventasse troppo buio per vederlo... un incredibile azzurro profondo che lo ammaliava.

"Non mi metti a disagio," le disse dopo un momento. Sapeva di premerle l'erezione contro il ventre, ovviamente lei poteva sentirla. Per non accorgersene avrebbe dovuto avere la testa su un altro pianeta, lui sapeva che non era così. "Mi piace averti qui, nel mio spazio... anche un po' troppo, se sai cosa intendo. Sto cercando di essere un gentiluomo e di non spaventarti, ma faccio fatica."

"Oh," disse lei con un sussulto, ma non si staccò dalla presa. Lui sperava che quello fosse un buon segno.

Fece un gran respiro, adorava sentirsi avvolto dai profumi

floreali di Sidney; la lasciò andare per dirigersi verso il frigorifero. Tirò fuori una bottiglia d'acqua e la sollevò. "Acqua?"

"Uh... sì, per favore," gli disse lei.

"Andiamo," le disse. "Ti faccio vedere il resto, così mi dici dove intervenire immediatamente per il bene di Hannah. Non so se le piacerà sgranocchiare tutto... però so che dovrò chiamare un elettricista per rendere l'ambiente sicuro, o qualcosa del genere."

Gumby si sforzò di uscire dalla cucina, sentì Sidney dietro di lui. Trascorsero la mezz'ora successiva a perlustrare la casa, lui prese nota mentale di tutti i suggerimenti forniti. In pratica doveva accelerare il processo di ristrutturazione della casa; non voleva proprio che Hannah rimanesse fulminata a causa di cavi scoperti o che cadesse sotto le assi del pavimento. Pensava di poter schiaffare tutte le cianfrusaglie in eccesso nella stanza degli ospiti per occuparsene in un secondo momento, ma dopo aver sentito i suggerimenti di Sidney si rese conto che erano fattibili: dunque poteva offrire un posto sicuro alla nuova cagnolina.

Una volta concluso il giro della casa, Gumby le chiese: "Vuoi sederti fuori, sul portico?" Sperò con tutto il cuore che lei gli dicesse di sì; il giro della casa era terminato, quindi lei in teoria poteva anche andarsene.

"Certo."

Lui le tenne aperta la porta di vetro scorrevole e le fece un cenno verso la sedia su cui si sedeva di solito. Sidney si accomodò e lui si sistemò sull'altra sedia accanto a lei, quella non molto comoda.

"È incredibile," disse Sidney dopo un lungo momento di silenzio confortevole.

"È il motivo per cui ho comprato questa casa. Avresti dovuto vederla prima dei lavori, faceva cagare... ma la vista ne valeva proprio la pena."

"Ah, sì," concordò lei.

Gumby bevve un sorso d'acqua e fissò l'oceano. La proprietà era nascosta tra file di case più grandi e costose; ogni casa possedeva una passerella di legno che portava direttamente dal portico sul retro alla spiaggia. C'erano circa sessanta metri di sabbia tra la casa di Gumby e l'oceano: si trovavano in un'insenatura protetta, quindi non c'erano mai onde pericolose. In quel momento sulla sabbia c'erano diverse famiglie che si godevano il sole del tardo pomeriggio.

"È una spiaggia privata?" chiese Sidney.

"No, ma è difficile da trovare e da raggiungere," le disse Gumby. "Quindi è raro che ci siano troppi turisti."

"Fantastico."

"Sai nuotare?"

Lei si voltò verso di lui e sorrise. "Sì, diciamo di sì."

Lui inarcò un sopracciglio

"Al liceo giocavo a pallanuoto."

"Ah, quindi non solo sai nuotare, ma nel mentre puoi anche prendere a pugni qualcuno," la prese in giro Gumby.

Sidney sorrise ancora di più. "Esatto... e tu? Con una casa sulla spiaggia suppongo tu sappia nuotare."

In quell'istante Gumby si rese conto di non aver rivelato molto di sé a Sidney. "Sì, Sid. So nuotare."

Lei lo studiò, poi gli chiese: "Perché mi sembra che ci sia altro da dire?"

Gumby optò per l'onestà e decise di togliersi subito il fardello. Le disse: "Sono un SEAL della marina."

Lei spalancò gli occhi, in modo buffo. "Davvero?"

"Sì."

"Beh, merda."

Non era una grande risposta. "Ti dà fastidio?" le chiese.

Sidney si voltò verso l'oceano e si morse un labbro.

"Amo il mio lavoro," le disse tranquillamente. "Lavoro con la squadra migliore del mondo. Mi mandano spesso in missione, ma è raro che ci trattengano per mesi. Questa è la mia base, sono più fortunato di molti altri militari. So che frequentare un militare della marina è complicato, ma ho visto molte coppie che sono riuscite a far funzionare le loro relazioni." Gumby si sentì subito presuntuoso per aver osato anche solo nominare una relazione con lei, ma ormai non poteva rimangiarsi quanto detto.

Sidney sospirò e tornò a guardarlo. "Sei un brav'uomo."

Lui non rispose, attese che lei proseguisse e gli dicesse cosa le passava per la testa.

"Hai famiglia?" gli chiese.

"Sì. Mia madre è morta circa dieci anni fa, ma mio padre si è risposato con una donna fantastica, vivono nel Montana. Ho anche un fratello maggiore, è sposato e vive in Illinois. Non lo vedo tanto quanto vorrei ma abbiamo un ottimo rapporto."

Sidney annuì, come se si aspettasse una risposta del genere.

"E tu?"

Lei fece un respiro profondo e poi lo guardò dritto negli occhi mentre gli diceva: "Il mio fratellino è Brian James Hale."

Gumby restò a bocca aperta, sentendo quel nome.

"Sì," gli disse Sidney con tristezza. "Sono imparentata con un serial killer."

CAPITOLO 4

Sidney distolse lo sguardo da Decker, non poteva tollerare l'espressione sconvolta che gli era apparsa sul volto. Si era emozionata (e innervosita) al pensiero di andare a casa del SEAL, quel giorno; era ovvio che controllare la casa e renderla sicura per Hannah era solo un pretesto, sentiva la stessa connessione di cui aveva parlato Decker e voleva conoscerlo meglio.

Ma conoscerlo meglio implicava raccontargli le vicende di famiglia: Sidney si rifiutava di tenere quella parte nascosta a chiunque volesse uscire con lei. Non voleva che l'uomo con cui usciva lo scoprisse per caso e più tardi, in un punto più avanzato della relazione, solo per poi scaricarla. Le era già successo una volta.

Quindi dopo aver visitato l'adorabile casa di Decker ed essersi seduta con lui a guardare l'oceano, sapeva che sarebbe arrivato quel momento. Aveva imparato che era meglio essere diretta sulla faccenda del fratello assassino.

Sentì Decker trascinare la sedia sul portico e trasalì, sicuramente si stava alzando per cacciarla via.

Rimase sorpresa quando sentì che lui le prendeva una mano.

Si voltò e vide che Decker si era spostato, si era avvicinato con la sedia.

La fissava con i profondi occhi scuri, lei non riusciva a distogliere lo sguardo; trattenne il respiro, spaventata da quello che le avrebbe detto.

"Deve essere stato difficile."

Sidney sbatté le palpebre, nuovamente sorpresa; quando diceva di essere la sorella di uno dei serial killer più spietati degli Stati Uniti, la gente reagiva in due modi: o indietreggiavano inorriditi, o diventavano fin *troppo* interessati nel tentativo di scoprire i dettagli più macabri.

Ma nessuno (letteralmente, nessuno) aveva mai reagito come Decker: sembrava più preoccupato per lei che curioso verso Brian.

Lei annuì, improvvisamente ammutolita.

"Non c'è da stupirsi che tu sia così straordinaria."

Beh, *quella* sì che era un'affermazione strana. Sidney si sentì scettica. "Perché dici così?"

"Perché è vero," le rispose Decker con calma. "Immagino che tu abbia passato un'infanzia difficile."

Sidney chiuse gli occhi, quel bell'uomo non poteva capire quanto fosse stato 'difficile'.

Il senso di colpa, che non l'aveva mai abbandonata, minacciò di travolgerla. Era stato un compagno costante per Sidney, fin da quando era una bambina: a nessuno sembrava importare che non fosse stata lei a fare del male a qualcuno, era lo stesso.

Sidney detestava come il senso di colpa la facesse sentire, come se stesse portando sulle spalle il peso del mondo intero; cercò di trovare un modo per spiegare a Decker come si sentiva, come le azioni di Brian l'avessero segnata a vita e che se anche fosse stata in grado di parlare con uno psicologo circa l'infanzia e tutto quello che le era successo, molto probabilmente avrebbe *sempre* sentito quel senso di colpa... che la portava a compiere azioni stupide...

...come scazzottarsi con un uomo il triplo più grande di lei per cercare di salvare un cane come Hannah.

Ma Decker parlò prima che lei potesse articolare uno qualsiasi di quei pensieri. "Uomini come Brian James Hale non si svegliano di punto in bianco pronti a uccidere. Credo che abbiano già qualche rotella fuori posto dalla nascita, nel corso del tempo accumulano disagio e lo manifestano un po' alla volta."

Sidney si limitò ad annuire, poi aprì gli occhi e fissò Decker. "È stato tremendo," sussurrò.

Lui si avvicinò ancora di più e lei ebbe l'impulso di seppellirgli il viso nel petto, come se fosse tornata bambina. Invece rimase immobile. Lui le afferrò le mani con le proprie, lei strinse la presa come se lui fosse l'unica certezza che le era rimasta nella vita.

"Non pretendo di capire ciò che hai passato, ma ho una convinzione: sei ancora più forte di quello che pensi. Grazie per essere stata onesta con me."

Sidney non si sentiva forte, si sentiva così disastrata che alcuni giorni si chiedeva come facesse ad adattarsi alla normale vita quotidiana.

Ma ricacciò quel pensiero. "Perché non stai perdendo la testa? Perché non mi stai ringraziando per aver controllato casa tua e cacciando via il prima possibile?"

"Dimmi, *tu* sei una serial killer?" le chiese con tono calmo.

Sidney scosse la testa.

"E allora perché dovrei cacciarti? Tu non sei tuo fratello, anche se condividete lo stesso DNA. Tu sai molto più di me sulla ristrutturazione delle case, sarei uno scemo a cacciarti quando ho bisogno del tuo aiuto. Inoltre, non so nulla di cani, anche qui devi darmi una mano. E poi... mi piaci, sono attratto da te, voglio conoscerti meglio e vederti nuotare, anzi... mi sa che ti sfiderò." Sorrise. "Voglio sapere quali sono i tuoi programmi TV e libri preferiti, il piatto che ti fa impazzire, se preferisci i cuscini con le piume o quelli in memory foam... tiri la coperta quando dormi? Sei una persona notturna o mattiniera?"

Sidney non riusciva a credere a quel tipo di reazione: era come se a Decker nemmeno importasse chi fosse il fratello.

In genere importava a *tutti*.

"Non capisci, hai una famiglia amorevole; probabilmente sei cresciuto senza una sola preoccupazione al mondo. Veniamo da mondi molto diversi, Decker. Non rivolgo la parola ai miei genitori da quando hanno deciso di sostenere mio fratello... sinceramente *ancora* adesso non capisco come abbiano potuto andare al processo e starsene seduti lì giorno dopo giorno, sentendo e vedendo le prove di quello che aveva fatto, senza ripudiarlo del tutto."

"È loro figlio," disse Decker con sentimento. "Scommetto che per loro è stato più difficile di quanto pensi."

"Sì ma io sono la figlia," gli rispose subito. "Hanno scelto lui, non me."

"Spiegami."

Sidney rimase spiazzata dall'intensità di quell'unica parola. Senza esitare, obbedì: "Ho *detto* loro che avevo paura di Brian, cercando di fargli capire innumerevoli volte che c'era qualcosa di sinistro in lui, ma non mi hanno mai dato retta... non erano interessati. Dopo l'arresto, ho detto loro che avrei testimoniato contro mio fratello, dicendo alla giuria tutto quello che aveva combinato mentre cresceva. Loro mi hanno detto che se mi fossi messa di traverso, non mi avrebbero più parlato. Io l'ho fatto lo stesso, e così mi hanno ripudiata."

Decker si mosse, mettendosi in ginocchio davanti a lei e prendendole il viso tra le mani. Sidney gli afferrò i polsi senza neanche pensarci, si fissarono intensamente mentre lui le rispondeva.

"Ci hanno perso *loro*," le disse seriamente. "Se sono stati troppo stupidi per non ringraziare di avere una figlia salva e illesa, allora non meritano di averti nella loro vita. Non conosco il tuo passato, ma presumo che tu sia arrivata qui in California senza alcun aiuto o appoggio. Ti sei trovata un posto dove vivere, un lavoro e degli amici, fai di tutto per salvare animali in difficoltà. Cazzo... tutto ciò è fottutamente *fantastico*."

Sidney lo fissò senza riuscire a fare altro che assorbire quelle parole. Decker non poteva capire per quale ragione lei volesse salvare gli animali, ma al momento lei non aveva abbastanza energia per spiegarglielo.

"Sì, lo ammetto... ho passato un'infanzia felice, ma non me ne frega niente se siamo cresciuti in contesti diversi. Per quel che mi riguarda, ciò ci rende ancora più compatibili, non meno. Sappiamo cosa vogliamo, io perché l'ho avuto e tu perché non l'hai avuto. Ti ricordi che sono un SEAL, no?"

Lei annuì.

"Sono uno stronzo figlio di puttana," le disse. "Ho ucciso persone senza alcun rimorso e continuerò a farlo. Qualcuno potrebbe pensare che ciò non mi renda migliore di tuo fratello."

Sidney scosse immediatamente la testa. "Non è la stessa cosa."

"Non. Mi. Importa. Di. Tuo. Fratello," le disse lentamente. "Anzi, non è vero. Mi importa di come *ti* ha ferita, di come ha plasmato la *tua* vita. Quando sarai pronta a parlarne, ci sarò. Se non vorrai mai parlarne, va bene lo stesso. Ma devi credermi quando ti dico che sono serissimo, lui non c'entra niente con noi due."

"La gente parlerà," lo avvertì Sidney.

"E lasciali parlare," le disse subito Decker. "Ma se osano dirti qualcosa in faccia, se ne pentiranno."

Sidney non riuscì a trattenere le lacrime.

"Non piangere," la supplicò Decker. "Non per lui." Le asciugò le lacrime che le rigavano le guance.

"Non sto piangendo. È che... non capisco perché tu sia così deciso nel proteggermi e sostenermi."

"Lo capirai."

Sidney non capì quella risposta, ma non ebbe la possibilità di chiedergli delucidazioni in merito, perché sentirono suonare il campanello di casa.

"Merda," imprecò Decker, che però non si mosse per alzarsi.

"Hai intenzione di rispondere?"

"No," le disse.

Però pochi secondi dopo il campanello suonò di nuovo e con molto più impeto di prima, come se chiunque stesse pigiando il pulsante lo stesse facendo con impazienza e quasi con rabbia.

Decker sospirò.

"Va tutto bene," gli disse Sidney.

"Non muoverti," le ordinò mentre si alzava in piedi.

"Va bene."

"Torno subito. Vuoi qualcosa dalla cucina?"

"Hai intenzione di preparare un menu stellare in quella baracca di cucina tra adesso e quando tornerai dopo aver risposto alla porta?"

Lui la disarmò con uno splendido sorriso.

Sidney di solito non era una persona negativa, cercava sempre il lato positivo in ogni vicenda, anche quando si trattava di situazioni estreme. Aveva avuto il suo momento di pianto, ma era già pronta a rialzarsi e proseguire. Per fortuna Decker sembrava averlo capito.

"Non hai idea di quello che sono in grado di fare," le rispose scherzando.

Lui si chinò e Sidney si irrigidì nell'attesa e nello shock di un bacio, ma anziché sfiorarla con le labbra sulla bocca (come lei desiderava, nonostante fosse imbarazzata al solo pensiero) Decker le sfiorò la fronte, poi fece un passo verso la porta di vetro scorrevole ed entrò in casa senza un'altra parola.

Sidney sentiva la pelle formicolarle nel punto esatto in cui Decker l'aveva baciata. Era una reazione sciocca, ma ovviamente lei non poteva negare che le piacesse Decker... e anche tanto.

Pochi secondi dopo, sentì un trambusto in casa e guardò attraverso la porta a vetri, intravedendo un gruppo di cinque uomini in piedi nel soggiorno di Decker. Erano tutti alti e barbuti, con un'aria minacciosa che non le trasmetteva una sensazione positiva.

Sentiva Decker che discuteva con loro, ma non percepiva le parole esatte; a giudicare dal linguaggio del corpo, non era contento di quell'intrusione.

Si alzò e si diresse verso la porta, non era sicura di cosa avrebbe fatto per aiutarlo in caso di necessità, ma di certo non sarebbe rimasta con le mani in mano.

Quando aprì la porta sentì la parte finale di quella che doveva essere una conversazione carica di tensione.

"...non va bene, ragazzi."

"Dai, Gumby, siamo curiosi."

"Da quando ti conosciamo non ci hai mai parlato di una donna con tutto questo entusiasmo."

"Sì, e avresti aspettato per farcela conoscere."

"Ovvio, non voglio che voi zoticoni la spaventiate," disse Decker.

"Non vorremmo... Oh... ciao."

L'uomo che stava parlando terminò la frase nel momento in cui la vide.

Decker si voltò immediatamente e andò verso di lei, la fece indietreggiare fino a trovarsi di nuovo sul portico. Chiuse la porta scorrevole dietro di sé e le appoggiò le mani sulle spalle.

"Va tutto bene? Devo chiamare la polizia?" gli chiese Sidney nervosamente.

Lui ridacchiò, stupendola. "Sarebbe bello, ma... no. Però puoi scegliere cosa fare."

Sidney si spostò leggermente per guardare oltre la spalla di Decker; i cinque uomini li stavano fissando, sorridendo con aria divertita. Non poté fare a meno di notare che erano tutti attraenti, a modo loro. Le barbe che li accomunavano erano un tocco interessante: era incredibile come fosse passata dal non degnare di uno sguardo gli uomini barbuti a trovarsi circondata da persone con quel tipo di look.

Due di loro alzarono una mano per salutarla.

Guardò di nuovo Decker. "Sì?"

"Quegli zoticoni sono i miei compagni di squadra, sono dei SEAL. Durante l'allenamento di questa mattina ho parlato di te e di Hannah, mi sono lasciato sfuggire stupidamente che saresti venuta da me questo pomeriggio per aiutarmi a rendere la mia casa a prova di cane... quindi si sono presi la briga di venire a conoscerti."

Lei sbatté le palpebre, sorpresa. "Perché?"

Decker sospirò e lei fu convinta di vederlo arrossire per un istante. "Perché potrei aver detto loro un po' troppe volte quanto sei stata fantastica e quanto mi sei piaciuta."

"Ma non mi conoscevi nemmeno... Accidenti, non mi conosci *ancora*!"

"Sono anni che non parlo di una donna con loro... quindi il solo fatto di menzionarti li ha resi consapevoli di quanto tu sia importante e diversa dalle altre. Poi Rocco e Ace sapevano quanto desiderassi un cane... quindi, sapendo che sei coinvolta nell'adozione di Hannah e come l'hai salvata, li hai davvero incuriositi."

"Oh."

"Quindi... a te la scelta. Posso distrarli mentre sgattaioli dal lato della casa e te la dai a gambe; oppure possiamo lasciarli qui e andare a fare una passeggiata sulla spiaggia, sperando che perdano interesse e se ne vadano... *Oppure* possiamo tornare dentro e soddisfare la loro curiosità, nella speranza che se ne vadano al più presto. Ma devo avvertirti, se torniamo dentro inizieranno a spettegolare come comari e molto probabilmente dovrò ordinare qualcosa da mangiare in modo che non ronzino davanti al frigorifero fissandolo con desiderio, nella speranza che si materializzi magicamente del cibo."

Lei ridacchiò, facendo rilassare Decker.

"So che non è il massimo," le disse. "Stavamo avendo una conversazione piuttosto intensa, non sono capitati in un buon momento."

"Non c'è problema, anzi... iniziavo a infastidirmi per quanto stavo diventando triste e patetica."

Decker accennò un minuscolo sorriso. "Devi sentirti sempre libera di esprimere come ti senti," le disse seriamente.

"Grazie. Penso che sceglierò la porta numero tre."

"Uh, come facevo a essere sicuro che avresti scelto proprio quell'opzione?" chiese, anche se più a se stesso che a lei. Poi, più forte, le disse: "Se in qualsiasi momento ti mettono a disagio, dimmelo che li caccio via in un secondo."

"Ok."

"Sono un po'... ehm... rozzi," l'avvertì.

Sidney sorrise. "Anch'io."

"Davvero, se..."

Lei si avvicinò e gli mise un dito sulle labbra, impedendogli di dire altro, poi rabbrividì al calore di quelle labbra. "Va tutto bene, Decker. Smettila di preoccuparti: stiamo parlando dei tuoi amici e compagni di squadra. Io non sono un fiorellino delicato, santo cielo... sono una donna tuttofare. Non sverrò dallo sdegno per qualche imprecazione."

"Ottimo," mormorò lui. "Ok, ma prima di entrare... sappi che voglio vederti di nuovo."

Sidney lo guardò stupita. Anche lei voleva rivederlo, ma aveva la sensazione che lui volesse sancire il loro accordo in quel momento perché era preoccupato di quello che le avrebbero detto gli amici. "Ok," acconsentì lei.

"Sì?" le chiese.

"Sì."

"Me ne ricorderò," l'avvertì.

Il lato insicuro di Decker era proprio adorabile. "Terrò fede alla mia promessa."

Finalmente Decker sorrise. Senza dire altro, le fece scivolare le mani dalle spalle, fino a prenderla per mano. Fece un respiro profondo, aprì la porta e le fece strada in casa per presentarla agli altri SEAL.

CAPITOLO 5

Gumby si diresse verso gli amici con un nervosismo che non aveva mai sperimentato, neanche in missione. Lui era quello flessibile, quello che seguiva il flusso degli eventi; in quel momento, però, era divorato dall'ansia.

Non temeva che qualcuno dei suoi amici potesse ferire o turbare Sidney, era fuori discussione: nessuno di loro avrebbe mai fatto del male a una donna, specialmente se interessava a un compagno di squadra. Ma Gumby si sentiva comunque a disagio e la sensazione era a dir poco sgradevole. Era fondamentale che i ragazzi si trovassero bene con Sidney: quei sei uomini erano una squadra, un'unità coesa. Tutti sapevano che avere a che fare con una donna antipatica avrebbe potuto danneggiare l'affiatamento della squadra.

Gumby non aveva gradito la visita degli amici, era ancora troppo presto. Sidney gli piaceva, ma non voleva che si spaventasse nel constatare quanto fosse legato agli amici, soprattutto dopo che lei gli aveva parlato del fratello.

In un secondo momento, c'era da approfondire anche quell'argomento: Gumby voleva fare ricerche approfondite per sapere com'era stata l'infanzia di Sidney, crescere con quello psicopatico in casa. Ricordava solo qualche stralcio di notizia su Brian James Hale, aveva bisogno di sapere tutto su di lui... così avrebbe potuto trovare una maniera per migliorare la vita di Sidney.

Ma in quel momento doveva occuparsi degli amici un po' troppo impiccioni.

"Sidney, vorrei presentarti i componenti della mia squadra: Rocco, Ace, Bubba, Rex e Phantom. Ti consiglio di non prendere troppo sul serio quello che dicono."

Lei gli sorrise prima di girarsi verso gli altri. "Ehi."

"Vai a cagare," gli disse Bubba, poi fece un passo avanti e abbracciò Sidney.

Gumby si irrigidì ma cercò di rilassarsi vedendo che Sidney non sembrava infastidita o spaventata dal fatto che uno sconosciuto la stava abbracciando. Comunque, per sicurezza, le tenne una mano sulla schiena nel caso in cui avesse avuto bisogno di tirarla indietro e pestare selvaggiamente uno dei SEAL.

"A noi piace molto il contatto," le disse Rex con un sorriso mentre tirava bruscamente Bubba da parte, con uno strattone alla camicia, e abbracciava Sidney con calore.

Uno a uno, Sidney abbracciò tutti gli uomini presenti in segno di saluto.

"Allora... avete tutti dei nomi peculiari," commentò dopo aver terminato l'abbraccio con Rocco.

"Sono soprannomi," le disse Ace.

"E prima che tu ce lo chieda... sì, potremmo raccontarti cosa significano, ma poi dovremmo ucciderti," le disse Phantom con espressione seria.

Gumby si irrigidì di nuovo, ma si rilassò quando Sidney scoppiò a ridere. Quando scherzava, Phantom restava impassibile ed era il più freddo del gruppo.

"Allora immagino che dovrò togliere dalla mia lista di cose

da fare 'tormentare i ragazzi finché non mi diranno perché portano quei soprannomi', chiaro," scherzò Sidney.

Ridacchiarono tutti e Gumby si rilassò del tutto per la prima volta da quando erano arrivati i compagni di squadra.

"Avete già cenato?" chiese loro Rex.

Sidney si accigliò e guardò l'orologio. "Ma sono solo le tre e mezza."

"Quindi?"

Lei sorrise. "Fammi indovinare... hai sempre fame."

Rex si batté una mano sull'addome piatto mentre le diceva: "Brucio un sacco di calorie, devo fare sempre rifornimento."

Sidney alzò gli occhi al cielo, poi guardò Gumby prima di dire: "Probabilmente dovrei andare, così potete spassarvela."

"No!" esplose un coro di sei voci maschili.

Sidney sbatté le palpebre sorpresa, poi accennò un sorriso.

"Guarda... Vediamo questo minchione tutto il tempo," le disse Rocco, indicando Gumby con un cenno. "Siamo venuti qui per vedere *te* e per conoscerti meglio."

"Oh, ma... non sono poi così interessante," protestò lei.

"Ragazzi..." li avvertì Gumby.

"Tutto bene," disse Bubba. "Sei *più* che interessante: sei la prima donna che ha colpito Gumby, dopo secoli. Anche Rocco si è trovato una ragazza, Caite, ed è fantastica; quindi se piaci a Gumby, vogliamo conoscerti così poi potrai piacere anche a *noi*."

Gumby scosse la testa e sospirò. Era ovvio che i suoi amici fossero ben intenzionati, ma erano anche dei tonti. Fece per dire qualcosa per correggere il tiro, ma Ace lo bruciò sul tempo.

"Questa mattina Gumby ci ha parlato molto di te, durante l'allenamento... Ci ha detto tutto su quanto sei intelligente, ti occupi di tutti i lavori del parco roulotte dove vivi, sui tuoi splendidi capelli neri e dei tuoi occhi che sono di un azzurro incredibile," lanciò un sorrisetto a Gumby. "Sappiamo che stavi affrontando da sola un tizio grosso il doppio di te, ma ti importava solo di salvare una cagnolina. Quindi è ovvio che vogliamo conoscerti meglio."

Gumby si sentì avvampare: santo cielo, ma aveva davvero detto tutto ciò, durante l'allenamento di quella mattina?

Sidney si voltò e lo studiò per qualche minuto. Lui si rifiutò di distogliere lo sguardo, anche se si sentiva in imbarazzo; le rivolse un timido sorriso. "È vero... potrei aver parlato un po' di te, con i ragazzi."

"Un po'?" sentì Phantom brontolare sottovoce.

Mantenendo il contatto visivo, lei gli rispose: "Non conosco bene questa zona... Ci sono delle pizzerie che meritano?"

Con un gridolino di gioia Rex tirò fuori il telefono. "Ci penso io. C'è qualcosa che non vuoi sulla tua pizza, tesoro?"

Sidney non aveva ancora distolto lo sguardo da Gumby. "No, non sono schizzinosa... mangio di tutto."

"Datemi un secondo, ragazzi," disse Gumby, che prese Sidney per un gomito e la condusse di nuovo sul portico, ignorando gli amici che iniziarono a parlare tutti insieme per decidere che pizze ordinare.

Dopo aver chiuso la porta scorrevole dietro di sé, Gumby portò le mani ai lati del collo di Sidney; le appoggiò i pollici sulla mascella mentre si chinava. "Ti va davvero bene?"

"Sì."

"Perché se così non fosse, li butto fuori a calci in culo o possiamo lasciarli qui mentre andiamo a casa tua."

Sidney si leccò le labbra, Gumby rimase ipnotizzato da quanto scintillassero nella luce del pomeriggio. "Mi conosci da un giorno e hai già condiviso tutti quei dettagli ai tuoi amici?"

Gumby annuì.

"Perché?"

"Posso essere onesto?"

"Certo."

"Perché anche se ti ho conosciuta solo per due ore, ho capito che eri diversa da chiunque abbia mai incontrato. Non riuscivo a smettere di pensare a te."

"Non sono sicura di come sentirmi al riguardo."

"Non è una frase da rimorchio, se è questo che ti preoccupa. Non sono interessato a una botta e via con te, Sidney."

"Bene, non mi interessano gli incontri occasionali," gli disse lei a bassa voce.

"Neanche a me. Oggi me la sono proprio goduta."

"Anch'io."

"Quindi seguiremo il flusso degli eventi, ci conosceremo meglio. Come avrai notato, i miei amici fanno parte del pacchetto."

Sidney non si era ritratta dall'intimo abbraccio di Gumby, gli aveva appoggiato le mani sul petto e non avevano mai interrotto il contatto visivo. Mentre parlavano, lui le sfiorava delicatamente i lati del viso con i pollici.

"Penso che sia fantastico, in realtà. Vorrei avere amici come i tuoi."

"Tra noi andrà tutto bene, Sid, e li avrai: i miei amici sono i tuoi amici. Inoltre, penso che ti piacerà anche Caite."

"Sta con Rocco, giusto?"

"Sì. Non molto tempo fa mi ha salvato la vita."

Sidney si accigliò. "Intendi in senso retorico... vero?"

"No, intendo letteralmente. Io, Rocco e Ace ci siamo cacciati in una situazione pericolosa durante una missione all'estero... se Caite non fosse intervenuta, saremmo morti."

"Porca troia."

"Sì... quella ragazza ha una fibra d'acciaio, ecco perché penso che andreste d'accordo."

"Mi farebbe piacere conoscerla, un giorno."

"Sicuro. Bene, ora... ti va davvero di stare un po' con i ragazzi? Non avere paura di dirmi quello che pensi."

"Sì, mi va."

"Ok, ancora una cosa."

"Cosa?"

Gumby si chinò e strofinò delicatamente il naso contro quello di Sidney. "Questa," sussurrò prima di appoggiare le labbra su quelle di lei.

Lei aprì le dita sul petto di Gumby, ma non lo respinse. Lui mantenne il bacio leggero, non cercò di approfondirlo; per quanto volesse assaggiarla.

Quando si tirò indietro, lei aprì gli occhi e sorrise. "Stai per caso marcando il tuo territorio?" gli chiese con una risatina.

Lui sorrise a sua volta. "Assolutamente. Conosco quelli là, se per un attimo pensano che ci sia la minima possibilità di portarti via da me, la sfrutteranno."

"Non mi interessano," gli disse Sidney.

"Ma io ti interesso."

Suonava più come una domanda che un'affermazione, così Sidney gli rispose: "Sì."

"Bene... ora andiamo. Torniamo dentro prima che decidano di occuparsi da soli della ristrutturazione della mia cucina."

Lei sollevò le sopracciglia. "Dici che lo farebbero?"

"In un batter d'occhio."

"*Sono capaci* di farlo?" insistette lei.

"Beh sì, però brucerebbero la casa," le disse Gumby con una risatina.

Sidney si voltò ed entrò aprendo con foga la porta scorrevole mentre diceva: "Ehi ragazzi! Giù le mani!"

Dalla cucina, tutti e cinque si voltarono di scatto verso di lei con sguardi colpevoli.

"Allontanatevi dalla roba elettrica."

Tutti alzarono le mani in segno di resa e sorrisero.

Sidney si voltò di nuovo verso Gumby. "Dimmi un po'... in quanto uomo e militare, suppongo che tu abbia un qualche tipo di videogioco sparatutto a cui possiamo giocare per tenerli lontani dalla cucina?"

"Supponi bene," le disse con un sorriso.

"Tu giochi?" le chiese Bubba.

"Mi sa che dovrai scoprirlo," gli disse Sidney.

"La voglio nella mia squadra," dichiarò Phantom.

"Non sai nemmeno se è brava," protestò Ace.

Phantom la fissò. "È brava," predisse. "Ma gli stronzi tra voi che non vogliono correre il rischio, possono stare nell'altra squadra."

In pochi secondi si erano divisi in due squadre da tre, a Gumby non importava neanche di non essere stato incluso: era più che contento di sedersi e guardare Sidney interagire con i ragazzi. Non aveva dubbi che sarebbe andata d'accordo anche con loro. C'era qualcosa in lei... qualcosa che avrebbe colpito anche i ragazzi, ne era certo.

Una sorta di fragilità celata sotto una maschera di spavalderia, un tratto indubbiamente affascinante.

Tre ore dopo, Gumby non riusciva a smettere di sorridere: si erano scofanati sei pizze abbondanti, Sidney e i ragazzi avevano giocato a *This is War* per quasi tutto il tempo. Proprio come aveva previsto Phantom, Sidney *stava* facendo il culo a tutti. Dopo neanche un quarto d'ora, da quando avevano iniziato, avevano deciso di sfidare altri giocatori online invece che giocare tra di loro; probabilmente era stata una buona decisione. Sidney era una bestiola assetata di sangue, ultra-competitiva.

"Attento a ore sei," avvertì Sidney.

"Lo vedo," le disse Rex.

"Stanno cercando di avvicinarsi di soppiatto da sinistra," avvisò Rocco.

"Fanculo," mormorò Sidney.

Anche se la casa di Gumby non era ancora completa, il soggiorno era praticamente pronto. L'enorme televisore aveva sei controller attaccati e pronti all'uso; non era la prima volta che la squadra giocava insieme. Per certi aspetti, migliorava le loro missioni nella vita reale: si esercitavano a cooperare verso un obiettivo comune, anche se era solo un videogioco. Lo sviluppatore del gioco era un genio: c'erano colpi di scena e situazioni del tutto credibili. Gumby sospettava che chiunque avesse creato quel gioco avesse ricevuto aiuti da un militare.

Sidney gli piaceva già prima, ma dopo averla vista interagire per ore con i ragazzi Gumby si era appassionato ancora di più. Sapeva che anche gli altri SEAL erano rimasti affascinati da lei: erano andati apposta per conoscerla, per assicurarsi che fosse "all'altezza" di Gumby... era abbastanza sicuro che fossero giunti alla conclusione che lei fosse fin *troppo* all'altezza.

"Mi prendo una pausa," disse Rocco al gruppo. "Non fateci ammazzare mentre non ci sono."

"Tanto stavi battendo la fiacca," lo prese in giro Ace.

"Vero? Se ne stava lì a cazzeggiare mentre facevamo fuori l'ultimo gruppo di terroristi," scherzò Sidney.

Scoppiarono a ridere tutti quanti, così tanto che lei dovette redarguirli per farli concentrare di nuovo sullo schermo.

Gumby seguì Rocco in cucina, l'amico prese una bottiglia d'acqua dal frigorifero e si appoggiò al bancone. La casa era piccola ma era facile parlare in privato, con Sidney che sbraitava continuamente ordini agli altri ragazzi.

"Hai ragione," gli disse Rocco dolcemente. "È davvero impressionante."

"E questo è niente," disse Gumby all'amico.

Rocco inarcò un sopracciglio incuriosito.

"Hai mai sentito parlare di Brian James Hale?"

"Certo, chi non lo conosce?" commentò Rocco. "Quindi?"

Gumby non si sentiva in colpa nel raccontare al suo amico il legame tra il serial killer e Sidney: in parte perché condividevano tutto, ma anche perché era più che ovvio che al suo amico lei stava simpatica e la rispettava.

"È il suo fratellino."

Rocco restò bloccato a mezz'aria con la mano che reggeva la bottiglietta mentre fissava Gumby sotto shock. "Ma cazzo!"

Gumby annuì. "Non ho ancora tutti i dettagli, ma ho l'impressione che non sia stata una passeggiata. Si è allontanata dai genitori dopo che hanno preso le parti del fratello, e non le sue."

"Ha ucciso più di venti donne, cazzo," gli disse Rocco disgustato. "Non ha senso."

"Lo so. È venuta qui in California senza troppi soldi, niente laurea, eppure se l'è cavata. Questo è tutto ciò che ho scoperto in un giorno e mezzo."

Rocco annuì. "Beh, non è più sola."

"Gliel'ho detto anch'io. Posso chiederti una cosa?" gli chiese Gumby.

"Certo. Di che si tratta?"

Gumby guardò verso il salotto, Sidney saltellava su e giù dal proprio posto, smanettando freneticamente con il controller e urlando a Bubba di uccidere chiunque le stesse sparando.

"Come facevi a sapere che Caite era quella giusta per te?" gli chiese. "Voglio dire, so che ti attraeva fisicamente quando l'hai vista nell'ascensore in Bahrain, ma come facevi a sapere che non era solo una che volevi portarti a letto?"

Rocco posò la bottiglietta e guardò Gumby. "Non sono sicuro di poterlo spiegare... Sì, quando l'ho vista per la prima volta mi attraeva fisicamente, ma c'era qualcosa di più. Ho notato i suoi modi di fare, la sua timidezza, il modo in cui continuava a guardarmi di traverso anche se era troppo timida per parlarmi direttamente... Il modo in cui non ha perso le staffe quando l'ascensore si è bloccato, il modo in cui è stata educata con noi tre, il modo in cui non ha esitato quando è dovuta uscire da sopra la cabina dell'ascensore... è stato tutto questo, capisci. Ma sono rimasto colpito da come mi sentivo quando stavo con lei... È difficile da spiegare."

"Iper-consapevole?" suggerì Gumby.

Rocco apparve sorpreso per un istante, ma poi annuì lentamente. "Sì... È una parola come un'altra per descriverlo. Quando mi ha detto che odiava il caldo, ho iniziato a preoccuparmi per la temperatura esterna. Sapendo che il suo capo era uno stronzo, ho iniziato a preoccuparmi per lei. Mi infastidivano le persone che l'avevano disturbata alla base... e così via. Insomma, tutto sembrava riguardare *lei*. Immagino che sia troppo presto per parlare di sesso..." Inarcò di nuovo un sopracciglio, in segno di domanda.

Gumby annuì.

"Giusto. Beh, prima di tutto, non mi importava quando avremmo fatto l'amore per la prima volta: se fosse stato necessario, avrei aspettato tutto il tempo del mondo. In passato pensavo sempre a scopare, a quanto avrei goduto, a quando avrei potuto farlo. Ma con Caite non aveva più importanza. Volevo solo starle vicino: avrei aspettato anche anni, se ne avesse avuto bisogno."

"Ma nel momento in cui ci siamo arrivati, è stata diversa da qualsiasi altra donna. Diavolo, anche baciarla era diverso. Sembrerà stupido ma... *sai* che lei è quella giusta, e basta. Non riesco a immaginare di baciare nessun'altra, o andarci a letto... No. Assolutamente no. Lei è la persona più importante della mia vita, farei di tutto per tenerla al sicuro."

Quando Gumby non rispose, Rocco gli chiese: "Ti è servita come risposta, oppure no?"

"Sì. Continuo a ripetermi che sto provando emozioni troppo presto, o che mi sento così con lei perché è passato tantissimo tempo da quando ho avuto qualsiasi tipo di relazione, è solo il fattore novità. Ma poi..."

Fu interrotto da un urlo proveniente dal soggiorno: sia Rocco che Gumby si voltarono e videro che Sidney si era alzata dal proprio posto per esibirsi in una bizzarra danza della vittoria, agitando i fianchi e sollevando le braccia in aria.

"Sì, sì," si lamentò Bubba. "Ora siediti e aiutaci a tornare all'elicottero."

Lei ridacchiò ma obbedì. "Seguitemi, ragazzi!" esclamò, poi si chinò in avanti per concentrarsi ancora una volta sul gioco.

"Stavi dicendo?" gli chiese Rocco con un sorriso.

"Ma poi lei fa una vaccata *del genere* e so che il modo in cui mi sento con lei non è perché non esco con nessuna da un po'. Mi sento così perché... è lei."

"Sì," concordò Rocco.

"Cosa faccio se lei non la pensa come me?" chiese Gumby all'amico.

"Non rinunciare a lei," gli rispose Rocco. "Se lei è destinata ad essere tua, devi lavorare sodo. Tutto ciò che è buono non si ottiene facilmente, lo sai bene quanto me. Ovvio, se lei non prova lo stesso non puoi forzarla, in quel caso non vorresti comunque stare con lei. Ma ho la sensazione che non sarà questo il caso... Muoviti lentamente, conoscila e lasciati conoscere. Sii onesto con lei. Comunica; se è destino, allora funzionerà."

"Grazie," gli disse Gumby. Era bello sapere di non essere diventato matto e che i sentimenti per Sidney non erano fuori luogo, nonostante la conoscesse da pochissimo.

Rocco gli diede una pacca sulla schiena e prese la bottiglia d'acqua. Si scolò il contenuto e l'accartocciò. "Ora devo andare ad assicurarmi che la mia squadra vinca la partita," gli disse, gettando la bottiglietta in un cestino della spazzatura, accanto agli armadietti non finiti.

Gumby seguì Rocco nell'altra stanza e si sedette per guardare i suoi migliori amici conquistare il mondo dei videogiochi... mentre eseguivano gli ordini di Sidney.

Due ore dopo, Gumby si trovava di nuovo sul portico con Sidney. I ragazzi se ne erano andati dopo aver fatto promettere a Sidney di giocare di nuovo con loro, nei prossimi giorni. Era più che ovvio che lei fosse piaciuta a tutti, e soprattutto che la simpatia fosse reciproca.

Gumby si sentiva rilassato e contento; la chiacchierata con Rocco lo aveva aiutato a non sentirsi troppo agitato per quanto gli piaceva Sidney. Voleva seguirla a casa e assicurarsi che arrivasse sana e salva, ma sapeva che forse un gesto del genere sarebbe stato visto come prematuro ed esagerato. Eppure, non riusciva a non pensare a un futuro dove lei non se ne sarebbe andata, un giorno avrebbero guardato il tramonto dal portico e poi sarebbero rientrati in casa mano nella mano, diretti verso la camera da letto. Avrebbe potuto addormentarsi con lei al fianco e svegliarsi sempre nello stesso modo.

"Mi sono divertita stasera," gli disse lei, infilandosi le mani nelle tasche dei jeans.

"Anch'io."

"Scusa se mi sono impossessata del tuo videogioco."

"Non devi scusarti," le disse Gumby. "È stato divertente guardarti."

"Detesto perdere," borbottò lei.

"Te la sei cavata," la rassicurò.

Sidney si morse un labbro. "Non ho fatto un granché per rendere casa tua sicura per un cane."

"Non preoccuparti."

"Comunque, per quel che conta, penso che la casa sia abbastanza a posto. Devi solo assicurarti che non ci siano assi con chiodi sporgenti e che non ci sia niente di pericoloso che Hannah possa mangiare o bere. Avere un cane non è come avere un bambino, non devi mettere protezioni ovunque. Ma, detto ciò, dovrai capire se Hannah è il tipo di cane che può aprire le ante degli armadi o se è una che sale sul top della cucina."

"Sale sul top della cucina?"

Sidney ridacchiò. "Sì, diventerà una cagnolona; se si alza sulle zampe posteriori per controllare cosa c'è sul mobile alto della cucina... potrebbe facilmente raggiungere qualsiasi cosa a portata di zampa; se avrà fame e troverà del cibo, se lo prenderà."

"Ah, giusto. La terrò d'occhio. A ogni modo, devo ancora fornirti i miei dati per farti fare quei controlli su di me," le disse Gumby.

Sidney scosse la testa. "No, non serve. È tutto a posto, mi fido di te."

Gumby non riuscì a trattenersi e si avvicinò a lei, riducendo la distanza tra loro. "Davvero?"

Lei annuì.

"Ma ci siamo conosciuti solo ieri... potrei essere uno stupratore che ti sta adescando per farti abbassare la guardia."

"No, non lo sei," gli disse lei, anche se la convinzione nella voce risultò meno salda.

"Potrei esserlo," insistette lui.

Sidney scosse la testa. "Non proverei determinate sensazioni nei tuoi confronti, se tu lo fossi."

Quelle parole calmarono l'agitazione di Gumby. "Sì?"

"Sì."

"Voglio pagare la quota di adozione."

"Ok, ma solo perché aiuterà il centro di soccorso."

"Mandami un messaggio con l'indirizzo e farò una donazione."

"Lo farò."

"Quando possiamo rivederci?" le chiese Gumby.

"Io... non lo so."

"Sei piaciuta ai miei amici."

"Anche loro mi sono piaciuti."

"Bene. Mi dispiace che oggi siano piombati qui."

"Non c'è problema, se io avessi amici a cui tengo penso che avrei fatto lo stesso... erano solo curiosi di conoscermi."

Gumby annuì. Non riusciva più a non toccarla, sollevò una mano e le sistemò una ciocca di capelli dietro un orecchio. "Che capelli morbidi," mormorò.

Sidney si morse un labbro ma non gli rispose.

Lui si chinò e le annusò il lato del collo, si emozionò quando lei inclinò la testa per lasciargli più spazio. "Hai un profumo molto buono."

"È la mia crema per la pelle."

"Penso che sia tu," ribatté Gumby. Le sfiorò la pelle sensibile del collo con le labbra e adorò il brivido che le attraversò il corpo, nonostante lei cercasse di nasconderlo. Lui si raddrizzò, deciso a non tentare troppo la sorte. "Ti chiamerò presto."

"Va bene. Mi farai sapere quando Hannah tornerà a casa?"

"Ma certo. Verrai a prenderla con me?"

"Davvero?"

"Sì."

"Se non sto lavorando, allora sì," gli disse lei.

"Ci accorderemo e troveremo un momento che si incastri con i tuoi impegni."

"Cosa stiamo facendo?" sussurrò lei.

"Ci stiamo conoscendo," le disse rapidamente Gumby.

"È una follia."

"Non è più folle di conoscere qualcuno su un'applicazione," ribatté lui.

Lei sorrise. "Vero."

"Guida con prudenza," la implorò Gumby.

"Lo faccio sempre."

"Se hai bisogno di qualcosa, e intendo *qualsiasi cosa*, chiamami," le ordinò Gumby.

"Me la sono cavata da sola per tanto tempo," protestò lei.

"Lo so che ne sei perfettamente in grado... accidenti, sei molto più informata di me su tutto ciò che riguarda la casa. Ma voglio solo essere sicuro che tu abbia capito questo: non sei più sola. Se hai bisogno di qualcuno che ti copra le spalle mentre tieni d'occhio un cane maltrattato, chiamami. Se vuoi passare una serata fuori senza doverti preoccupare che qualcuno ti molesti, chiamami. Se ti annoi e vuoi solo parlare con qualcuno, *chiamami*. Hai capito?"

Lei lo fissò per un lungo momento prima di annuire.

"Bene. Sono tuo amico, Sidney, così come lo sono tutti gli altri ragazzi che hai conosciuto stasera. Se non ci sono io, chiama uno di loro. Se non c'è nessuno di noi, ti farò avere il numero del mio comandante: è importante."

"Ok."

Gumby aveva la sensazione che lei avesse annuito tanto per farlo contento, ma prima o poi avrebbe capito quello che le voleva dire. Era entrata a far parte della famiglia dei SEAL della marina, e loro si coprivano sempre le spalle l'un l'altro.

Lui le indicò la macchina sollevando il mento. "Vai. Mandami un messaggio, quando arrivi a casa."

Sidney annuì e si voltò verso l'Honda. Poi fece un respiro profondo, si girò di nuovo verso di lui e si mise in punta di piedi; gli afferrò le braccia mentre gli si avvicinava, lui si chinò. Lei lo baciò sull'angolo della bocca e lui rimase immobile per non rovinare il momento.

Lei si ritrasse, gli strinse le braccia e si allontanò. "Grazie per questa giornata fantastica."

"Mi sono divertito," si limitò a dirle Gumby.

"Anch'io. Ti mando un messaggio quando torno a casa."

Lui annuì. "Ciao."

"Ciao."

Sidney si voltò e corse verso la macchina. Gumby rimase sul portico anche diversi minuti dopo aver perso di vista la macchina. Dopodiché tornò in casa e si fermò sulla soglia del soggiorno, vedendo tutto sotto una luce completamente nuova. Ovunque guardasse, immaginava Sidney: seduta sul divano, in cucina, sul portico posteriore.

Quella giornata lo aveva cambiato: prima di quel momento, Gumby non era sicuro di cosa provasse per Sidney.

Ma dopo aver visto come lei si fosse integrata facilmente con i compagni di squadra, in casa, nella sua vita...

Gumby sentiva di aver trovato la donna con cui voleva trascorrere il resto dei suoi giorni.

Naturalmente non era sicuro che anche lei desiderasse lo stesso, ma avrebbe fatto di tutto per far sì che anche Sidney la pensasse come lui. Proprio come gli aveva detto Rocco, Gumby sentiva che non gli importava quanto tempo ci volesse, sarebbe stato accanto a Sidney mentre lei prendeva una decisione.

Sidney Hale aveva sicuramente avuto un passato difficile, ma presto avrebbe scoperto che incontrando Gumby la vita sarebbe diventata molto più semplice.

CAPITOLO 6

Sidney sorrise quando abbassò lo sguardo e vide che aveva appena ricevuto un messaggio da Decker. Non si vedevano da una settimana, da quando lei era andata a casa del SEAL, ma avevano continuato a sentirsi tutto il tempo.

Decker Kincade era un bel *chiacchierone*.

Era quasi difficile da credere.

Le mandava messaggi di continuo, ma erano le telefonate ad emozionarla. Lui l'aveva chiamata, come aveva promesso, e avevano chiacchierato per ore. Qualche notte prima, Sidney aveva guardato l'orologio ed era rimasta scioccata notando che si erano fatte le due e un quarto del mattino; sapeva che lui doveva alzarsi alle quattro e mezza per andare alla base navale ad allenarsi, ma quando si era scusata lui aveva detto: "Rinuncerei a dormire ogni notte della settimana, se ciò significasse poter parlare con te."

Una frase del genere avrebbe potuto suonare smielata o peggio, una battuta da rimorchio... ma per qualche ragione, a lei non aveva fatto un'impressione negativa. Percepiva che Decker diceva sul serio.

Sidney non era mai stata la priorità di nessuno. Mai. Brian

era sempre stato il preferito dei genitori; aveva solo tre anni più di lui, ma da quando lei aveva memoria Brian aveva sempre ricevuto più attenzioni e più regali a compleanno e Natale; la loro madre si impegnava per creargli bei costumi di Halloween, mentre Sidney doveva accontentarsi di quello che riusciva a combinare da sola. Gli impegni dei genitori ruotavano sempre intorno a Brian e alle sue attività extracurricolari, non a Sidney.

Quando lei aveva cercato di spiegare ai genitori cosa stava combinando Brian nel capanno in giardino, non le avevano creduto: le avevano detto che era solo gelosa del fratellino.

Sidney lesse il messaggio di Decker, costringendosi a non pensare più a quel dannato capanno.

Decker: La veterinaria dice che quando voglio passare, Hannah è pronta per tornare a casa. Tu come sei messa?

Sidney gli rispose immediatamente.

Sidney: Ho ancora una faccenda da sbrigare nel pomeriggio, poi sono libera.

Decker: Fantastico. Posso passare a prenderti verso le quattro? Così avremo tutto il tempo di arrivare dalla veterinaria prima che chiuda.

Sidney: Ci vediamo lì.

Decker: Posso passare a prenderti.

Sidney sospirò. Imparando a conoscere Decker, aveva notato quanto fosse testardo e iper-protettivo: durante l'ultima settimana le aveva detto un milione di volte di stare sempre attenta, di guidare con prudenza e di badare a se stessa.

Sidney: Deck, pensala così... quando mi dovrai riportare a casa lascerai Hannah da sola, e so che non vuoi farlo. Sarà un po' sofferente, in un posto sconosciuto e da sola: potrebbe cacciarsi in qualche guaio.
   Decker: La porto con me quando ti accompagno a casa.

Sembrava che quell'uomo avesse sempre una risposta a tutto.

Sidney: Sono perfettamente in grado di guidare fino a casa.
   Decker: Per favore?

Sospirò.

Sidney: E va bene.
   Decker: EVVIVA!

Sidney alzò gli occhi al cielo ridacchiando.

Decker: Mi fermerò a comprare alcuni articoli per Hannah, prima di venire a prenderti. Posso dire che mi sento nervoso? E se non le piacessi più? Sono felice che oggi tu venga a prenderla con me.

· · ·

Leggendo quelle parole, si portò una mano al petto. Adorava il lato onesto e aperto di Decker, era una boccata d'aria fresca. Certo, sapeva che in alcuni momenti magari non l'avrebbe apprezzato, come se per esempio un giorno se ne fosse uscito dicendole che sembrava grassa indossando alcuni vestiti (anche se non lo credeva capace di simili uscite, non era quel tipo d'uomo). Sidney gli rispose immediatamente.

Sidney: Le piacerai, perché non dovrebbe essere così?

Decker: Non so... non ho mai avuto un cane prima d'ora, anche se ne ho sempre voluto uno. Mi sono ripromesso che se fossi sopravvissuto a quella situazione in Bahrain non avrei più rimandato, ma ora che sono sul punto di avere un cane sono terrorizzato.

Sidney: Smettila di farti prendere dal panico; Hannah ha scelto *te*, Decker... rilassati.

Decker: Sì, mi ha scelto... vero?

Sidney: Sì. Hai la lista per il negozio, gli articoli di cui abbiamo parlato, giusto?

Decker: Sì. Sid?

Sidney: Dimmi, Deck.

Decker: Grazie.

Sidney: Non c'è di che. Ora devo andare, devo cambiare la serratura della porta di una perché ieri sera il suo stupido fidanzato l'ha sfondata.

Decker: Vai lì con qualcun altro?

Sidney: Rilassati... il tizio è ancora in prigione, va tutto bene.

Sidney: Decker?

Decker: Per la cronaca... che non ne sono contento.

. . .

Sidney non poté fare a meno di sorridere. Sapeva perfettamente cosa pensasse Decker di alcuni residenti del parco roulotte, ma lei non poteva scegliere chi aiutare. Inoltre, per la maggior parte della giornata, i residenti erano al lavoro o dormivano per riprendersi dalla notte precedente. Sidney non aveva problemi a lavorare sulle roulotte di giorno, si sentiva a disagio solo alcune volte quando le capitava di svolgere alcuni compiti serali.

Sidney: Va bene. Ci vediamo alle quattro.
   Decker: Sì, ovvio.
   Sidney: A più tardi.
   Decker: A dopo.

Sidney continuava a pensare a Decker mentre rimetteva il telefono in tasca e si dirigeva verso la roulotte dall'altra parte del parcheggio. Era proprio un SEAL della marina; se si fosse fermata a ragionarci, lo avrebbe capito da sola. Quando aveva salvato Hannah si trovava vicina alla base, lui aveva il fisico che ci si aspettava da un militare: era alto, muscoloso e decisamente minaccioso... quando necessario.

Gli amici di Decker erano simpatici. All'inizio era nervosa, ma giocare con loro a *This is War* era stato un ottimo metodo per rompere il ghiaccio. Si era accorta che per la maggior parte del tempo Decker si era limitato a guardarla, ma invece di provare fastidio si era sentita... bene. Era convinta che se qualcuno dei ragazzi si fosse spinto oltre il limite, Decker sarebbe intervenuto immediatamente.

Ciò era un bene, ma anche bizzarro: Sidney non aveva mai avuto un paladino. Brian si era divertito a tormentarla, non avrebbe mai e poi mai fatto nulla per aiutarla se qualcuno l'avesse minacciata o maltrattata.

Scacciò i pensieri sul fratello e decise di chiamare Faith, la proprietaria del centro di soccorso; non le parlava da un po' e aveva bisogno di qualche aggiornamento.

La signora rispose dopo un solo squillo.

"Ciao, Sidney, come stai?"

"Tutto bene. *Tu* come stai?"

"Sono molto indaffarata, ne abbiamo fin sopra i capelli di animali abbandonati. Ti giuro, sembra quasi che qualcuno si diverta a lasciare in giro una circolare per incitare tutti i padroni indegni di abbandonare i loro cani per strada lo stesso giorno."

Sidney ridacchiò. Non c'era nulla di divertente, ma Faith aveva il dono speciale di riuscire ad alleggerire anche le situazioni più critiche. "Mi dispiace di non essere stata molto presente, è come se qui al parco roulotte si fosse rotto tutto insieme."

"Capisco, apprezzo qualsiasi cosa tu riesca a fare."

"Uhm..." Sidney esitava a parlare di Hannah con Faith perché la signora l'aveva redarguita più volte di non setacciare i social in cerca di animali maltrattati, dato che era pericoloso. Sapeva che Faith aveva ragione, avrebbe dovuto darle retta... ma *non riusciva* proprio a trattenersi.

Sidney era consapevole di avere un problema; il modo in cui si comportava era vagamente autodistruttivo, ma si era convinta che avrebbe potuto compiere azioni ben peggiori, e poi quei cani avevano bisogno del suo aiuto: se non li avesse aiutati lei, chi altro l'avrebbe fatto?

"Cos'hai combinato?" le chiese Faith, distogliendo Sidney dal proprio conflitto interiore.

"Mi conosci," le disse Sidney, cercando di minimizzare cos'era successo. "Non ho potuto farne a meno! Ho visto per caso un pitbull in vendita, l'ho seguito. Giuro, stavo solo controllando il cane... il padrone la stava maltrattando, Faith, e non ho più resistito."

Faith sospirò, poi le chiese: "L'hai presa?"

"Più o meno."

"Spiegati meglio," le ordinò Faith.

"Ho affrontato il coglione, un tizio ci ha visti lottare ed è intervenuto. Il coglione è scappato, il buon samaritano mi ha aiutata a portare la cagnolina dalla veterinaria."

"E perché non ne ho saputo niente fino adesso?" le chiese Faith. "Sai che devo essere al corrente di certi episodi il prima possibile, Sidney, così posso organizzare i finanziamenti... il veterinario non mi ha chiamato per informarmi di un nuovo caso. Cosa sta succedendo?"

Sidney sospirò. "Lo so. Il buon samaritano ha portato Hannah da una veterinaria vicino a casa sua, e vuole adottarla." Iniziò a parlare a raffica. "E prima che tu ti arrabbi, sappi che è un brav'uomo; sono stata a casa sua, desidera davvero un pitbull e Hannah lo adora. Ha detto che farà una donazione al centro, anche se non è obbligato."

Il silenzio di Faith innervosì Sidney.

"Faith?"

"Ti piace," le disse la signora.

Sidney rischiò di inciampare nei propri passi mentre si dirigeva verso la roulotte dove doveva sostituire la serratura.

"No, non è vero," negò impulsivamente.

Faith rimase in silenzio.

"E va bene," sbuffò Sidney. "Sì, mi piace, ma non ha niente a che vedere con Hannah."

"Le avete dato un nome?"

"È stato lui... Ha detto che aveva bisogno di un bel nome femminile. Sei arrabbiata?"

"No," le disse subito Faith. "Beh, non con il tizio che vuole adottarla. È questo lo scopo del nostro centro: vogliamo trovare una casa per ogni cane che salviamo. Però *sono* irritata per come continui a ignorare i miei avvertimenti di non dare la caccia a quei coglioni da sola. Tesoro, la tua fortuna si esaurirà, prima o poi. Cosa avresti fatto se non fosse intervenuto il buon samaritano?"

"Me la sarei cavata da sola," insistette Sidney.

"Non lo metto in dubbio, ma il combattimento tra cani è un grande business... quella gentaglia fa un sacco di soldi. Se ti metti in mezzo, non esiteranno a farti fuori. Lo *sai*. Ne abbiamo parlato più volte, devi fare più attenzione! Non devi stanare quei coglioni da sola... chiamami, lascia che ti aiuti con il resto della squadra. Tra le chiamate rapide ho registrato il pronto intervento della polizia, anche loro non vedono l'ora di porre fine a quei maledetti duelli tra cani; possono intervenire in poche ore."

"Hannah non aveva delle ore," protestò Sidney. "L'avevano trascinata dietro una macchina o qualcosa del genere, Faith. Le sanguinavano le zampe, non aveva più le unghie... e in più le avevano versato dell'acido sulla schiena."

Faith sospirò, permettendo a Sidney di rilassarsi un minimo. Sapeva che la signora odiava sentire parlare o vedere animali maltrattati tanto quanto lei.

"Tesoro, rifletti... se sono stati capaci di fare qualcosa del genere a un cane indifeso, cosa pensi che farebbero a qualcuno che sta cercando di portar via la loro materia prima?"

Sidney non sapeva cosa rispondere. Aveva chiamato Faith perché voleva sentire una voce amica, non per essere rimproverata, nonostante riconoscesse che la signora aveva ragione.

Per un attimo fu assalita dai ricordi del fratello nel dannato capanno, ma li respinse rapidamente.

"Non c'è nessun altro che prova a salvare quei cani," le disse dolcemente.

"Ci sono io," ribatté subito Faith. "E tutta la mia squadra. Non sei l'unica che può salvarli, Sidney. Ricordati che non possiamo salvare nessun cane se siamo morte."

Ci fu un attimo di silenzio e Sidney si fermò davanti alla roulotte su cui doveva lavorare.

Faith sospirò. "Va bene, per ora basta con le ramanzine. Novità su Hannah?"

"Oggi Decker va a prenderla. Non ha mai avuto un cane, ma si era messo in testa che voleva un pitbull. Hannah è piccolina, tutta nera... La veterinaria gli ha detto che la ferita sulla schiena sta guarendo e che le unghie dovrebbero ricrescere. Lui vive in una piccola casa sulla spiaggia ed è in marina."

Faith ridacchiò. "Ti ho chiesto del cane, ma è bello sentire che il tuo Decker sembra essere un bravo ragazzo con una casa e un lavoro."

Sidney si diede mentalmente uno schiaffo in fronte.

"Aspetta, hai detto che si chiama Decker?"

"Sì, perché?"

"Il suo cognome è Kincade?"

"Sì."

"Ah, allora questo spiega la donazione incredibilmente generosa che è arrivata all'inizio di questa settimana. Mi chiedevo chi fosse."

"Mi ha detto che avrebbe mandato la quota di adozione," disse Sidney a Faith.

"Sì, beh, spero che tu non vada in giro a dire che adottare un animale da noi costi duemila dollari."

"Cosa?!"

"Sì. Ho ricevuto una donazione di duemila dollari, ci sarà molto utile per pagare le spese di questo mese."

"Porca miseria," boccheggiò Sidney. "Gli ho detto che erano solo centocinquanta dollari, ma davvero te ne ha mandati duemila?"

"Sì. Mi piace questo Decker, sai," le disse Faith.

Sì, anche a Sidney piaceva... decisamente. Ma invece di pensare a quanto fosse fantastico Decker, alla facilità con cui si stava innamorando di lui, le disse semplicemente: "Devo andare, Faith."

"Ok, tesoro. Fammi sapere se hai domande o problemi con Hannah, se ti dovesse servire. Solitamente chiamerei il veterinario per avere aggiornamenti sul caso, ma... dato che questa volta la cagnolina non sta passando attraverso i nostri canali ufficiali, ne resterò fuori il più possibile, a meno che uno di voi due non abbia bisogno di me. Dai a Decker il mio contatto, sarò felice di rispondere a qualsiasi domanda."

"Grazie, glielo farò sapere."

"Non ti vedo da troppo tempo," le disse Faith. "Passa presto a trovarmi."

"Lo farò."

"Porta anche il tuo uomo, insieme ad Hannah. Vorrei conoscerli."

"Glielo dirò," le disse Sidney, godendosi come Faith continuasse a chiamare Decker "il suo uomo". Lo aveva detto più di una volta e a Sidney suonava sempre più giusto e naturale... Era pazzesco. Non si conoscevano nemmeno da tanto tempo, ma il sentimento era immutato.

"Fai attenzione, Sid," le disse Faith. "Ero seria quando ti ho detto di non correre rischi."

"Lo so. A più tardi."

"Ciao."

Sentendosi un po' rimproverata, Sidney non sapeva dire se si sentisse meglio o peggio dopo aver parlato con Faith. Tentò di ricacciare la conversazione nei meandri della mente e si diresse verso la porta principale della roulotte, per portare a termine il proprio lavoro.

CAPITOLO 7

Gumby si fermò davanti alla roulotte di Sidney e spense il motore del pick-up, poi saltò giù dal veicolo e corse verso la porta. Quel parco roulotte non era poi così male, ma non era neanche il massimo. A ogni modo, le roulotte sembravano tutte ben tenute e i piccoli spazi d'erba erano mantenuti in ordine, almeno in gran parte.

Bussò alla porta, sentendosi nervoso. Si passò una mano tra i capelli nel tentativo di calmarsi: sì, era agitato all'idea di andare dalla veterinaria per recuperare Hannah, ma era anche nervoso perché avrebbe rivisto Sidney. Si erano sentiti spesso nell'ultima settimana e ogni volta che parlava con lei, era sempre più difficile salutarla a fine conversazione. Non si era mai sentito tanto a proprio agio nei confronti di una donna da... sempre, in realtà.

Non voleva assolutamente essere archiviato come amico; non *pensava* di correre quel rischio, ma si sentiva comunque nervoso.

La porta si aprì, facendo trasalire Gumby; mentalmente alzò gli occhi al cielo, non riusciva neanche a ricordarsi l'ultima volta che si era fatto cogliere di sorpresa, normalmente era sempre all'erta.

"Ehilà!" gli disse lei, con gli occhi chiari scintillanti.

"Ciao."

"Sei pronto per oggi?" gli chiese mentre si girava e chiudeva la porta.

Gumby le fissò il sedere, fasciato in un paio di jeans che le facevano risaltare le curve e gli fecero venire l'acquolina in bocca. La maglietta le calzava a pennello, dopo averle intravisto il seno sentì l'impulso di spingerla dentro casa e mandare all'aria cani, veterinari e tutto quanto.

Sidney terminò di chiudere e si voltò verso il SEAL. "Decker?"

Lui sollevò lo sguardo in quello di lei e non riuscì a trattenersi. Si avvicinò di un passo e le mise una mano dietro il collo, gioendo internamente quando lei non si scansò.

"Deck?" lo richiamò Sidney.

Lui si avvicinò ancora di più, fino a sentire il caldo respiro di lei sul collo mentre Sidney inclinava la testa all'indietro per guardarlo negli occhi.

"Stai benissimo, così," le disse.

Lei abbassò le sopracciglia, accennando un cipiglio. "Sono in jeans e maglietta," gli disse, comunicandogli qualcosa di cui lui era ben consapevole.

"Sì."

"Decker, è tutta la mattina che armeggio sotto le roulotte... sono uscita dalla doccia dieci minuti fa."

Lui gemette. "Per favore, smettila di parlare di te sotto la doccia."

Il cipiglio di Sidney svanì, lasciando il posto a un bel sorriso. "Davvero?"

"Sì."

"Perché? Per caso ti eccita?" lo stuzzicò.

Gumby le avvolse rapidamente la mano libera intorno alla

vita e la tirò a sé con forza, tanto che lei si scontrò su di lui lasciandosi sfuggire un piccolo *oof*. Lui inspirò avidamente il profumo floreale che ormai associava a Sidney.

"Mi stai annusando?" gli chiese lei.

"Sì," ammise Gumby senza vergogna. "Hai un profumo delizioso."

Si fissarono l'un l'altra per un istante, Gumby notò che le pulsava leggermente il battito sul collo. Le strinse la presa sulla nuca, non vedeva l'ora di assaggiarla.

"Ehi, per caso devo ricordarvi che ci sono dei bambini qui in giro?" chiese una voce femminile dietro di loro.

Gumby gemette.

Sidney ridacchiò, senza cercare di staccarsi da quell'abbraccio intimo. Si limitò a voltare la testa in direzione della voce e le rispose: "Come se a te importasse qualcosa, Nora."

La donna che aveva parlato ridacchiò e si appoggiò con un fianco al pick-up di Gumby.

Lui lasciò andare Sidney controvoglia e fece un passo indietro. Osservò la donna che li aveva interrotti, sembrava più grande di Sidney, forse per com'era vestita: indossava una gonna talmente corta che se avesse osato piegarsi avrebbe mostrato al mondo le parti intime. Portava tacchi di almeno dieci centimetri e la maglietta era striminzita, tanto che sembrava il top di un bikini. Aveva capelli biondi raccolti molto in alto, i ciuffi le incorniciavano il viso ben truccato come una nuvola vaporosa. Persino da quella distanza, Gumby poteva sentire il profumo della donna.

Spostò la mano sul retro dei jeans di Sidney e le infilò un dito nel passante della cintura: era ovvio che quelle due erano amiche, ma non voleva che il forte profumo di Nora contaminasse quello fresco, delicato e fiorito di Sidney. Non l'avrebbe fatta andare ad abbracciare l'amica, neanche per scherzo. Era fuori discussione.

"Oh, mi importa, zuccherino. Mi importa eccome," le rispose Nora. "Allora, non mi presenti il tuo amico?"

Sidney guardò Gumby e gli rivolse un piccolo sorriso. "Decker, lei è Nora. Nora, lui è Decker."

"Piacere di conoscerti," gli disse Nora, senza avvicinarsi.

"Piacere mio," le rispose lui.

"Di' un po', dove *lo* nascondevi?" chiese Nora a Sidney.

Sidney arrossì leggermente, facendo sorridere Gumby.

"Non l'ho nascosto… ci siamo conosciuti la settimana scorsa, Deck mi ha aiutato a salvare un cane."

Nora alzò gli occhi al cielo. "Tu e i tuoi cani."

L'amica di Sidney spostò lo sguardo su Gumby, lui intravide molta intelligenza in quegli occhi. Rimase sorpreso e si castigò mentalmente per averla giudicata solo per com'era vestita: sapeva meglio di chiunque altro che non si giudica mai un libro dalla copertina.

"Spero che farai rilassare e sciogliere un po' la nostra Sidney," gli disse Nora.

"Sto facendo del mio meglio," le garantì.

"Ottimo. Questa ragazza lavora troppo, non l'ho mai vista con un uomo (o con una donna, tanto vale) da quando la conosco."

Gumby registrò con interesse quella notizia. Ciò lo rendeva un cretino, sì, ma si sentì comunque soddisfatto.

"Taci, Nora," le disse Sidney facendo un passo verso l'amica, incapace di raggiungerla perché Gumby la teneva ancora per i jeans.

"Non fartela sotto," le disse Nora. "Sto solo dicendo che lavori troppo, fai sempre tutto quello che ti ordina Jude. Devi prenderti un po' di tempo per te stessa, e con questo non intendo correre dietro ai farabutti. Te l'ho già detto e te lo ripeto, devi scopare. Fidati di me, è il rimedio a ogni problema."

Gumby sorrise quando Sidney gemette. "Amica, davvero, chiudi il becco."

"Che c'è?" le chiese Nora, in modo tutt'altro che innocente. "Guarda che anche se hai un gusto discutibile nel vestirti... voglio dire, ma chi indossa i jeans ad un appuntamento? Le gonne permettono un accesso molto più facile, se capisci cosa intendo... Hai un corpo fantastico, con le curve in tutti i posti giusti e un bel davanzale. Penso che il tuo uomo qui sappia come muoversi sul corpo di una donna e sicuramente potrà soddisfarti." Poi guardò Gumby. "Per favore, dimmi che *sai* come trattare il corpo di una donna."

Lui sorrise di nuovo: Nora era molto diretta, ma non percepiva vibrazioni pericolose da lei. "È passato un po' di tempo, ma nessuna si è mai lamentata."

Nora rivolse un enorme sorriso all'amica. "Visto? Qualche ora con questo fusto e ti ricarichi le pile."

"Uccidetemi ora," borbottò Sidney, abbassando la testa e coprendosi gli occhi.

"Ora che ci penso... è da un po' che non esco con un uomo con la barba e la tua è bella folta, fusto. Scommetto che sarebbe fantastico sentirla sull'interno coscia, che è una zona tanto sensibile. Sid, se ti va di condividere... sappi che sono sempre pronta per un *ménage à trois*."

Sidney alzò la testa di scatto e assottigliò lo sguardo non appena udì le parole dell'amica. "No, Nora, tieni giù le zampe. Lui è mio."

Nora sorrise e alzò le mani, in segno di resa. "Lo immaginavo, volevo solo vedere se lo avresti ammesso. Divertiti oggi... non fare nulla che io non farei."

"Credo sia impossibile," borbottò Sidney.

Nora scoppiò a ridere. "Vero. Ora devo andare, ho un appuntamento," le fece l'occhiolino.

"Con il tizio della settimana scorsa?" le chiese Sidney.

Nora fece una smorfia. "Chi, quel coglione? No... era

sposato. Mi piace il cazzo ma non voglio rubarlo a nessuno; i miei uomini devono essere stalloni liberi, senza legami." Rivolse uno sguardo all'inguine di Gumby. "Non sembra che tu abbia problemi, in quella zona."

Sidney si mosse davanti a lui. "Tieni gli occhi a posto, Nora. Sai che ti voglio bene, ma fai sul serio?"

"Scusa, scusa, scusa!" le disse Nora. "Non posso farci niente! Ti sei trovata proprio un bell'uomo, Sid. Se hai bisogno di qualche consiglio, vieni da me domani... però non troppo presto, credo che domattina sarò *molto* stanca, se capisci cosa intendo. Ti chiamerò."

"Stai attenta," le disse Sidney mentre Nora si allontanava.

"Come sempre!" le rispose l'amica mentre si incamminava abilmente sul vialetto di ghiaia con i tacchi alti e si dirigeva verso un'elegante decappottabile parcheggiata dietro il pick-up di Gumby.

Quando fu dietro il pick-up, Nora tirò fuori rapidamente il telefono e scattò una foto alla targa. Non si voltò verso Sidney e Gumby, salì in macchina e andò via. Gumby era talmente concentrato su Sidney che non aveva nemmeno avvertito quella macchina elegante arrivare; sì, stava proprio perdendo colpi.

"Penso di essere in imbarazzo," gli disse Sidney.

"Perché?" le chiese Gumby.

Lei si voltò a guardarlo. "Seriamente?"

Lui fece spallucce. "Sì."

"Perché la mia amica è praticamente una battona. Cioè... non prende soldi per fare sesso, anche se non si fa problemi a lasciare che il tizio di turno le paghi qualsiasi cosa, dalla camera d'albergo al cibo e persino i vestiti, se capita. Una volta usciva con un tizio," Sidney sottolineò l'ultima parola facendo le virgolette con le dita, "che le ha pagato l'affitto per un anno intero, anche se dopo due mesi non si vedevano più... e poi ti stava praticamente scopando con gli occhi, ha proposto una cosa a tre, mi ha detto di indossare una *gonna* per facilitarti l'accesso e ha persino insinuato che potrei essere lesbica!"

Gumby le fece scivolare di nuovo una mano dietro al collo perché voleva toccarla e godersi il modo in cui lei rabbrividiva quando la sfiorava in quel punto. "Sa quello che vuole, mi piace che non se ne vergogni. È una buona amica che si preoccupa per te, non va a letto con uomini sposati e tutto quello che ha detto era per il *tuo* bene."

Sidney lo fissò, chiaramente scettica.

"Forse mi sbaglio?" le chiese.

Lei scosse lentamente la testa. "La maggior parte delle persone guarda Nora e pensa che sia una battona, una di rango inferiore."

"Non è una battona," le disse Gumby. "Sa cosa le piace e la ammiro per questo. Inoltre, è intelligente; mi ha fatto capire tra le righe che non devo trattarti male e che hai degli amici pronti a coprirti le spalle."

Sidney non era ancora convinta. "No, non è vero."

"Sid, ti dico di sì, lo ha dimostrato dicendoti che ti avrebbe chiamata domani mattina, facendo una foto alla mia targa e mettendomi alla prova, sfidandomi ad accettare una cosa a tre. Le stava provando tutte per farmi abboccare, solo per *proteggerti*. Dimmi, cosa avresti fatto se avessi accettato le sue proposte?"

"Ti avrei tirato una ginocchiata nelle palle e ti avrei sbattuto fuori di qui a calci in culo."

"Esatto," le disse.

Sidney lo fissò mentre iniziava a capire le intenzioni di Nora.

"Tanto perché tu lo sappia... non mi piacciono i *ménage à trois*," proseguì lui. "Quando sono a letto con una donna, sono completamente concentrato su di lei. Non sono sposato e non paragono le dimensioni dell'uccello con quelle degli altri da quando avevo tredici anni, negli spogliatoi delle scuole medie, ma sono abbastanza sicuro che sarai soddisfatta. Sono d'accordo con Nora sul fatto che hai un corpo splendido, ma secondo me si sbaglia sui jeans, che lei non trova sexy. Ti preferisco sempre in jeans, piuttosto che con la gonna; l'accesso facile è sopravvalutato, preferisco aspettare un po' di più."

"Wow," sussurrò Sidney mentre sgranava gli occhi e iniziava a respirare più rapidamente.

Gumby le passò il pollice sul lato del collo. "Ti ho già ringraziata per venire con me a prendere Hannah?"

"Sì," gli rispose con un filo di voce.

Rimasero lì a guardarsi negli occhi ancora per qualche istante, poi Gumby cedette. Si chinò lentamente verso di lei, sentendosi soddisfatto quando lei inclinò la testa ancora di più verso l'indietro e chiuse gli occhi.

Lui le sfiorò le labbra una volta, due volte... al terzo movimento lei gli portò una mano alla nuca, tentando di afferrargli i capelli; non ci riuscì dato che erano troppo corti, ma comunque gli tirò la testa verso di sé e tirò fuori la lingua; lui aprì la bocca per accoglierla.

Gumby strinse la presa intorno alla nuca di Sidney, travolto dal piacere; le palpò il sedere con l'altra mano e la tirò contro di sé, conscio del fatto che lei potesse sentirgli l'erezione sulla pancia, ma non gli importava.

Non seppe quantificare per quanto tempo continuarono a baciarsi con passione davanti a casa di Sidney, ma alla fine si tirò indietro di qualche centimetro.

Sidney ansimava, sfiorandogli il petto con il seno ad ogni respiro, lui immaginò come sarebbe stato sentirle i capezzoli turgidi contro la propria pelle. L'uccello pulsava, se lei glielo avesse toccato probabilmente sarebbe esploso in pochi secondi.

Lei aprì gli occhi e sbottò: "La tua barba mi fa il solletico."

Lui ridacchiò. "Sì?"

Lei annuì. "Però è morbida." Durante il bacio lei lo aveva afferrato per la maglia; sollevò la mano verso il viso di lui ma si bloccò all'ultimo secondo.

"Procedi pure, va tutto bene."

"Non voglio essere scortese."

"Puoi toccarmi ovunque e in qualsiasi momento, Sid," le disse Gumby.

Lei gli accarezzò una guancia e lui inspirò profondamente quando lei gli accarezzò la barba.

"Ti piace?" gli chiese lei.

"Sì," le disse onestamente. Non è che gli piacesse, lo *amava*. Nessuna gli aveva mai accarezzato la barba: era un gesto sorprendentemente intimo e sensuale.

Dopo avergli accarezzato con piacere il viso, Sidney lasciò cadere la mano e gli rivolse un timido sorriso. "Immagino che dovremmo andare."

"Sì." Per quanto gli piacesse baciare Sidney e farsi toccare da lei, Gumby sapeva che dovevano andare dalla veterinaria prima che chiudesse.

Gumby le accarezzò la nuca per l'ultima volta e poi si allontanò, detestando la perdita di contatto con il corpo caldo di Sidney. La prese per mano e la condusse giù dai due gradini, fino al pick-up.

———

Sidney cercò di darsi un contegno mentre si dirigevano verso il veterinario. Non era sicura di quello che era appena successo: Nora si era proprio comportata da... beh... Nora. Ma dopo quello che le aveva detto Decker, Sidney si era accorta di quanto fosse stata protettiva l'amica. Era una sensazione molto gradevole; Nora non era proprio la tipica amica, ma Sidney si sentiva molto vicina a lei, molto di più, rispetto a tutti i nuovi amici che si era fatta in California.

Certo, non uscivano insieme, non andavano a bersi qualcosa, ma Nora era una vera amica.

E poi... c'era Decker.

Sidney non aveva pianificato quel bacio e di sicuro non immaginava di rivendicare il proprio possesso su Decker, ma entrambe le azioni le erano sembrate giuste e naturali. Non le piaceva la gelosia che aveva provato quando Nora aveva lanciato quelle proposte a Decker, o quando lo aveva scopato con gli occhi.

Il commento sulla barba, poi, era stato proprio fuori luogo... ma doveva ammettere che dopo averlo baciato e aver sentito i peli morbidi sfregarle bocca e guance, non poteva togliersi dalla testa quello che aveva detto Nora; se le piaceva quel tocco durante il bacio, averlo tra le gambe sarebbe stato strabellissimo.

Sidney si mosse sul sedile, accorgendosi di avere le mutandine umide; doveva pensare subito ad altro o si sarebbe sentita troppo in imbarazzo, non voleva proprio macchiare i jeans e rendere palese al mondo quanto desiderasse l'uomo accanto a lei.

Si girò a guardare Decker, stringeva il volante e sembrava rigido sulle spalle. Non c'era traffico, quindi suppose che non fosse nervoso per la guida.

"Rilassati, Decker."

Lui inspirò a fondo e rilasciò il respiro. "E se non si ricordasse di me?"

"Sei andato a trovarla in questi giorni, no?"

"Sì, sono andato un paio di volte," le disse.

"Allora di cosa ti preoccupi?"

Gumby sospirò di nuovo. "La veterinaria mi ha detto che Hannah è stata un po' aggressiva, negli ultimi giorni. Normalmente non l'avrebbe fatta tornare a casa tanto presto, ma dato che non 'prospera' in clinica (parole sue eh, non mie) ha pensato che sarebbe stato meglio farla riprendere a casa." Le lanciò un'occhiata. "E se non riuscisse a riprendersi dai traumi inferti da quegli stronzi?"

Sidney appoggiò una mano sulla coscia di Decker, lui le coprì immediatamente la mano con la propria e la strinse forte. "Sai... onestamente penso che anche i cani affrontino il disturbo post-traumatico da stress proprio come gli umani: quindi credo che con tanto tempo e amore, Hannah si riprenderà."

Lui fece una smorfia, non del tutto convinto.

"Decker, quella cagnolina venera la terra su cui cammini. Non ci avrei creduto, se non l'avessi visto con i miei stessi occhi; ecco perché non mi sono opposta quando hai detto che volevi adottarla. Da quando sei arrivato per fermare me e quel coglione, lei non riusciva a toglierti gli occhi di dosso; era ferita e terrorizzata, ma ti ha permesso di prenderla in braccio. Questo non succede molto spesso, credimi. In genere, i cani che salviamo sono molto diffidenti."

"Non stare a preoccuparti troppo: se avrà problemi di aggressività, potrete lavorarci insieme, dimostrale che può fidarsi di te. Comunque, nessun cane è perfetto: forse la spaventava stare in gabbia, o c'era qualche odore strano nella clinica... Forse era infastidita dagli altri cani, non saprei. Dovrai accettare le sue stranezze, così come lei accetterà le tue."

Decker si rilassò leggermente. "Hai ragione."

"Però Deck, alcuni cani non riescono a riprendersi. Questo lo sai, vero? Ne hanno passate troppe, sono stati trattati in modo orribile per tutta la vita e non riescono a fidarsi di nessuno."

Gumby sospirò. "Sì... ecco perché sono tanto preoccupato."

Sidney gli strinse la presa sulla gamba. "Ce la caveremo in qualche modo."

Lei non rifletté su quanto detto, finché lui si girò a guardarla e le chiese: "*Ce* la caveremo?" facendola arrossire.

"Si fa per dire," borbottò lei, cercando di ritrarre la mano.

Lui strinse ancora di più la presa sulla mano di lei. "Non ti mollo," le disse Decker. "Non ho idea di cosa sto facendo, a giudicare dalla tua reazione quando hai visto tutte le cazzate che ho comprato."

Sidney sorrise a quella frase. Si voltò verso il retro del pick-up e scosse la testa per tutte le cianfrusaglie che aveva comprato Decker; oltre al cibo e ai croccantini, aveva comprato anche una borsa piena di giocattoli, due soffici cucce, un sacco di guinzagli, collari e una tonnellata di coperte di pile. C'era anche una cassetta, Gumby aveva ammesso di non essere molto sicuro di quell'acquisto ma voleva essere pronto ad ogni eventualità.

"Hannah è una delle cagnette più fortunate al mondo," gli disse Sidney a bassa voce. "Ha vinto la lotteria per cani, quando ti sei fermato ad aiutarci."

Decker annuì, lei si accorse che era ancora nervoso.

Parcheggiarono e Sidney scese dal veicolo senza aspettare che Decker andasse ad aprirle la portiera. Lo prese per mano e lui la guardò in silenzio per qualche istante, prima di aprirle la porta della clinica.

Poco dopo, furono condotti in una sala esami vuota per aspettare l'arrivo della veterinaria e di Hannah.

Cinque minuti dopo sentirono un gran trambusto provenire dal retro della clinica; la porta si aprì e apparve un assistente veterinario che stava praticamente trascinando la povera Hannah.

Non appena la porta si chiuse, Decker si mise in ginocchio e aprì le braccia per accogliere Hannah. Rispetto all'ultima volta che l'aveva vista, Sidney vide che la ferita sulla schiena era migliorata. La cagnolina aveva tutte e quattro le zampe fasciate con la garza, tremava e ringhiava a basso volume.

Ma non appena vide Decker, Hannah cambiò completamente atteggiamento: iniziò ad agitare lentamente la coda, si mise a pancia in giù e strisciò fino a lui, che l'aspettava inginocchiato sul pavimento.

"Vieni qui, bella."

Invece di appoggiargli la testa sulle ginocchia, Hannah gli strisciò letteralmente in grembo. Decker si sedette a gambe incrociate, stringendo a sé il pitbull che pesava circa venti chili.

L'assistente rimase in piedi, guardando la scena con stupore.

Sidney mise una mano sulla spalla di Decker, per supportarlo. Sentì le lacrime pungerle gli occhi vedendo quanto fosse felice la cagnolina con il nuovo padrone: era come se per Hannah non ci fosse altro posto al mondo dove voleva stare, al di là del grembo di Decker.

La veterinaria entrò nella stanza e si fermò di colpo quando vide Hannah in grembo a Decker.

"Accidenti," esclamò. "Sapevo che Hannah le si era affezionata, ma non l'ho mai vista talmente a suo agio da quando l'ha portata qui."

"Ci sono stati molti problemi?"

L'assistente si mise a ridere.

Anche la dottoressa sorrise. "Diciamo solo che non le piace essere punzecchiata e pungolata."

Sidney era sicura che la signora avesse minimizzato, e anche di molto.

La veterinaria scosse la testa. "Davvero, è incredibile. Mentre tiene Hannah in grembo, le mostro i progressi fatti rispetto all'ultima volta che l'ha vista."

Così fecero. Mentre Hannah rimaneva raggomitolata in

grembo a Decker, la dottoressa gli mostrò come pulire la ferita sulla schiena, dicendogli di non preoccuparsi se ogni tanto trasudava ancora un po' di sangue e pus, bastava tenere tutto sotto controllo e pulito. Poi prese delicatamente una delle zampe di Hannah e tolse il bendaggio: il cuscinetto si stava già rigenerando, anche se le unghie erano state consumate fino a diventare delle mere sporgenze, la dottoressa assicurò che anche quelle sarebbero ricresciute.

In tutto quel tempo Hannah rimase tranquilla, senza ringhiare o ribellarsi; Decker continuava a riempirla di lodi e parole calmanti mentre la accarezzava.

"Le ha messo il microchip?" chiese Decker alla veterinaria, mentre la donna fasciava di nuovo la zampa di Hannah.

"Sì, dovrà registrarla presso la compagnia. Le daremo tutti i dettagli prima di farvi andare via. Abbiamo anche aggiornato tutti i vaccini, come ci ha chiesto. Come le ho già detto, era piena di pulci, ce ne siamo liberati. Ha un'infestazione filaria al momento, abbiamo già iniziato il trattamento."

"Rischia di morire?" le chiese Decker stringendo automaticamente Hannah ancora più a sé, come se cercasse di salvarla dalla morte con le proprie braccia.

"No, può essere rischioso se i parassiti diventano troppo grandi, ma in questo caso siamo riusciti a intervenire al momento giusto. Le abbiamo somministrato una medicina anti vermi, dovremo continuare a dargliela, ma alla fine ce ne dovremmo liberare... così starà bene. Basta tenerla calma, niente attività faticosa per almeno sei settimane, anche se tanto con quelle zampe non potrà fare molto."

"Vivo sulla spiaggia," le disse Decker. "la sabbia le farà male?"

"Per almeno due settimane la tenga sull'erba il più possibile. Dopodiché, vedremo; Hannah le farà capire cosa potrà affrontare. Se le finisce della sabbia sulle zampe, la lavi per bene e faccia attenzione, niente sabbia sul dorso; non so se

Hannah vorrà rotolarsi, ma in quel caso faccia in modo che la sabbia non finisca sulla ferita."

Decker sembrava sconvolto. "No, la farò giocare solo sull'erba," le disse.

Sidney ascoltava divertita mentre Decker poneva tutte le domande del caso alla dottoressa, sempre seduto immobile sul pavimento, a gambe incrociate. Probabilmente il peso di Hannah gli faceva male, ma lui non osò spostarsi di un centimetro.

Alla fine, Decker esaurì tutte le domande.

"Mi chiami se succede qualcosa," gli disse gentilmente la veterinaria. "Sarò felice di rispondere a qualsiasi altra domanda le venga in mente."

"Lo apprezzo," le disse Decker. "Mi scusi se le ho fatto perdere tutto questo tempo."

La dottoressa scosse immediatamente la testa. "Vorrei solo che tutti fossero attenti come lei, con i loro animali."

Hannah scelse proprio quel momento per russare sonoramente, facendo ridacchiare tutti. Aveva appoggiato la testa sulla spalla di Decker mentre lui parlava con la veterinaria, sentendosi talmente al sicuro da riuscire ad addormentarsi.

"Immagino che ora si senta a suo agio," commentò Decker con un piccolo sorriso.

La dottoressa si chinò nuovamente di fronte a Decker e accarezzò Hannah sulla testa. "Non ha dormito molto mentre era qui... ma onestamente, non ho mai visto niente del genere prima d'ora."

"Cosa?" le chiese Decker.

"Si calmava solo quando lei veniva a trovarla, ma ogni volta che se ne andava, Hannah si agitava e tornava a essere diffidente; minacciava di attaccarci tutti, per curarle le zampe e la schiena abbiamo dovuto sedarla. Ma qui con lei, è docile come un agnellino... è incredibile."

"Probabilmente non le piace stare in gabbia," commentò Decker.

La veterinaria scosse la testa. "No, non credo sia per questo. Intendo dire...certo, non le piaceva stare in gabbia, ma episodi come questo sono rari... ed è impressionante, considerando il lavoro che svolgo. Voi due siete fatti l'uno per l'altra, non so come spiegarlo. A volte due anime semplicemente cliccano... e si connettono."

Decker si voltò per guardare Sidney, lei deglutì rumorosamente. Lui non poteva pensare davvero che a loro due fosse successo così... giusto?

Perché *lei* lo stava pensando. Insomma, quante probabilità c'erano che lui passasse in macchina proprio nel momento in cui Sidney aveva bisogno di lui?

Non si era mai preoccupata troppo degli uomini... fino all'arrivo di Decker. Da allora, viveva per i loro messaggi e le loro telefonate; quando poco prima lei gli aveva aperto la porta della roulotte, si era sentita completa. Era sempre stata iper-consapevole verso ciò che la circondava e aveva difficoltà ad ambientarsi. Ma con lui riusciva a rilassarsi, come per istinto sapeva di non dover più scrutare costantemente la zona perché lui l'avrebbe sempre protetta.

Scrollandosi di dosso la sensazione, sorrise a Decker. "Hannah adora già il suo papà," gli disse.

Lui sorrise di rimando, con uno sguardo pieno di amore e orgoglio per la nuova cagnolina che teneva in grembo. Santo cielo, Sidney sapeva già che quella notte si sarebbe sognata quello sguardo meraviglioso... avrebbe sognato quello sguardo sapendo che Decker pensava a *lei*.

"Mi aiuti ad alzarmi?" le chiese.

Sidney annuì, chiedendosi come avrebbe potuto aiutarlo, ma in realtà gli serviva solo un sostegno per rialzarsi tenendo Hannah in braccio.

"Può camminare," gli disse la veterinaria con uno strano scintillio negli occhi.

"Lo so, ma è stanca... per questa volta la porto io."

Decker uscì dalla stanza con il pitbull in braccio.

Sidney cominciò a seguirlo, ma la dottoressa le disse dolcemente: "Non lasci che la porti troppo in braccio, la cagnolina deve usare le zampe; penso che facciamo più fatica noi a *guardarla* mentre cerca di camminare, che per lei riuscire a farlo."

"No, certo."

"Quella cagnolina è fortunata," le disse ancora la signora, poi rivolse un cenno di saluto a Sidney e scomparve nell'altra stanza.

Sidney concordava totalmente.

Decker le chiese di prendergli il portafoglio dalla tasca posteriore e lei acconsentì volentieri, assicurandosi di palparlo mentre lo sfilava. Lui le sorrise, conscio del fatto che lei lo aveva palpato un po' più del necessario, ma non si lamentò.

Era divertente prendere in giro Decker, Sidney ne era sorpresa. Dopo aver scoperto che era un SEAL, lo credeva burbero e severo, ma lui non era per niente così. Se non lo avesse visto in modalità "combattente" il giorno in cui aveva cacciato lo stronzo contro cui stava lottando, forse Sidney non avrebbe nemmeno creduto che *fosse* un militare della marina.

Decker non batté ciglio di fronte al conto, Sidney fu ancora più felice del fatto che fosse stato proprio lui a fermarsi ad aiutarla quel giorno. Sapeva che Faith e il centro di soccorso avrebbero trovato i fondi per aiutare Hannah, ma grazie alla generosità di Decker potevano aiutare un altro animale nei guai.

Prima ancora di rendersene conto, Sidney gli stava tenendo aperta la portiera del posto davanti.

"Sei sicura che non ti dispiaccia sederti dietro?" le chiese per la terza volta.

"No, Deck, non c'è problema. Hannah sarebbe distrutta se non potesse sedersi accanto a te."

Lui le rivolse un piccolo sorriso. Nel momento in cui appoggiò Hannah sul sedile, tirò Sidney verso di sé e la avvolse con le braccia, seppellendole il viso nel collo. La sfiorò con la barba e lei rabbrividì.

"Grazie ancora per essere venuta con me."

"Non c'è di che."

Lui rimase in quella posizione per un lungo momento; proprio quando Sidney si stava chiedendo cosa stesse accadendo, sentì che Decker aveva allungato una mano dietro di lei. Voltò la testa per vedere che stava accarezzando Hannah, mentre con l'altra la teneva abbracciata.

"Decker?"

"Sì?"

"Andiamo?"

"Tra un secondo. Voglio che sappia che sei con me e quanto tu sia importante. Il fatto che ora sta sul sedile anteriore non implica che avrà sempre quello che vuole."

Sidney era indecisa: non sapeva se sciogliersi in una pozzanghera ai piedi di Decker o sbuffare e alzare gli occhi al cielo. Sapeva che non era tanto semplice educare gli animali, specialmente quelli maltrattati.

Proprio per quel motivo rimase sconvolta quando sentì Hannah sollevare la testa e puntarle il naso sulla schiena.

Decker girò Sidney verso Hannah e rimase dietro la donna. Sidney allungò una mano sulla testa di Hannah; Decker intrecciò le dita con quelle di lei e le fece scorrere sul fianco della cagnolina. Poi tese le loro mani unite per farle annusare ad Hannah.

"Vedi, bella? Sidney è con me. Questo significa che non

puoi ringhiarle contro o comportarti male. Inoltre, è lei che ti ha salvata, non io... Dovresti adorare *lei*, non me."

Come se avesse capito, Hannah tirò fuori la lingua e leccò le dita di Sidney.

Sidney ridacchiò deliziata, non del tutto sorpresa.

"La vizierai fino alla nausea," gli disse Sidney, segretamente emozionata dal fatto che Hannah sembrasse voler fare amicizia... forse perché aveva l'odore di Decker, o perché era lì con lui, ma non le importava. Hannah doveva essere di Decker, proprio come lui doveva essere il padrone.

Sidney era scettica su molte questioni, ma soprattutto sul destino: non riusciva a credere che tutto accadesse per una ragione, proprio mai. Anche se aveva un fratello sanguinario, non riusciva a pensare che una volta nato sarebbe stato destinato a seguire un certo tipo di vita. Era stato un bambino felice: ricordava di aver giocato e riso con Brian, quando erano piccoli. Non si ricordava quando avesse cominciato a cambiare e perché, ma prima era un bimbo spensierato e felice, il giorno dopo era diventato un ragazzino che le metteva i brividi.

Nonostante tutto quello che le era successo, Sidney non credeva che la vita fosse predestinata.

Eppure, stando con Decker a farsi leccare da un cane che avrebbe dovuto essere feroce e abbattuto, non poteva fare a meno di pensare che Decker e Hannah erano destinati a trovarsi.

Sidney si voltò verso il SEAL, gli appoggiò la testa sul petto e lo abbracciò.

"Non che mi dispiaccia, ma... come mai?" le chiese.

Era troppo difficile da spiegare parole, così Sidney si limitò a dirgli: "Sono felice per voi due."

"Anch'io," le disse dolcemente.

Decker la baciò sulla testa e lei sospirò soddisfatta. Poi, un secondo dopo, si lasciò sfuggire un gridolino quando un naso freddo e umido le toccò la parte posteriore del braccio. Hannah le aveva sollevato la manica della maglia e la stava sfiorando con il naso.

Ridendo, Sidney si allontanò da Decker. "Va bene, va bene. Ce ne andiamo." Alzò lo sguardo verso l'uomo che teneva ancora tra le braccia. "La principessa vuole andare a casa, a vedere il suo castello nuovo."

Decker le rivolse un sorrisone, bloccando il respiro di Sidney. Lei l'aveva già visto felice, ma in quel momento lui era *al settimo cielo*. Gli brillavano i denti bianchi alla luce del sole pomeridiano, con rughettine di gioia intorno agli occhi.

"E allora portiamo la principessa a casa."

Sidney voleva riflettere di più su quelle parole, ma si costrinse a lasciarlo andare e a passargli sotto un braccio per aprire la portiera posteriore del pick-up.

Casa.

Era da molto tempo che non si sentiva veramente a casa.

La casa in cui era cresciuta aveva cessato di essere una casa nel momento in cui Brian le aveva fatto temere di aprire la porta. La roulotte in cui viveva non era mai stata una casa, era solo un posto dove dormire.

Però, pensando a casa di Decker... sì, era sicuramente una casa... e per lei fare pensieri simili era decisamente pericoloso.

Allacciò la cintura di sicurezza e si sedette mentre Decker canticchiava sciocchezze ad Hannah e guidava verso la casa sulla spiaggia. Sidney chiuse gli occhi e si lasciò cullare da quella bella voce.

CAPITOLO 8

Si era fatto buio e Gumby sapeva che avrebbe dovuto riaccompagnare Sidney a casa, ma in realtà non voleva perderla di vista neanche per un istante. Per lui quella era stata una giornata intensa e piena di emozioni, in quel momento si sentiva rilassato. Sidney era sdraiata sul divano di fronte a lui mentre Hannah russava placidamente in una delle nuove cucce. La veterinaria lo aveva avvertito che probabilmente avrebbe dovuto far indossare il cono alla cagnolina per evitare che si leccasse le zampe, ma fino a quel momento, ogni volta che Hannah aveva tentato di leccarsi a lui era bastato dirle una sola parola per farla smettere immediatamente.

Gumby aveva ordinato cibo cinese per cena e mentre mangiavano avevano acceso la TV su Discovery Channel, anche se nessuno dei due si era particolarmente concentrato sulla televisione, dato che avevano chiacchierato tutto il tempo. Lui le aveva raccontato le storie di alcune missioni a cui aveva partecipato (senza rivelarle alcun dettaglio top secret, ovvio), lei gli aveva parlato di alcuni cani che aveva salvato.

Sidney gli raccontò anche come aveva ottenuto il lavoro al

parco roulotte: si era appena trasferita, era scoppiata una delle tubature dell'acqua della sua roulotte, si era messa a ripararla ed era arrivato il padrone del parcheggio. Jude era rimasto impressionato da come lei fosse riuscita a cavarsela da sola, ecco tutto; l'aveva scongiurata di lavorare per lui, dato che il tuttofare precedente era un pigrone che dormiva di giorno e folleggiava la notte, come lavoratore lasciava alquanto a desiderare.

Poi erano passati a parlare di Hannah e dei pitbull in generale; Sidney gli spiegò chi fosse Faith, la signora che gestiva il centro di soccorso. Prima che se ne rendessero conto le ore erano volate, ovviamente nessuno dei due era pronto a salutare l'altro per porre fine alla serata.

Gumby era stravaccato su un lato del divano, Sidney era sdraiata e gli aveva infilato i piedi sotto una coscia. Mentre chiacchieravano, lui le accarezzava ritmicamente i polpacci muovendosi ritmicamente.

"Casa tua è proprio bella," gli disse lei dopo un po'.

"Grazie, ho pagato profumatamente l'impresa edile per finire il piano di sotto."

Lei lo guardò accigliata. "Non avresti dovuto sprecare soldi, ti avrei aiutato."

"Lo so... ma davvero, c'è ancora tanto da fare di sopra."

"Posso aiutarti, lo sai. Non ho licenze o certificati, ma me ne intendo."

"Perché non le prendi?"

"Cosa? Le licenze?"

"Sì."

"Posso essere onesta?"

"Sempre."

"Soldi." Lei sollevò una mano per impedirgli di ribattere. "Lo so, lo so: se investo in me stessa, posso guadagnare di più se mi faccio assumere, se lavoro con un'impresa edile o qualsiasi altra cosa, invece di fare i lavori sporchi del parco roulotte."

Gumby scrollò le spalle. "Allora perché non lo fai?"

"Non avevo intenzione di restare qui," ammise lei, facendogli venire una stretta allo stomaco con quella frase. "Ma poi ho incontrato Jude, Nora e Faith. Un mese tira l'altro... poi sono diventati anni, ed eccomi qui."

Gumby si sforzò di rilassarsi. "Cosa ti blocca? Potresti andare al centro di formazione e ottenere qualche certificato. Ammetto di non saperne nulla, ma credo che includano il costo dei test di abilitazione nel corso, no?"

Sidney fece spallucce.

"Dimmi cosa c'è che non va, Sid," la implorò Gumby.

"Ho paura, va bene?" gli disse lei sulla difensiva.

Gumby rimase sorpreso a quelle parole. "Cosa?"

"Mi hai sentita," brontolò lei. "Probabilmente l'insegnante sarebbe tosto con me, dato che sono donna. Inoltre, la maggior parte dei proprietari di imprese edili non vuole le donne nelle squadre."

"Ti rompono spesso le palle per il fatto che sei donna?" le chiese.

Sidney annuì. "So che è difficile da credere al giorno d'oggi, ma molti inquilini del parcheggio, uomini e donne, si lamentano quando vado a fare le riparazioni perché sono convinti che io non capisca nulla di quello che faccio. Al liceo ho seguito due laboratori di attività manuali, ogni volta sia gli insegnanti che i compagni mi hanno reso la vita un inferno... Non voglio più avere a che fare con stronzate simili."

Sidney non sembrava spaventata; in realtà sembrava più diffidente e Gumby non poteva di certo biasimarla. Capiva quella frustrazione, aveva incontrato alcune donne straordinarie in marina che probabilmente sarebbero diventate eccellenti SEAL; anche se al momento le donne potevano perseguire quel tipo di carriera, sapeva bene che per loro sarebbe stato doppiamente difficile affermarsi in quel mondo... e già *gli uomini* facevano una gran fatica a completare tutto l'addestramento.

Gumby si chinò verso il tavolino e prese il cellulare. Premette un pulsante, fece partire una chiamata e la mise in vivavoce.

"Chi stai..." Sidney si bloccò quando qualcuno rispose al telefono.

"Pronto?"

"Ciao, Max, sono Gumby."

"Ehi, come va? C'è qualche problema?"

"No, no, niente del genere. Va tutto alla grande. Apprezzo che tu abbia lavorato tanto duramente per riuscire a fare tutto, oggi ho portato a casa Hannah e al momento sta russando sul pavimento, di fronte a me."

"Bene, bene. Allora, di che si tratta? Hai cambiato idea e vuoi farmi partire subito a lavorare sul piano superiore?"

Gumby ridacchiò ma non distolse lo sguardo da Sidney. "No, devo già vendere un rene per pagare il lavoro che hai già svolto... ma vorrei farti una domanda."

Max ridacchiò dall'altro capo della linea. "Spara."

"Cosa ne pensi sul lavorare con le donne?"

L'altro uomo rimase in silenzio per qualche istante, poi gli rispose: "Lo sai già."

"Ripetimelo," gli disse Gumby.

"Assumo chiunque sia qualificato per fare il lavoro. Al giorno d'oggi è davvero difficile trovare qualcuno in grado di sapere cosa diavolo sta facendo, uomo o donna che sia. Tutto ciò che chiedo ai miei dipendenti è puntualità e impegno. Voglio che trattino ogni lavoro come se stessero sistemando la casa della nonna. Non mi interessa il genere, e tu lo sai bene dato che hai visto la mia squadra al completo nell'ultima settimana."

Gumby lo *sapeva,* sì. Aveva visto i tizi ridere e scherzare di continuo con le donne mentre lavoravano fianco a fianco per completargli la cucina e finire il resto del primo piano.

Sidney continuava a fissare Decker con un'espressione indecifrabile.

"Giusto."

"Conosci qualcuno che ha bisogno di un lavoro?" gli chiese Max.

"No, non ne ha bisogno... ma crede che i proprietari delle imprese edili non vogliano lavorare con le donne."

"Ma va. Finché riesce a tollerare l'umorismo grezzo e le parolacce, è più che benvenuta nella mia squadra."

"Glielo riferirò."

"Fai pure, e fammi sapere anche quando sei pronto per continuare i lavori al piano di sopra... Non vedo l'ora di mettere le mani su quel bagno."

Gumby ridacchiò. Inizialmente voleva occuparsi dei bagni, ma quando aveva deciso di rendere la casa sicura per Hannah aveva cambiato piani. "Lo siamo entrambi," disse a Max. "Ti chiamo quando sono pronto."

"Alla prossima."

"Ciao." Gumby riagganciò la chiamata, bloccò lo schermo del telefono e lo ripose sul tavolino. Prima che Sidney potesse dirgli qualcosa, lui le strizzò una gamba e le disse: "Non è possibile che tu abbia paura di andare al centro formazione, Sid. La tipa tosta che non ha problemi a rintracciare chi maltratta poveri animali indifesi e affronta i tipacci che gestiscono i combattimenti tra cani non può avere paura di un dannato esame. Hai sentito cos'ha detto Max, credo davvero che alla maggior parte dei bravi proprietari delle imprese edili non freghi un cazzo del sesso dei loro dipendenti: vogliono solo qualcuno che sia degno di fiducia e capace nel lavoro. Per quel che ho visto, tu soddisfi tali requisiti. Quindi... cosa ti frena *davvero*?"

Sidney sospirò e guardò il soffitto. "Ho la dislessia," gli

disse a bassa voce. "Faccio pena con i test. Non mi basta mai il tempo e sono stata bocciata tante volte... Non sono abbastanza intelligente per andare al centro formazione e con il tipo di esami che dovrei fare per ottenere le licenze, beh... è come se fossero scritti in cinese."

Gumby si rattristò immediatamente per lei, ma si sentì anche irritato. "Hai un disturbo dell'apprendimento, Sid: questo non ti rende stupida, neanche per sogno. Puoi ottenere delle agevolazioni per avere più tempo per fare quei test, se ne hai bisogno. Non te le avevano fornite al liceo?"

Lei fece spallucce.

Gumby digrignò i denti. "Guardami, Sid." Aspettò che lei abbassasse lo sguardo verso di lui. "Per favore, dimmi che i tuoi genitori ti hanno fatto fare dei test e si sono assicurati di farti affrontare la scuola con le dovute agevolazioni, o che un insegnante ha colto le tue difficoltà e ne ha capito la causa."

Lei non gli rispose, si limitò a fissarlo.

"Cazzo!" imprecò lui, poi le lasciò la gamba e si spostò per finire sopra di lei; appoggiò le ginocchia ai lati delle cosce di Sidney e le mise le mani sulle spalle.

Lei spalancò gli occhi per la sorpresa, portandogli istintivamente le mani sul petto.

Gumby guardò con piacere il modo in cui lei aveva i capelli scuri tutti sparpagliati sul cuscino decorativo del divano; per un istante la immaginò così, sdraiata sulle lenzuola bianco latte del letto, ma scacciò via quel pensiero. Aveva uno scopo da raggiungere, non poteva farsi distrarre dal corpo lussureggiante sotto di lui.

"Un giorno spero proprio che mi racconterai tutto della tua infanzia, Sid. Voglio sapere ogni affronto e ogni ferita che hai subito, così potrò fare tutto il possibile per farti stare meglio. Non mi importa cosa pensi: tu sei intelligente e so che puoi farcela a superare quegli esami. Sarò felice di accompagnarti al centro formazione locale e aiutarti a iscriverti. Ci assicureremo che tu faccia il test con tutte le agevolazioni di cui hai bisogno. Avere bisogno di più tempo per fare un test non ti rende meno intelligente, ti posso garantire che a Max non frega un cazzo se leggi più lentamente rispetto ad altri. Gli importa che tu lavori bene, e basta."

Quando lei non gli rispose, lui si chinò fino a sfiorarle il naso con il proprio. "Tutto chiaro, dolcezza?"

Invece di rispondergli a quella domanda, lei gli disse: "Nessuno ha mai preso le mie difese come hai appena fatto tu."

"Abituati, allora," le disse Gumby.

Sidney si leccò le labbra e poi si mosse, lo baciò chiedendogli tacitamente il permesso di esplorarlo.

Gumby aprì la bocca e ingoiò il gemito di lei mentre iniziavano a danzare con le lingue. Sidney gli portò le mani alla vita e gliele fece scivolare sotto la camicia, facendolo inspirare bruscamente. Lei lo baciò quasi con disperazione; per quanto Gumby apprezzasse quel vigore, aveva bisogno di rallentare gli eventi.

Si mosse su un fianco e si portò dietro Sidney, invertendo le posizioni. I loro fianchi si toccavano, a lui non importava che lei gli sentisse l'erezione provocata dal bacio.

I lunghi capelli neri di Sidney incorniciarono il volto di entrambi, intrecciandosi con la barba di lui. Lei gli teneva ancora le mani sotto la camicia, con le dita piegate sul ventre. Lui sollevò un braccio e le afferrò delicatamente una ciocca di capelli, racchiudendoli in un pugno. Il loro bacio, da appassionato, divenne sempre più intimo. Lei gli leccò il labbro inferiore, poi quello superiore. Lui la imitò, imparando cosa le piaceva e cosa la faceva contorcere di desiderio per lui.

Dopo circa un altro minuto di bacio, lei staccò le labbra da quelle di lui e gli tolse le mani da sotto la camicia. Gli appoggiò la testa su una spalla e sospirò, facendogli irrigidire i capezzoli con il respiro caldo sul collo.

Lui rilassò la presa sui capelli e le accarezzò la testa una volta, poi due... Gli piaceva molto averla accanto a sé: si accorse che in vita sua nulla lo aveva resto tanto rilassato e contento quanto avere Sidney tra le braccia.

"Ho avuto paura per tutta la vita, Deck. Cerco solo di non farlo vedere a nessuno."

"Non devi avere paura, con me," le disse.

"Me ne sto accorgendo."

Quelle parole lo portarono al settimo cielo.

"Un giorno ti racconterò come è iniziato il tutto."

"Mi piacerebbe." Gumby non voleva farle pressioni: per il momento gli bastava averla tra le braccia.

Gumby lanciò un'occhiata verso sinistra, cogliendo un movimento, e soffocò una risatina. "Non ti voltare, ma qualcuno ci sta fissando."

Sidney si voltò e iniziò a ridacchiare, lui sentì il suono rimbombargli nel petto: non gli era mai capitata una situazione simile, con nessuna; voleva sperimentarla di nuovo, e subito.

Hannah si era svegliata e stava fissando quei due strani esseri umani, cercando di capire cosa stessero combinando. La stavano guardando: si alzò sulle zampe posteriori e si appoggiò sul divano con molta cautela. Poi si avvicinò e leccò la faccia a Sidney.

Lei strillò e ridacchiò, cercando di alzare le mani per proteggersi il volto. Gumby cominciò a ridere e Hannah spostò l'attenzione su di lui.

"Va bene, va bene!" esclamò lui e si mise a sedere, tenendo Sidney ancora tra le braccia; a quel punto, Sidney lo fissò per un lungo istante. Avevano improvvisamente assunto una posizione decisamente intima... Lei era seduta su di lui, a gambe aperte, i loro inguini si toccavano. Gumby si rifiutò di sentirsi imbarazzato per farle sentire quanto fosse duro l'uccello. Al contrario, voleva farle capire quanto gli piacesse averla contro di lui, quanto fosse attratto da lei... e quanto la desiderasse.

"Grazie per la bella giornata," gli disse lei dopo qualche momento.

"Ehi, dovrei dirtelo io," le disse.

"Grazie per non aver giudicato male Nora. È una buona amica... a cui piace il sesso... davvero tanto."

"Anche a me piace molto il sesso," le disse con un sorriso. "Credo solo di essere un po' più selettivo di lei, ecco."

"Anch'io," concordò Sidney.

Gumby guardò l'orologio. "Si sta facendo tardi."

Sidney annuì. "Te la caverai con Hannah?"

A essere sincero, lui voleva dirle di no, dirle che aveva bisogno che lei rimanesse per la notte (per sicurezza). Ma sapeva che lei doveva lavorare al mattino, e anche lui. Il giorno prima, il comandante aveva avvertito la squadra che c'era una missione imminente, lui avrebbe dovuto passare più tempo alla base per prepararsi. Non era il momento ideale per prendere un cane, ma tra Caite, che aveva accettato di fare da dog-sitter quando sarebbero partiti, e Sidney, Gumby si sentiva tranquillo.

"Sì, ce la caveremo," le disse, allungando una mano per accarezzare la testolina di Hannah, che aveva messo il muso sul divano, accanto alla gamba di Sidney.

Gumby si alzò, tenendo ancora Sidney in braccio; lei rise e lo strinse ancora più forte. Era una tortura camminare con l'erezione, ma non avrebbe fatto cadere Sidney per nulla al mondo. La portò fino all'ingresso, le tolse con dispiacere le mani dal sedere e la fece scendere a terra. Stringendole le mani intorno alla parte bassa della schiena, ne approfittò per tenerla ancora un po' stretta a sé.

"Vieni qui a cena domani sera, anche per salutare Hannah?"

"Sì."

Gumby sorrise, lei non aveva esitato neanche un secondo.

"Però ci vediamo qui, non devi venire a prendermi."

"Hai paura che parli di nuovo con Nora, eh?" la prese in giro.

"Puoi scommetterci."

"Mandale un messaggio quando sei a casa, stasera," le disse.

Sidney si acciglió. "Perché?"

"Così sa che ti ho riportata a casa sana e salva."

"Ma tanto ci vedremo domani mattina."

Gumby annuì. "Lo so, ma era preoccupata per te. Falla stare tranquilla e rassicurala sul fatto che non ti ho rapito, o non ho gettato il tuo cadavere nell'oceano."

"Beh, accidenti, se la metti così..." scherzò lei. Poi tornò seria. "Non mi farai del male," gli disse con convinzione.

"Certo che no, dannazione. Ma Nora non mi conosce."

"Le manderò un messaggio, allora."

"Bene." Lui la lasciò andare abbastanza a lungo per permetterle di chinarsi e recuperare le scarpe nel punto dove prima lei le aveva calciate quando era arrivata. Entrambi si infilarono le rispettive scarpe, poi Gumby poi prese il guinzaglio e chiamò Hannah: "Facciamo un giretto, bella?"

La cagnolina guaì di gioia e zoppicò fino a loro, vicino alla porta. Gumby si chinò e la prese in braccio. "Ci apri la porta?" chiese a Sidney.

Lei sorrise e scosse la testa. "Viziatissima," lo avvertì.

Gumby si chinò immediatamente e la baciò. "Non c'è niente di male nel viziare le mie ragazze." Detto ciò, uscì per dirigersi verso il pick-up.

CAPITOLO 9

La settimana successiva di Sidney trascorse in modo confuso. A volte la mattina prendeva il caffè con Nora, un bel cambiamento nella loro dinamica amicale, dato che prima non uscivano insieme. Sidney pensava che probabilmente l'amica volesse indagare sull'inesistente attività sessuale con Decker, ma dal momento che Nora le stava simpatica e la faceva ridere, Sidney non si sentiva infastidita dalla curiosità dell'amica. Dopo il caffè, svolgeva tutti i compiti assegnati da Jude; nel pomeriggio andava a casa di Decker per stare con lui e Hannah per tutto il resto della giornata.

Molte volte si accorgeva di restare più del dovuto, soprattutto perché Decker sembrava sempre più stanco. Ogni volta che lei faceva per tornare a casa, lui si opponeva con vigore, dicendole che preferiva passare più tempo con lei e rischiare di essere un po' più stanco.

Hannah, intanto, faceva passi da gigante nel recupero. Non serviva più tenerle le zampe fasciate; anche se si muoveva con fare ancora un po' incerto, migliorava di giorno in giorno, mostrando sempre più personalità. Sidney non l'aveva più sentita ringhiare da quando erano andati a prenderla dalla veterinaria, la cagnolina sembrava essersi affezionata a lei tanto quanto a Decker.

Quel giorno era uno dei primi momenti in cui Sidney si era ritrovata senza quasi nulla da fare. Aveva completato una riparazione d'emergenza su un condizionatore d'aria di una roulotte, ma non aveva altri incarichi; Nora era a casa di uno dei ragazzi che frequentava e Decker era al lavoro.

Sidney cercò di ricordare cosa facesse di solito quando aveva del tempo libero, si accorse con sorpresa che per tanti giorni aveva impiegato quel tempo per scandagliare internet alla ricerca di cani maltrattati, per lo più su piattaforme come eBay e Facebook Markets: aveva trovato Hannah proprio in quel modo.

Si sentì subito in colpa per aver trascurato a lungo tutti quegli annunci, così si sedette al tavolino della sua roulotte, avviò il computer e si mise a controllare eBay. Non riusciva ancora a credere di essere stata così negligente nei confronti dei poveri cani che avevano bisogno di lei; come aveva potuto permettere che la crescente passione per Decker prevalesse così tanto su quella che considerava la propria missione di vita?

Sidney doveva recuperare e fare di tutto per aiutare quanti più cani possibile, per compensare quelli che non aveva aiutato negli ultimi tempi.

Per la milionesima volta pensò che avrebbe dovuto farsi aiutare da un professionista per affrontare i sensi di colpa che l'attanagliavano dall'adolescenza; sapeva di essere ossessionata dal pensiero di salvare gli animali e sapeva benissimo perché... ma non poteva farci nulla, non riusciva a fermarsi: era fin troppo disposta a mettere se stessa (e a volte anche altre persone) in potenziale pericolo, se ciò significava salvare un cane.

Era una follia; accidenti, *lei* stessa era folle, probabilmente... ma il senso di colpa le impediva di fermarsi, tanto comunque non poteva permettersi la terapia.

Sidney continuò a navigare su internet facendo del proprio meglio per scacciare quei pensieri fastidiosi.

Non ci mise molto per trovare quel che stava cercando.

Lo stesso farabutto che aveva maltrattato Hannah aveva creato un nuovo post dicendo che stava cercando un pitbull da regalare alla figlia; si presentava come Victor e insisteva sul fatto che non gli importava dell'età del pitbull, era disperato e voleva regalare alla dolce figlioletta un nuovo amico a quattro zampe.

Erano cazzate, Sidney ne era sicura: quel coglione probabilmente neanche *aveva* una figlia, era molto più probabile che cercasse un cane adulto per farlo lottare o dei cuccioli da addestrare, per farli diventare dei feroci combattenti.

Sidney digrignò i denti e sentì il cuore battere sempre più velocemente. Qualcuno aveva risposto al post, portandola a chiedersi se Victor avesse già ottenuto altri cani per compiere varie nefandezze.

C'era un solo modo per scoprirlo.

Sidney sapeva dove viveva quell'uomo, lo aveva pedinato quando aveva comprato Hannah; il solo pensiero che Victor potesse maltrattare un altro povero cane, come aveva fatto con Hannah, la ferì fisicamente.

Chiuse il portatile e si diresse verso la porta.

Mentre saliva in macchina e usciva dal parco roulotte, rimase sorpresa dal fatto di non sentire lo stesso trasporto che provava di solito quando seguiva le tracce di un cane maltrattato. Sì, certo, voleva salvare un altro animale innocente, ma si ricordava ancora cos'era successo l'ultima volta... di certo Decker non sarebbe apparso dal nulla per aiutarla due volte.

Cercò di domare le proprie paure, poteva farcela: diamine,

ce *l'aveva fatta* almeno un centinaio di volte. Non poteva lasciare che quel tizio torturasse un altro animale innocente.

Sidney aveva visto abbastanza sofferenza, per una vita intera.

La zona in cui si stava dirigendo non era il massimo, ma neanche tanto pessima. Si chiese come mai i vicini di Victor non fossero intervenuti, sicuramente avevano assistito ai maltrattamenti di Hannah. Forse non volevano essere coinvolti, avevano paura di Victor o erano semplicemente senza cuore?

Accostò un paio di case prima rispetto a quella di Victor e rimase seduta in macchina per un lungo momento. Si infuriò con se stessa per aver bisogno di quei pochi minuti in più: era sicura che due settimane prima non avrebbe esitato.

Ma per qualche ragione, in quel momento, era tutto diverso. Non poteva dire con certezza se fosse stata la conversazione con Faith a farla sentire in quel modo, o forse perché aveva molto di più da perdere. La relazione con Decker proseguiva a gonfie vele; le piaceva davvero quell'uomo, ed era quasi certa che anche lui contraccambiasse. Non si era mai trovata in una relazione così intensa... e non avevano fatto altro che pomiciare sul divano.

Sidney aveva la sensazione che dopo aver fatto l'amore, sarebbe stata spacciata. Era *già* mezza innamorata di Decker, conoscerlo intimamente le avrebbe fatto perdere la testa.

Lo sapeva... e sapeva anche come si sentiva lui quando lei si esponeva al pericolo. Lo odiava, anzi, lo *detestava*. Non era arrivato al punto di proibirle di fare proprio quello che stava per fare, ma Sidney aveva la sensazione che se lui avesse saputo cosa stava per succedere, sarebbe andato su tutte le furie.

Ciò avrebbe dovuto farla arrabbiare: nessuno poteva dirle cosa poteva fare o non fare, invece si sentiva accudita. Ai genitori sicuramente non era mai importato un accidente di quello che combinava lei, le avevano letteralmente voltato le spalle dopo che lei aveva testimoniato contro il fratello. Ma in fondo si era sempre sentita da sola... da quando aveva memoria.

Decker le chiedeva sempre di mandarle un messaggio quando tornava a casa; quando parlavano al telefono era davvero interessato a tutto quello che le era successo dall'ultima volta che si erano visti o parlati, evitava sempre che gli altri la urtassero quando camminavano per strada, cercava di prendere il posto esterno quando andavano al ristorante... non era un maschilista, Sidney si era accorta che lui faceva di tutto per frapporsi tra lei e tutto ciò che potesse ferirla.

Cercando di distogliere la mente da Decker, Sidney fece del proprio meglio per concentrarsi su dove fosse e perché: i cani. Victor non avrebbe di certo esitato a prendere a calci, trascinare e ferire un altro cane come aveva fatto con Hannah. Probabilmente quei trattamenti servivano a temprare i pitbull, o qualche idiozia simile.

I cani non avevano chiesto di essere maltrattati, di essere gettati in una fossa con altri cani che avevano subito un lavaggio del cervello ed erano stati maltrattati a tal punto da aggredire qualsiasi bestia si trovassero di fronte.

Sidney scese dalla macchina di nuovo concentrata sui cani, mise le chiavi in tasca e si diresse verso la casa di Victor. Prima avrebbe fatto un'ispezione veloce, per vedere se quel tizio teneva altri cani nel cortile; poi avrebbe ottenuto le informazioni che le servivano e le avrebbe passate a Faith, in modo che la signora potesse far intervenire i contatti tra poliziotti e agenti della protezione animali. Non si sarebbe lasciata coinvolgere fisicamente.

Sì, era un buon piano; Sidney si sentì soddisfatta, rendendosi conto che forse stava compiendo un piccolo passo per superare il senso di colpa che si era trascinata dietro per tanto tempo. Si diresse furtivamente verso il retro della casa di Victor e sbirciò attraverso un buchino nella recinzione.

———

Gumby era proprio stanco. Tra le lunghe nottate trascorse con Sidney e le lunghe giornate passate a rivedere i dettagli della prossima missione, era esausto. Il desiderio di stare con quella donna era diventato più forte dell'istinto di autoconservazione e di mantenere il corpo sempre in condizioni ottimali. Sapeva che era pericoloso, ma non si saziava mai di Sidney. Quel profumo, quella risata, quelle battute... quel corpo e quelle labbra sotto le proprie mani quando si baciavano.

Voleva possederla più di quanto desiderasse il prossimo respiro, ma si stava godendo la passionalità e l'attrazione della loro relazione, non c'era alcuna fretta.

Lei era quella giusta, Gumby ne era certo. Era quella la donna con cui voleva passare il resto della vita, quindi doveva fare tutto con calma, non voleva proprio che lei si sentisse usata o considerata una donna da una botta e via. No... Se fosse stato per lui, quella donna sarebbe diventata Sidney Kincade. Gumby avrebbe dovuto prendere una casa più grande per accogliere i loro bambini e tutti gli animali che avrebbero adottato, senza dubbio: Sidney aveva un cuore troppo grande per resistere all'impulso di adottare altri animali. Sì, poteva tenere la casa sulla spiaggia come seconda casa dove trascorrere qualche giorno e far costruire una casa più grande in un quartiere con altre famiglie, e...

"Cosa ne pensi, Gumby?" gli chiese il comandante.

Gumby sbatté le palpebre, si concentrò su Storm North e si rese conto di essersi perso ogni parola. "Mi scusi, signore," gli disse docilmente. "Non ho afferrato."

Il comandante sospirò, poi gli ripeté pazientemente il punto su cui gli chiedeva un'opinione.

Un'ora dopo Gumby uscì dalla sala conferenze con il resto della sua squadra, doveva proprio scusarsi con i ragazzi. Attese che fossero tutti nella tromba delle scale, poi disse: "Aspettate un attimo, ragazzi."

Gli altri cinque si fermarono e aspettarono di sentire cosa avesse da dire.

"Voglio scusarmi per non essere stato molto sul pezzo, ultimamente. È imperdonabile, non succederà più."

Rocco gli batté una mano sulla spalla. "Ti capisco."

Gumby sapeva che tra tutti i ragazzi Rocco lo avrebbe capito davvero, dato che aveva Caite.

Phantom si acciglió. "Ecco cosa mi preoccupava con Rocco, le donne incasinano sempre tutto."

"Abbiamo già avuto questa conversazione," lo avvertì Rocco, rivolgendosi al compagno di squadra con le mani sui fianchi. "Solo perché ho una donna che amo, non significa che non possa svolgere il mio lavoro."

"Gumby ha sentito solo la metà di quello di cui abbiamo discusso lì dentro," protestò Phantom. "Come diavolo farà a comportarsi bene durante la missione imminente, se non ha ascoltato la metà dei dettagli di cui abbiamo parlato?" Fece un cenno verso la sala conferenze.

"Ho detto che mi dispiace," disse Gumby a Phantom e al resto della squadra. "So di aver combinato una cagata e mi devo dare una svegliata."

"Spero che la figa ne valga la pena," brontolò Phantom.

"Chiudi quella cazzo di bocca," gli disse Gumby, irritato. Poteva anche ammettere di aver fatto un casino, ma non avrebbe mai lasciato che Phantom denigrasse Sidney.

"Così non va," aggiunse Ace.

"Questa era fuori luogo," disse Bubba a Phantom.

La rabbia di Gumby si placò leggermente di fronte al sostegno degli altri compagni. Fece un grande respiro e guardò Phantom dritto negli occhi. "So che le donne della tua vita ti hanno trattato di merda, e mi dispiace tanto, ma Sidney *non* è come loro, e non lo è nemmeno Caite. Sto cercando di comportarmi bene e di scusarmi per non essere stato totalmente presente, ma non ti permetterò di parlare male della mia donna. Non voglio proprio che lei si senta a disagio con qualcuno di voi, ma se continui a comportarti così farò tutto il possibile per tenerla lontana da te. *Questo* sì che danneggerebbe l'affiatamento della squadra, e sarebbe una merda."

"Lei è quella giusta per me, Phantom... voglio passare il resto dei miei giorni con Sidney, e voglio che lei vi consideri tutti come dei fratelli. Desidero che le vogliate bene come se fosse vostra cognata."

Gli altri mormorarono di essere d'accordo, ma Gumby continuava a fissare Phantom: il compagno gli sembrava sia furioso che dispiaciuto.

"Dopo tutti gli anni in cui ci conosciamo, non ti abbiamo fatto pressioni per saperne di più sulla tua infanzia; sappiamo che hai sofferto e che le donne della tua vita ti hanno fatto passare le pene dell'inferno... ma non puoi andare avanti così, amico mio. Il risentimento ti sta divorando l'anima. Sidney non ha fatto altro che essere gentile con te, mi sembrava che ti fosse piaciuta quando siete venuti tutti a casa mia per conoscerla. Cos'è cambiato?"

Phantom esitò per un istante, poi gli disse tranquillamente: "Non voglio vedere nessuno di voi essere manipolato e trattato come una merda, così come mia madre trattava gli uomini."

Rex aprì la bocca per rispondere ma Gumby sollevò una mano per fermarlo. "Ti voglio bene, amico. So che noi come uomini non dovremmo dirci frescacce simili, ma vaffanculo. Voglio bene a tutti voi! Ne abbiamo passate di cotte e di crude, insieme... vi ho salvato la vita, così come voi l'avete salvata a me. Mi aspetto che voi interveniate se frequento una stronza che mi tratta male, ma Sidney non è una stronza, lo so e basta. Il fatto che io la ami non diminuirà l'affetto che provo per voi." Mise una mano sulla spalla di Phantom. "Dalle una possibilità... il solo pensiero di voi due che non andate d'accordo mi devasta. Ti supplico, Phantom. Ti prego."

Il compagno annuì una volta.

Gumby lasciò cadere la mano, sollevato. "Mi impegnerò per tornare ad essere presente, so di aver battuto la fiacca e non succederà più."

"È difficile capire l'equilibrio tra le necessità della tua donna e ciò che serve per essere un SEAL totalmente operativo," gli disse Rocco.

Gumby apprezzò quel commento. "Eh, me ne sto accorgendo."

"Per quel che ho visto, comunque, Sidney non mi sembra il tipo di donna che ha bisogno di avere sempre qualcuno vicino, proprio come Caite. Ha un lavoro e una vita, al di fuori di te."

"Lo so," gli disse Gumby.

"E ci ha spaccato il culo a *This is War*," aggiunse Bubba.

Tutti ridacchiarono.

"Vero," disse Gumby. "Comunque, apprezzo che mi abbiate capito, ma ora è tutto a posto. Ho capito il mio sbaglio e non dovrete preoccuparvi, farò la mia parte nella prossima missione."

Tutti annuirono e gli diedero una pacca sulla spalla mentre scendevano le scale.

Gumby prese Phantom per un braccio. "Abbiamo risolto?"

"Sì."

"Guarda che dicevo sul serio," gli disse Gumby. "Se hai bisogno di parlare con qualcuno... io ci sono."

Phantom annuì, ma Gumby aveva la sensazione che

l'amico non sarebbe andato tanto presto a parlargli con il cuore in mano; avrebbe dovuto affrontare i demoni che si portava dentro, a modo proprio e con i propri tempi.

Gumby si stava dirigendo verso il pick-up quando gli squillò il telefono. Non appena vide che era Sidney, sorrise.

"Ehi."

"Sto bene."

Gumby si bloccò nel bel mezzo del parcheggio, con il cuore che gli batteva a mille. "Cosa?"

"Sto bene. Volevo fartelo sapere subito, così non dai di matto."

Ma ormai era troppo tardi. "Cos'è successo?"

"Mi sono cacciata in un altro... guaio... con quel coglione dell'ex-padrone di Hannah."

"*Cosa?!*" Gumby non riusciva a concepire quel pensiero.

"Ma sto bene, te l'ho detto! Mi sono procurata giusto un paio di lividi e graffi, gli ho portato via un altro cane."

Gumby si sentì male, l'occhio nero che lei si era procurata combattendo contro quel coglione era finalmente guarito e lo aveva appena affrontato di *nuovo*? "Dove sei?" sbraitò.

Sidney esitò, Gumby si rese conto di essere stato troppo severo ma non poteva farci proprio nulla.

"Sono da Faith."

"Qual è l'indirizzo?"

"Decker, sto bene," gli disse dolcemente.

"Dimmi. Qual. È. L'indirizzo." le ordinò, scandendo chiaramente ogni parola.

Lei glielo diede, poi disse: "Davvero, Decker. Sto bene."

"Non muoverti di lì, sto arrivando."

"Non avevi una riunione, oggi?"

"Sì, abbiamo appena finito... stavo comunque andando verso casa."

"Oh." Sidney rimase un attimo in silenzio. "Non vuoi sapere del cane?" gli chiese.

Gumby riprese a camminare verso il pick-up, a passo spedito. "Guarda, onestamente... No. Sono più preoccupato per il fatto che la mia donna si sia cacciata di nuovo in qualche guaio, che si sia procurata lividi e graffi per aver affrontato un pezzo di merda che non si fa problemi a gettare dell'acido su un animale indifeso." Fece un respiro profondo, cercando di controllare le proprie emozioni, poi le chiese: "È stata Faith a chiederti di intervenire?"

Lei esitò, Gumby aveva già capito tutto prima ancora che Sidney gli rispondesse.

"No, ero a casa a fare nulla e mi sono accorta che non seguivo i social da un po'... Ho visto il post di Victor, stava cercando di rimediarsi altri cani. Non avevo intenzione di fare nulla, te lo giuro... ma quando ho visto quel povero cucciolo che piangeva incatenato nel cortile, non potevo starmene con le mani in mano."

"Avresti potuto chiamare la polizia, Faith o me," la sgridò Gumby.

Quando lei non gli rispose, lui sospirò. Si sentiva sempre più stanco, le poche ore di sonno iniziavano a farsi sentire. Adorava Sidney per la sua compassione, anche se in quel momento detestava tale qualità. "Ok, resta lì. Arrivo il prima possibile."

"Sei arrabbiato," gli disse lei.

"No," ribatté lui. "Sono preoccupato, spaventato... e un po' frustrato."

"Mi dispiace."

"Ci vediamo tra poco."

"Sì. Guida con prudenza."

"Lo farò. Ciao."

"Ciao."

Gumby chiuse gli occhi prima di mettere in moto il veicolo, fece un respiro profondo e cercò di controllarsi. Sapeva bene di non poter essere al fianco di Sidney ogni minuto della giornata, ma non gli andava giù che lei si fosse messa in una condizione di serio pericolo. Non aveva dubbi sul fatto che quel Victor non si sarebbe fatto il minimo scrupolo di sfogare tutte le frustrazioni su Sidney. Le aveva messo le mani addosso già due volte e Gumby non voleva che accadesse anche la terza.

Però se Sidney non si fosse reso conto da sola dei pericoli che correva stanando i maltrattatori di cani, non sarebbe stato sicuro di cosa poter fare per proteggerla.

Gumby uscì dal parcheggio scuotendo la testa e si diresse verso l'indirizzo fornito da Sidney.

———

Sidney si morse un labbro e se ne pentì immediatamente. Aveva dimenticato che Victor le aveva sferrato un pugno potente e gliel'aveva spaccato. Le faceva male la spalla, nel punto dove lui era riuscito ad afferrarle il braccio per tirarlo verso l'alto nel tentativo di lasciarle cadere il cucciolo; le faceva male anche il viso nel punto in cui si era graffiata arrampicandosi sulla staccionata per scappare... ma almeno era riuscita a portargli via il cucciolo.

Si era sentita al settimo cielo per essere riuscita a salvare quel piccoletto, era carica di adrenalina... finché non era giunta a casa di Faith.

La signora le aveva lanciato un'occhiata stringendo le labbra, come se fosse delusa.

Quel gesto aveva ferito Sidney.

Ma dopo aver lavato e nutrito il povero cucciolo, che al momento le dormiva tra le braccia, Sidney si era sentita molto meglio.

"Ha il diritto di essere infuriato," le disse Faith dalla sedia posizionata di fronte al divano dove Sidney era seduta con il cucciolo in braccio.

"Non comanda lui," le disse Sidney, sentendosi immediatamente come una ragazzina scontrosa.

Faith scosse la testa. "Io *sono* infuriata con te," le disse. "Ti avevo detto di non correre più certi rischi."

"Ma..." Sidney indicò il cucciolo che teneva in grembo. "L'ho salvato."

"Sì, ma se mi avessi chiamato informandomi su cosa stava succedendo, avrei potuto contattare chi dico io e i miei contatti sarebbero stati in grado di salvarlo *legalmente*."

"Sai bene quanto me che non sarebbe stato così semplice, Faith. Quelli della protezione animali avrebbero visto la cuccia e la ciotola d'acqua, non avrebbero avuto motivo di portarlo via. Victor fa il necessario per tenere la legge alla larga; avrebbe ucciso questo cucciolo o l'avrebbe fatto combattere, lo sai."

"Va bene, ma non puoi andare in giro a rubare gli animali della gente, Sidney," la rimproverò Faith. "Questo centro di soccorso non opera come un gruppo di vigilanti. Se si spargesse la voce che ci procuriamo i nostri animali illegalmente, il centro verrebbe chiuso prima ancora che tu possa dire 'bau'. So che hai bisogno di aiutare i cani Sidney, davvero, ma *non puoi* continuare così."

Sidney detestava essere rimproverata, specialmente da quella donna che ammirava profondamente.

"Sono preoccupata per te, Sidney. Sono nel campo del soccorso animale da molto tempo... ho visto di tutto e di più, tanta merda. Ho incontrato molte persone appassionate per la nostra causa, ma credo che tu sappia bene quanto me che stai correndo troppi rischi. *Devi* darti una calmata."

"Io... lo so che il mio atteggiamento non è salutare," ammise Sidney a bassa voce, nascondendo la testa nel pelo pulito del cucciolo che teneva tra le braccia. "Ma non riesco a fermarmi."

"Allora forse hai bisogno di aiuto," le disse Faith con tono deciso.

"Ho paura che sia troppo tardi. Avrei dovuto intervenire molto tempo fa, per molte ragioni."

"Non è mai troppo tardi," le disse Faith gentilmente. "Parlare con qualcuno e capire da cosa derivi questo impulso di salvare i cani può fare molto per renderti più facile smettere di correre tanti rischi."

Sidney non ne era sicura, ma più ci pensava, più ci voleva provare. Non voleva mettere in pericolo la relazione con Decker e in più era stanca di provare quel senso di colpa; era stanca di sentirsi come se la sicurezza di ogni singolo cane maltrattato gravasse solo su di lei.

Ma nell'istante in cui pensò di farsi aiutare da uno specialista, il solito senso di colpa tornò a tormentarla con grande forza.

Faith non capiva... ma sapendo che non sarebbe stata in grado di convincerla in quel momento, Sidney si limitò ad annuire.

La signora sospirò di nuovo, probabilmente aveva capito di non essere riuscita a convincere del tutto la donna che le stava di fronte.

In quel momento bussarono alla porta e Faith si alzò in piedi. "Non muoverti," disse a Sidney. "Vado io."

Sidney annuì di nuovo, non molto entusiasta di vedere Decker; sapeva che anche lui era arrabbiato con lei, non era sicura di poterlo affrontare in quel momento.

In pochi secondi il SEAL era inginocchiato di fronte a lei. Le portò una mano al viso e l'accarezzò. "Stai bene?" le sussurrò.

Anche se glielo aveva già detto più volte, Sidney gli disse ciò che era necessario per calmarlo. "Sto bene."

Lui le guardò il labbro e si accigliò. Proseguì a guardarle il corpo; Sidney sapeva che non poteva vedere molto per via della coperta e del cucciolo che teneva in grembo.

"Dove sono le altre ferite?" le chiese.

"Decker, sto bene."

"Dove sono le altre ferite?" le ripeté. "Hai parlato di graffi e lividi."

"Le ha strattonato la spalla," intervenne Faith da dietro di loro. "Mi ha detto che si è graffiata il fianco scavalcando la recinzione, probabilmente sotto i vestiti ha altri lividi di cui non mi ha parlato."

Sidney sollevò il cucciolo, tentando di distrarre Decker. "Guardalo, non è carino?"

Decker portò lo sguardo sul cagnolino per un nanosecondo prima di ritornare a guardare lei. "Sì."

Sidney guardò Decker, stupita per la mancata reazione alla vista del cagnetto (o meglio, era più stupita dal fatto che non fosse riuscita a distogliere l'attenzione di Decker da *lei*) ...

... e notò ciò che le era sfuggito quando lui aveva varcato la porta: sembrava distrutto, tra le occhiaie e la fronte corrugata in un perenne cipiglio.

"Ma *tu* stai bene? Sembri stanco..."

"Sono esausto," le disse senza esitazione.

Sidney si sentì subito in colpa, sapeva che gran parte della stanchezza di Decker derivava dal fatto che lei era stata a casa del SEAL fino a tardi, per ogni sera dell'ultima settimana. Sapeva che Decker si alzava presto ogni mattina per allenarsi e che lui e i suoi compagni di squadra si stavano preparando per una grande missione: non gli aveva fatto troppe domande perché lui non le poteva rispondere, ma in quel momento Sidney si pentì di essere stata così egoista. Voleva passare tempo con lui, sentiva che anche lui desiderava lo stesso... ma avrebbe dovuto prendersi più cura di Decker.

Quel pensiero la fece trasalire: Decker era un uomo adulto,

lei non doveva "prendersi cura" di lui, però... quell'espressione le rimase impressa. Sidney sapeva per istinto che lui avrebbe fatto di tutto per renderla felice, si sentiva malissimo per non essersi accorta di quanto lui si fosse stancato ultimamente, andando a letto tardi e iniziando a lavorare presto.

Sidney si strinse al petto il cucciolo con una mano e tese l'altra a Decker. "Aiutami ad alzarmi," gli disse.

Lui si alzò e obbedì. Una volta in piedi, Sidney andò verso Faith e le consegnò il cucciolo. "Devo andare," le disse.

Faith prese il cagnolino, sorpresa.

Sidney sapeva che si stava comportando in modo anomalo: in genere, dopo aver salvato dei cani, le piaceva passare ore con quegli animali per assicurarsi che si sentissero a loro agio prima di farli adottare a qualcuno. E invece eccola, trascorsa solo un'ora dopo aver salvato quello scricciolo, pronta ad abbandonarlo.

Ma no, non lo stava abbandonando. Stava lasciando che fosse Faith ad occuparsi del cucciolo, azione che la signora era perfettamente in grado di compiere. Sidney doveva prendersi cura del proprio uomo, ridotto a un lumicino.

"Andiamo," ordinò a Decker, prendendolo per mano.

Lui la tirò a sé e le cinse la vita con un braccio. Sidney trasalì quando le sfiorò il graffio sul fianco con il braccio, ma fece del proprio meglio per nascondergli il dolore.

Decker se ne accorse, vigile come sempre, e cambiò immediatamente la posizione del braccio prima di rivolgersi a Faith. "Mi dispiace che non abbiamo avuto la possibilità di conoscerci meglio, ma mi piacerebbe rimediare, visto che ovviamente lei è una persona importante per Sidney."

Faith apparve di nuovo sorpresa ma addolcì l'espressione. "Certo. Dato che ovviamente anche tu sei importante per Sidney, avremo modo di approfondire la nostra conoscenza."

Decker annuì.

Sidney ignorò la gioia provata nel vedere Decker e Faith

interagire, si girò verso di lui e gli disse: "Vorrei portarti a casa, ma so che hai bisogno del tuo pick-up in mattinata. Te la senti di guidare fino a casa?"

Lui la guardò stranito. "Certo."

Sidney si girò e salutò Faith, poi uscirono dalla porta. Dopo essersi assicurata di aver richiuso con cura la porta alle proprie spalle, si girò tra le braccia di Decker e lo guardò. "Sei stanco e stressato, chiamarti per dirti cos'ho combinato non ti aiuta di certo. Voglio portarti a casa, darti da mangiare e lasciarti dormire. Me ne sono accorta solo ora e mi dispiace. Hai bisogno di una notte di sonno completo e farò in modo che tu ce l'abbia."

"Sidney... sono un SEAL. Siamo abituati a non dormire molto," le disse.

"L'hai detto tu stesso: sei esausto. Quindi ti seguirò fino a casa, ti farò sistemare e poi ti lascerò riposare. Dopo potremo discutere di quello che ho fatto."

"Non voglio discutere," le disse Decker con un sospiro. "Sono solo molto preoccupato per te e per la tua necessità di salvare ogni cane, a discapito della tua stessa salute e sicurezza." Le passò un pollice sul labbro, sfiorandola leggermente, ma lei percepì quella carezza gentile fino all'anima.

"Sei davvero in grado di guidare?" gli chiese lei, cercando di controllarsi.

"Sì, Sid. Sono in grado di guidare."

"Ok, allora ti seguo."

Lui sospirò, ma annuì. "Ti permetterò di nutrirmi, ma a una condizione."

Sidney alzò gli occhi al cielo. "Quale?"

"Anche tu dovrai lasciarti curare, voglio vedere le tue ferite. Lascia che me ne occupi io."

Sidney fissò Decker per qualche istante e capì che lui aveva bisogno di constatare con i propri occhi che lei stesse bene.

"Va bene, affare fatto."

Lui si chinò e le sfiorò il lato non ferito della bocca con le labbra. "Affare fatto," le disse a bassa voce. Poi la prese per mano e le fece strada giù per le scale della casa di Faith, verso i loro veicoli.

Il viaggio di ritorno si svolse senza intoppi. Una volta arrivati, lui la raggiunse quando scese dalla macchina e la prese per mano ancora una volta. Entrarono in casa e Hannah li accolse festosamente, scodinzolando come una matta. Salutò prima Decker, poi si avvicinò a Sidney per farsi accarezzare, annusandola con molto interesse (probabilmente sentiva l'odore del cucciolo che Sidney aveva tenuto in grembo).

Decker lasciò che Hannah li salutasse con entusiasmo e poi la fece entrare in casa, dove la cagnolina saltellò allegramente e crollò nella cuccia, felice del ritorno del suo amico umano.

Senza proferire parola, Decker condusse Sidney nel bagno principale del piano di sopra e le disse: "Fammi vedere."

Sidney sapeva che Decker non avrebbe avuto pace, mangiato o riposato prima di averla accudita e quindi fece come richiesto. Sollevò la maglia e gli mostrò il graffio sul fianco.

Lui rimase in silenzio, ma si acciglio mentre prendeva un asciugamano pulito. Fece scorrere l'acqua fino a quando divenne calda, bagnò l'asciugamano e le tamponò delicatamente la ferita. Lei dovette sbottonarsi i jeans per permettergli di accedere totalmente al graffio sul fianco, ma non aveva paura che lui si comportasse male. Era più che ovvio che Decker era più preoccupato per lei, non c'era in ballo nulla di sessuale. Quando arrivò il momento di fargli ispezionare il braccio, Sidney lo tirò fuori dalla maglia; era ancora coperta, con la stoffa che le proteggeva il seno, ma si sentiva comunque nuda davanti a Decker.

Lui le esaminò il braccio, notando che lei trasaliva e non

riusciva a compiere determinati movimenti. Le baciò delicatamente i lividi a forma di dita sulla parte superiore del braccio e la aiutò a inserire di nuovo il braccio nella manica della maglia.

"Non credo che tu abbia bisogno di punti sul labbro," le disse quando lei si fu rivestita. "Vado a prenderti degli impacchi di ghiaccio, uno per il labbro e uno per la spalla. Vuoi metterti qualcosa di più comodo, per caso? Posso prestarti una maglietta e un paio di pantaloni della tuta. Magari ti staranno larghi, ma sono comodi e puliti."

Sidney chiuse gli occhi per un secondo, Decker era sempre così premuroso e gentile con lei; avrebbe dovuto urlare contro, dirle che si era comportata da idiota... e invece non solo si stava trattenendo, ma si stava anche prendendo cura di lei.

"Sarebbe fantastico," gli disse.

Decker annuì mentre la guardava per un lungo momento, prima di chinarsi in avanti e baciarla sulla fronte. "Ti metto i vestiti sul letto, poi vieni quando sei pronta." Detto ciò, Decker si voltò e lasciò il bagno.

Sidney si concesse qualche minuto per riprendersi: ecco il motivo per cui ogni sera era così riluttante ad andarsene, o perché non aveva problemi a parlare con Decker fino all'alba... Lui aveva un modo tutto suo per farla sentire speciale, come se al mondo non ci fosse nessun altro, oltre a loro due; come se lui non avesse nient'altro di meglio da fare che sedersi e ascoltarla parlare a vanvera di qualunque argomento.

Sidney si costrinse a lasciare il bagno e a indossare il cambio che lui le aveva lasciato sul letto, sapendo che la stava aspettando. Come previsto, la maglietta grigia con la scritta MARINA e i pantaloni della tuta le stavano grandi ma non le sfregavano il fianco; le piaceva l'odore di Decker: era come se lui la stesse abbracciando di continuo.

Sidney si guardò in giro, la camera di Decker era un disastro; c'erano scatole dappertutto e lei si muoveva tra pannelli di legno, la vernice sulle pareti si stava scrostando. Il paragone tra quella stanza e il piano di sotto era sconvolgente. Ripensando allo stato del bagno in cui era appena stata (il bancone del bagno verde lime, l'orrenda carta da parati e l'agghiacciante combinazione vasca/doccia) capì davvero cosa aveva fatto Decker: aveva fatto risistemare in fretta e furia solo le aree in cui Hannah passava più tempo, invece di rendere più confortevole e moderno lo spazio in cui viveva lui.

Non conosceva molte persone che avrebbero fatto una scelta simile... soprattutto per un cane. Molti lo avrebbero definito fuori di testa, gli avrebbero detto che Hannah era "solo un cane", ma lui aveva agito comunque in quel modo.

Proprio in quel momento, Sidney chiuse gli occhi e si rese conto di essersi innamorata di Decker.

Era pazzesco; lo conosceva da poco tempo, ma era proprio così. Nessuno l'aveva fatta sentire tanto speciale e accudita, era giunto il momento di ricambiare. Era stata una compagna di merda. O per lo meno... stavano insieme? Non lo sapeva, ma ciò non le avrebbe impedito di fare tutto il possibile per assicurarsi che Decker avesse tutto ciò di cui aveva bisogno... ovvero del buon cibo e una bella notte di sonno.

Quando arrivò in fondo alle scale, vide subito Decker sul divano. Sul tavolino davanti a lui c'era un asciugamano, con due sacchetti di piselli congelati. Hannah era sdraiata sul pavimento, con la testa vicino ai piedi del padrone, mentre Decker aveva appoggiato la testa sullo schienale del divano. Aveva gli occhi chiusi, sembrava stesse dormendo.

Solo l'ennesima conferma del fatto che lui aveva raggiunto il punto di non ritorno. Il Decker che lei conosceva non si sarebbe mai addormentato prima di essersi assicurato che lei fosse a posto e in salute.

Sidney si avvicinò al frigorifero in punta di piedi, lo aprì e sbirciò dentro. Vide che c'era tutto il necessario per prepararli uno dei suoi piatti preferiti... pasta al formaggio. Incrociò le dita sperando di trovare la pasta, aprì la dispensa e sorrise. Bingo.

Mezz'ora dopo, mentre stava versando due piatti di pasta cremosa col formaggio filante, sentì Decker muoversi. Alzò lo sguardo e vide che si era alzato dal divano, si stava dirigendo verso di lei.

"Mi dispiace," le disse, con gli occhi ancora velati dal sonno.

"Siediti," gli ordinò lei, indicando con la testa il tavolo vicino.

Sidney rimase leggermente scioccata quando lui obbedì. Gli mise davanti un piatto fumante di pasta al formaggio e una bottiglia d'acqua. Si sedette accanto a lui e trattenne il respiro mentre Decker prendeva una forchetta, infilzava un maccherone e se lo portava alla bocca.

Chiuse gli occhi e gemette, Sidney sorrise.

"Ti piace?"

"Dio, sì. Troppo," le disse con un sorriso. Le mise una mano dietro la nuca e la tirò delicatamente verso di lui, poi la baciò. Fu un incontro di labbra breve e delicato, non uno dei soliti baci roventi, ma Sidney si sciolse lo stesso.

"Grazie," le disse dolcemente.

"Figurati."

Decker le gettò un ultimo sguardo sulle labbra, poi le lasciò andare il collo e spazzolò il piatto come se non avesse mangiato da giorni. Dopo aver finito la prima porzione, si alzò e si servì di nuovo prima di sedersi e mangiare più lentamente. Quando ebbero finito, Sidney mise i piatti nel lavandino e aprì il rubinetto.

"Lascia, li pulirò domani," le disse.

Sidney scosse la testa. "Non ci metterò tanto, mentre cucinavo ho pulito gli altri piatti."

Lui non protestò ma non tornò a sedersi. Rimase in cucina, con un fianco contro il top della cucina e la bottiglia d'acqua in mano; la guardava mentre lei lavava gli ultimi piatti della cena. Quando Sidney ebbe finito, lui le tese una mano; Sidney la prese e andarono verso il divano. Si sedettero e lui si chinò in avanti per prendere le confezioni di piselli.

"Non sono più del tutto congelati, ma saranno utili," le disse prima di portargliene una delicatamente sul viso.

Sidney inspirò bruscamente per il contatto freddo del pacchetto sulla pelle, ma non si ritrasse.

"Metti questo sotto la maglietta, sulla spalla," le ordinò lui, porgendole l'altro pacchetto di piselli avvolto in un piccolo asciugamano. Lei fece come richiesto e poi sospirò soddisfatta quando lui la tirò contro di sé.

Rimasero a lungo in quella posizione, finché i piselli divennero tiepidi. Sidney sapeva che Decker si era mezzo addormentato, non voleva fare nulla per svegliarlo. Appoggiò i piselli e gli asciugamani sul tavolino, poi si accoccolò contro di lui. Decker la sorprese sdraiandosi sul divano, portandola sopra di lui.

Sidney fece per scivolare via, ma lui strinse l'abbraccio.

"Forse dovrei andare," gli disse dolcemente.

"Resta qui," le rispose.

"Decker, sei esausto. Hai bisogno di dormire."

"Ho bisogno di stringerti ancora per un po'. Oggi mi hai fatto prendere un bello spavento, Sid."

Come poteva negarglielo? La verità era che anche Sidney si era spaventata, quel giorno. Aveva lottato contro un Victor molto più furioso rispetto all'ultima volta, non voleva pensare a quello che avrebbe potuto farle se fosse riuscito a trascinarla oltre il recinto nel cortile.

Sidney si rilassò su Decker, lasciandosi andare.

"Grazie," le sussurrò.

"Rimango solo per un po', ok?" gli chiese lei sussurrando a sua volta.

"Ok," le rispose.

Sidney chiuse gli occhi, adorava la sensazione di conforto provata tra le braccia di Decker. Si addormentò in pochi minuti.

———

Dall'altra parte della città, Victor Kennedy era furibondo.

Più che furibondo.

Non per il cane... fanculo il cane, poteva procurarsi altri cento cuccioli, se voleva. Ma quella fottuta benefattrice l'aveva fregato per la seconda volta.

Non ci sarebbe stata una terza occasione.

Ignorando i ringhi e i latrati dello scontro alle proprie spalle, Victor cercò di pensare a un modo per mettere le mani su quella troia, doveva dimostrarle che si era messa contro la persona sbagliata.

Victor fu folgorato da un'idea deliziosamente orribile mentre il combattimento tra cani infuriava.

Sapeva esattamente cosa fare. Lei ci avrebbe riprovato, era più che ovvio; lui sarebbe stato pronto. Si sarebbe preparato prima di mettere un altro annuncio sui social media... *doveva* essere così che lei si era accorta del nuovo cane.

Victor sorrise mentre guardava distrattamente un pitbull nel ring lacerare la gola di un altro cane e continuare a sbrindellare la carne nonostante l'altro avesse smesso di muoversi.

Sì, la stronza avrebbe sicuramente rimpianto il giorno in cui gli aveva rubato quei cazzo di cani.

CAPITOLO 10

Gumby si era svegliato più volte nel corso della notte, probabilmente perché si era addormentato molto presto; quando aveva detto a Sidney di non aver bisogno di molto sonno era sincero. Certo, doveva riposarsi di più nell'ultimo periodo, ma dieci ore di sonno erano persino troppe.

Gli era piaciuto svegliarsi e ritrovarsi Sidney addosso, addormentata profondamente. Evidentemente non era l'unico a non aver dormito a sufficienza negli ultimi giorni. Per la prima volta dopo tanto tempo, Gumby aveva dormito con una donna senza aver... *fatto nulla* con lei. Gli piaceva ascoltare i respiri lunghi e regolari di Sidney contro il collo, per non parlare di quanto gli piacesse sentirsela addosso.

Non sapeva quali fossero gli impegni di Sidney ed era sicuro che, se fosse rimasto a lungo in quella posizione l'uccello avrebbe mal interpretato la situazione, quindi si mosse lentamente e scivolò via da lei.

Fuori era ancora buio, in un'ora circa doveva andare ad allenarsi ma non aveva intenzione di andarsene senza dirle nulla.

Sidney si girò su un fianco con un leggero brontolio per

cercare di mettersi comoda. Gumby sorrise e la coprì con un plaid che si trovava sullo schienale del divano. Finché avevano condiviso il calore corporeo non era servita la coperta, ma in quel momento lei aveva bisogno di un po' di calduccio. Gumby le rimboccò la copertina, godendosi come lei sospirò soddisfatta.

Però nell'istante in cui le vide il labbro spaccato, Gumby si acciglio. Detestava il fatto che si fosse fatta male di nuovo, ma che soprattutto aveva rubato un altro cane allo stesso stronzo che l'aveva picchiata già una volta, quando si erano conosciuti.

Amava il grande cuore di Sidney e la crociata per salvare gli animali in difficoltà, ma non approvava il metodo; non le importava della sicurezza. Era sicuro che dietro quelle azioni si celasse qualcosa di più profondo, sperava che un giorno lei si sentisse abbastanza sicura e si fidasse di lui abbastanza da aprirsi e spiegargli tutto. Aveva la netta sensazione che finché Sidney non avesse affrontato di petto i fattori scatenati, non sarebbe mai stata in grado di superarli.

Le baciò delicatamente la fronte, si alzò e si diresse verso le scale per cambiarsi. Se fosse dipeso da lui, quel giorno sarebbe rimasto a casa per trascorrere tutto il tempo con Sidney, ma Gumby e gli altri SEAL si stavano preparando a partire per il Medio Oriente, c'erano gli ultimi preparativi da sistemare. Inoltre, Sidney aveva i propri impegni.

Gumby voleva parlarle di più sul tema del salvare cani: doveva cercare di farle capire seriamente che si era comportata di nuovo in modo molto pericoloso; andava bene salvare i cani e aiutare tutti gli animali maltrattati, ma rubare pitbull da malintenzionati, sospettati di addestrare cani per combattimenti illegali, non era per nulla saggio.

Però non le avrebbe parlato quel giorno, entrambi avevano altro da fare.

Gumby era preoccupato per lei, non gli piaceva vederla

coperta di lividi e detestava *seriamente* vederla coperta di sangue. Era inaccettabile e Gumby avrebbe preferito rinchiuderla da qualche parte per proteggerla.

Ma se si fosse comportato così Sidney avrebbe detestato *lui*... quello sì che era inaccettabile. Gumby non sapeva bene come muoversi o cosa consigliarle per permetterle di continuare a salvare i cani, restando però al sicuro. Era certo che insieme avrebbero trovato un modo... o almeno, lo sperava. Non era sicuro di poter reggere un'altra chiamata come quella che aveva ricevuto il giorno prima; la prossima volta poteva chiamarlo un poliziotto, o qualcuno dal pronto soccorso per dirgli che tristemente Sidney non ce l'aveva fatta.

Gumby indossò i vestiti per l'allenamento e preparò una borsa per potersi fare la doccia e cambiarsi alla base. Lui e i ragazzi ultimamente andavano direttamente alle riunioni, appena finito l'allenamento, così speravano di poter tornare a casa un po' prima. Rocco voleva passare più tempo possibile con Caite prima della partenza, gli altri volevano giusto un po' di tempo per rilassarsi e distrarsi dal pensare a ciò che avrebbero affrontato all'estero.

Scese dalle scale in punta di piedi, fece un gesto ad Hannah e la cagnolina ubbidiente si alzò dalla cuccia per seguirlo. La portò fuori a fare i bisogni e poi la fece andare in cucina per darle un'occhiata alle ferite: la schiena andava molto meglio. La ferita non spurgava più, era rimasta una linea rossa in via di guarigione, senza pelo intorno. La pelle era rosa ma la veterinaria aveva assicurato a Gumby che Hannah non sentiva alcun male dato che i nervi erano stati bruciati dall'acido.

Anche le zampe stavano migliorando; i cuscinetti si erano staccati, spaventando Gumby, ma la veterinaria gli aveva assicurato che andava bene così, i nuovi cuscinetti sottostanti stavano ricrescendo, così lui si fidava. Hannah non zoppicava più come quando era arrivata a casa, il SEAL era felice del fatto che presto la cagnolina sarebbe guarita completamente.

Versò del cibo nella ciotola di Hannah e le mise dell'acqua fresca. Osservando la cagnolina felice che scodinzolava mentre mangiava, Gumby si chiese per l'ennesima volta come potessero esserci persone in grado di ferire intenzionalmente un animale dolce come Hannah.

Sorseggiò una tazza di caffè solubile mentre aspettava che Hannah finisse di nutrirsi alla luce della lampadina sopra il lavandino; non aveva acceso altro per timore di disturbare Sidney. Non poteva vederla dalla cucina, ma sapeva che lei stava ancora dormendo.

Gumby si trovava proprio bene con Sidney, gli era piaciuto svegliarsi trovandola tra le braccia; separarsi da lei anche solo per andare a vestirsi gli era costato, ma non voleva metterle alcuna fretta per qualsiasi cosa non fosse pronta.

Quando Hannah finì di mangiare si avvicinò al padrone, scodinzolando vivacemente. "Hai finito, bella?" le chiese lui a bassa voce.

In tutta risposta Hannah scodinzolò ancora più rapidamente, sembrava proprio che gli stesse sorridendo. "Prenditi cura tu di Sid oggi, finché non se ne va, ok?"

Hannah gli leccò una mano e si diresse verso il soggiorno. Gumby finì il resto del caffè, sistemò la tazza nel lavandino e seguì la cagnolina. Quando si avvicinò al divano, rimase sorpreso da ciò che vide.

Hannah era salita sul divano (era la prima volta che lo faceva) e si era raggomitolata nell'incavo delle ginocchia di Sidney.

Lei era sdraiata su un fianco, ancora profondamente addormentata.

Gumby rimase lì per un lungo momento, commosso alla vista della sua cagnolina e della sua ragazza che dormivano vicine. Desiderava con tutto il cuore che quella scena si ripetesse all'infinito. Aveva sempre desiderato un cane, ma non si era reso conto della soddisfazione che gli avrebbe dato averne uno: Hannah lo faceva sorridere di continuo e lui era ben contento di darle una casa sicura e felice.

E poi c'era Sidney... Voleva offrire anche a *lei* una casa sicura e felice, ma lei non era un cane: ragionava con la propria testa e se l'era sempre cavata bene, anche senza di lui. Ecco il problema: lei non aveva bisogno di lui, come Hannah, ma Gumby sperava con tutto se stesso che un giorno quella donna lo desiderasse.

Gumby si chinò e la baciò su una tempia, decidendo di non svegliarla perché non voleva disturbare quel sonno tanto profondo. "Dormi bene, Sid," le sussurrò, prima di risollevarsi e dirigersi di nuovo verso la cucina.

Le scrisse un bigliettino per farle sapere che avrebbe lavorato fino alle due (più o meno) e che voleva vederla più tardi, se a lei andava bene. Lo appoggiò accanto alla caffettiera, sperando che lei rimanesse abbastanza a lungo per vederlo. Per sicurezza, decise di mandarle anche un messaggio una volta terminato l'allenamento.

Tirò fuori una bottiglia d'acqua e la mise accanto a due antidolorifici sul top della cucina, sicuramente Sidney ne aveva bisogno, dopo l'ultimo scontro con quel farabutto di Victor.

Gumby si diresse a passi decisi verso la porta, sapeva che se fosse rimasto più a lungo sarebbe stato sempre più difficile andarsene.

Lanciò un ultimo sguardo alle due femmine che contavano tutto per lui, poi uscì di casa e si diresse al lavoro.

———

Sidney si svegliò completamente riposata, non riusciva a ricordare l'ultima volta che aveva dormito tanto a lungo e profondamente. Si era svegliata un paio di volte durante la notte e si era ricordata di essere ancora a casa di Decker, ma non aveva sentito alcun desiderio di alzarsi e tornare a casa.

Uno, era comoda.

Due, non voleva svegliare Decker.

Tre, amava dormire tra quelle braccia, si era trovata proprio comoda; al diavolo tutte quelle televendite per il "cuscino perfetto", per lei non c'era nulla di meglio del petto di Decker.

Sentì Hannah ai propri piedi, la cagnolina le aveva appoggiato la testa sui polpacci e russava lievemente. Sidney capì che Decker se n'era andato, la casa era silenziosa e la luce del sole stava facendo capolino dalla finestra. Era giunta l'ora di alzarsi e iniziare la giornata.

Tuttavia, non voleva ancora muoversi. Il cuscino sotto la testa odorava di Decker, aveva il cane che le dormiva rilassato ai piedi... e aveva appena trascorso la notte con l'uomo che l'avrebbe devastata, se avesse deciso di non volerla più frequentare.

Rimase sdraiata per qualche minuto prima di sospirare profondamente e mettersi seduta. Hannah brontolò per la perdita dell'appoggio, ma si spostò e leccò la mano di Sidney prima di appoggiarle la testa su una coscia.

Sidney ridacchiò, le accarezzò la testolina e le disse: "Sì, lo so... la mattina è sempre dura. Ti capisco, bella."

Hannah le rispose scodinzolando sul cuscino.

"Ma puoi salire qui?"

La cagnetta sbatté la coda ancora più forte.

Sidney rise di nuovo e le diede un'ultima carezza prima di alzarsi. Piegò la coperta che le aveva messo Decker e la sistemò sullo schienale del divano. Andò in bagno e poi tornò in cucina.

Quando vide le due pilloline accanto alla bottiglia d'acqua, si bloccò. Non era nulla di che, si trattava di due pillole ibuprofene, ma Sidney aveva vissuto quasi sempre da sola, ormai era così abituata a prendersi cura di se stessa che quel gesto per lei significava tantissimo, era come se Decker le avesse regalato un paio di orecchini di diamanti.

Prese le pilloline nella speranza che facessero subito effetto, dato che il labbro le pulsava e la spalla le faceva ancora male. Andò verso la caffettiera e trovò il bigliettino di Decker:

Buongiorno, splendore. Sono ad allenarmi e dopo avremo una serie di riunioni, ma dovrei essere a casa per le due. Secondo te posso convincerti a venire da me? :) So che sei impegnata ma a quanto pare più sto con te, più ho voglia di vederti. Spero che tu abbia dormito bene... Io sì.

Baci
Decker

Sidney si portò il bigliettino al petto e chiuse gli occhi. "Come cavolo è successo?" si chiese.

Aprì gli occhi sentendo un naso che le dava un colpetto su una gamba, guardò Hannah. La cagnolina la fissava con uno sguardo talmente espressivo che Sidney scoppiò a ridere. "Credo proprio che Deck ti abbia già dato da mangiare."

Hannah continuò a farle gli occhioni da cucciola, facendo cedere Sidney. La donna raggiunse la ciotola con i biscotti per cani e ne diede due ad Hannah. "Arriverai a pesare un quintale, bella mia," le disse mentre Hannah si allontanava trotterellando dopo aver ottenuto ciò che desiderava.

Ma del resto, Sidney non poteva non viziarla; quella cagnolina aveva passato le pene dell'inferno.

Il solo pensare a Victor e a quello che aveva fatto ad Hannah, e probabilmente anche a tanti altri cani, le fece

serrare i pugni. Con quel gesto sentì lo scricchiolio del bigliet‐
tino che teneva in mano, si rilassò immediatamente e spiegò il
bigliettino con cura.

Lo avrebbe conservato per sempre, risultando forse
sciocca e infantile, ma quello era il suo primo biglietto
d'amore ed era di Decker: per lei aveva un valore inestimabile.

Sidney sapeva di dover tornare al parco roulotte per svol‐
gere i compiti assegnati da Jude; quindi, raccolse le scarpe e si
preparò per uscire. Fece uscire Hannah e la guardò mentre
annusava tutto il giardino di Decker prima di fare i bisognini.
Poi la cagnolina si fiondò nella cuccia, sdraiandosi con un
gran sospiro.

Sidney ridacchiò di nuovo, adorava come Hannah
riuscisse sempre a farla ridere e sorridere. Era passato molto
tempo da quando si era sentita così spensierata, il merito non
era solo di Hannah, ma anche del suo padrone. Decker era
riuscito dove tutti gli altri uomini avevano fallito... l'aveva
fatta sentire a proprio agio nell'essere sempre se stessa.
Sapeva senza dubbio che lui non le avrebbe mai fatto del male
di proposito e l'avrebbe protetta ad ogni costo. Sì, magari
Decker era un po' troppo protettivo, ma poteva davvero defi‐
nirlo un difetto?

Sidney si chiuse la porta alle spalle, girando la maniglia per
assicurarsi che la porta restasse chiusa, poi si diresse verso la
macchina. Sentì il telefono vibrare, abbassò lo sguardo
vedendo che era arrivato un messaggio.

Decker: Nel caso tu non abbia trovato il bigliettino che ti ho
lasciato, volevo dirti buongiorno. Sono andato all'allenamento
e al lavoro. Torno verso le due e mi piacerebbe vederti questo
pomeriggio. Fammi sapere.

. . .

Sidney gli rispose immediatamente.

Sidney: Dipende dai compiti assegnati da Jude, ma anche io ho piacere di vederti. A proposito... Hannah è viziatissima, se non stai attento presto peserà un quintale.
Decker: Beh, se qualcuno non le desse i biscottini dopo che ha già mangiato, non peserebbe un quintale.

Sidney scoppiò a ridere di gusto... di nuovo. Come faceva Decker a sapere cos'era successo con Hannah poco prima? Decise di essere onesta e gli rispose:

Sidney: Ieri sera volevo andarmene dopo che ti sei addormentato, ma ogni volta che mi svegliavo non riuscivo ad alzarmi e andarmene.
Decker: Sono contento, mi è piaciuto averti con me. La prossima volta dovremo provare in un letto.

Lei sbatté le palpebre, il solo pensiero di dormire accanto a Decker in un letto le provocò la pelle d'oca sulle braccia.

Decker: Troppo presto? Scusa. Fammi sapere se riesci a liberarti questo pomeriggio, ho pensato che forse potremmo andare a nuotare insieme nel mio oceano.
Sidney: ...Il tuo oceano?
Decker: È subito sul retro di casa mia, quindi sì, è il mio oceano. Lol
Sidney: Volentieri, vedrò cosa riesco a fare.
Decker: Devo andare, i ragazzi mi stanno guardando male.

Sidney: Salutameli.

Decker: Certo. Buona giornata, ti penserò.

Sidney: Ti mando un messaggio più tardi e ti faccio sapere se vengo da te.

Decker: Ok, stai attenta oggi.

Sidney: A dopo.

Decker: Ciao.

Sidney rilesse i loro messaggi, non poteva credere di essere stata così fortunata: sentiva di non meritare Decker, ma avrebbe seguito il flusso degli eventi. Lo avrebbe tenuto con sé il più a lungo possibile... almeno fino a quando lui non si sarebbe reso conto che lei rappresentava un inutile dispersione di tempo ed energie.

***

Alle tre e mezza di quel pomeriggio, Gumby aprì la porta a Sidney. Al lavoro la giornata era stata lunga, sarebbero partiti per la missione il mattino seguente. Lui sapeva che si stava avvicinando il momento in cui dover partire, ma tutti credevano di avere ancora qualche giorno, forse una settimana... Ma i terroristi che si comportavano da idioti non erano noti per rispettare programmi convenienti.

Decker era più che sollevato che Sidney fosse tornata a trovarlo. Le aveva promesso una nuotata, attività che avrebbero svolto... ma in realtà non desiderava altro che portarla nel letto e passare il resto della serata a mostrarle fisicamente quanto lei contasse per lui. Era il primo a sapere di non poter contare sulla propria sicurezza, in missione; non voleva pentirsi di non aver fatto l'amore con Sidney prima di partire, anche se onestamente pensava fosse ancora troppo presto.

"Ciao," gli disse lei quando lui aprì la porta.

"Non c'era bisogno di bussare," la redarguì gentilmente. "Potevi entrare e basta, sai."

Sidney apparve sorpresa. "Non posso entrarti in casa così!"

"Perché no? Sapevo che saresti venuta, mi hai mandato un messaggio prima di partire e stamattina ti ho lasciata qui da sola; se non mi fossi fidato di te, ti avrei svegliata."

Lei fece spallucce. "Ok, ma non mi sembra comunque giusto."

Gumby le mise le mani sulle spalle. "Sid, casa mia per te è aperta giorno e notte. Voglio che ti senta a tuo agio, come se fossi a casa tua."

"Non c'è problema," mormorò lei. "Questo posto è una reggia, rispetto alla mia roulotte."

Lui sorrise e la tirò tra le braccia, facendo un passo indietro per poter chiudere la porta d'ingresso. "Non ti ho ancora salutata come si deve," le disse.

Lei gli lanciò un'occhiata. "Sì, l'hai fatto quando hai aperto la porta."

"No," replicò lui, poi abbassò la testa. Notò il momento in cui lei capì cosa stesse per succedere, ovvero quando chiuse gli occhi e si sollevò in punta di piedi per andargli incontro.

Quando la baciò, Gumby fece attenzione a evitare ogni mossa che potesse ferirle il labbro spaccato. Le leccò delicatamente il labbro inferiore e quando lei schiuse le labbra, lui si fece strada gentilmente con la lingua.

Non era sicuro su chi si fosse lasciato sfuggire un gemito, poteva essere stato uno dei due oppure entrambi. Assaporò il gusto della caramella alla cannella che lei aveva mangiato da poco, l'unione del sapore naturale e della spezia della caramella era incredibilmente eccitante. Si baciarono a lungo, Gumby non riusciva a ricordare l'ultima volta in cui un singolo bacio era riuscito ad eccitarlo talmente tanto.

Si staccò e le sorrise. "Ciao."

"Ciao," gli rispose subito lei.

"Com'è andata la giornata?" le chiese.

Sidney scrollò le spalle. "È andata. Ho dovuto fare un mucchio di cazzate per degli idioti che sembravano non capire di non dover gettare mezzo rotolo di carta igienica nel gabinetto, o che lasciare acceso un forno autopulente mentre andavano a fare delle commissioni non era una mossa intelligente."

Gumby inarcò un sopracciglio.

"Sì, hanno quasi bruciato la roulotte. Per fortuna sono tornati per tempo e si sono accorti che gli armadietti di legno intorno ai fornelli stavano fumando ed erano sul punto di prendere fuoco. Ho dovuto staccarli e prendere le misure per farne fare di nuovi."

Gumby rimase stupito di fronte alle abilità di Sidney. Non solo se ne intendeva di idraulica, ma sapeva fare un po' di tutto: era una risorsa estremamente preziosa.

"Ti va ancora di andare a nuotare?" le chiese.

Sidney annuì e fece cenno alla borsa che aveva lasciato cadere quando lui l'aveva tirata dentro casa. "Sì, se vuoi. Ho portato il necessario."

Gumby non vedeva l'ora di guardarla in costume, ma riuscì a non dire nulla.

"Ottimo. Max, il capo dell'impresa edile, arriverà tra circa una ventina di minuti. Ha insistito parecchio per dare un'altra occhiata al piano di sopra, alla fine ho ceduto. Quando riusciamo a mandarlo via poi possiamo farci una nuotata e cenare... che dici? Può andare?"

Lei annuì.

Gumby non aveva intenzione di dirle che aveva pregato Max di passare da casa per fargli conoscere Sidney: sapeva che sarebbe stata perfetta per lavorare con Max. Probabilmente lei non credeva in se stessa, ma Gumby sì. Magari non si sarebbe risolta in un contratto, ma almeno Sidney avrebbe avuto un'opportunità in più.

Esattamente venti minuti dopo, il campanello suonò.

Gumby trasalì quando Hannah schizzò dalla cuccia ringhiando e corse verso la porta, abbaiando a squarciagola.

"Accidenti," disse Sidney mentre seguiva Gumby verso la porta.

Gumby prese Hannah per il collare. "Hannah! No!" Ma la cagnolina non smise di abbaiare.

Sidney si avvicinò e aprì la porta. Parlando sopra l'abbaiare di Hannah, salutò Max che entrò prudentemente in casa, fissando il pitbull.

Gumby non riusciva a immaginare cosa fosse successo ad Hannah, di solito era docile e tranquilla; era già capitato che qualcuno suonasse il campanello, lei non aveva mai reagito in quel modo.

Poi ebbe un'intuizione.

"Sidney, vieni qui dietro di me e Hannah, per favore."

Lei lo guardò. "Perché?"

"Ho un'idea."

Senza dire altro, lei fece come richiesto e quasi immediatamente Hannah si calmò. Si mosse fino a trovarsi di fronte a Sidney e si stese ai piedi della donna.

"Ma che diavolo?" chiese Sidney.

Gumby voleva scoppiare a ridere ma riuscì a trattenersi.

"Che bel cane da guardia che hai," gli disse Max.

"Mi dispiace, è la prima volta che viene qualcuno quando c'è Sidney."

"Pensi che l'abbia fatto a causa mia?" gli chiese Sidney.

"Sì, credo che si ricordi del tuo scontro con Victor, vuole assicurarsi che non succeda più nulla di simile," le disse Gumby.

"Beh, questo è un po' preoccupante," gli disse lei. "Non possiamo permettere che spaventi chiunque arrivi solo perché ci sono io."

Gumby aprì la bocca per esprimere il proprio disaccordo

ma Max lo bruciò sul tempo. "Sai, in realtà penso che ciò sia un bene. Chiunque la senta abbaiare ci penserà due volte prima di fare irruzione o ferirti in qualsiasi modo."

Sidney si accovacciò accanto ad Hannah e l'accarezzò. "Lui è un amico, Hannah," le canticchiò dolcemente. "Non c'è bisogno di dilaniargli la gola, ok?"

Gumby trattenne una risata e vide Max fare lo stesso... per fortuna. Non molti sarebbero stati comprensivi come quell'uomo.

"Vieni qui, Sid," le disse Gumby tendendole un braccio.

Sidney si alzò e si mosse verso di lui, Gumby le mise un braccio intorno alle spalle e disse con voce severa: "Hannah. Resta lì."

Incredibilmente la cagnolina obbedì e rimase dov'era mentre Gumby girava Sidney verso Max. "Sid, vorrei presentarti il capo dell'impresa edile, Max Wyner. Max, questa è la donna di cui ti ho parlato, Sidney Hale. Attualmente è il tuttofare... o meglio, la tuttofare, del parco roulotte Evergreen."

Max tese una mano. "È un piacere conoscerti."

Sidney sorrise. "Piacere mio."

"Sei brava come sostiene Decker?" le chiese Max.

Sidney apparve sorpresa, si voltò verso Gumby. "Gli hai parlato di me?"

Gumby annuì. "Sì."

Lei si rivolse di nuovo verso Max. "Probabilmente no, lui tende a esagerare."

Max buttò la testa all'indietro in una sonora risata. "Mi sta già simpatica," disse a Gumby.

"Ne ero certo," gli rispose Gumby.

Hannah guaì e Gumby la guardò. "Ok, bella. Se sei pronta a comportarti bene, ora puoi venire a salutare il nostro ospite."

Hannah si sdraiò sulla pancia e strisciò verso Max.

Sidney si accovacciò ancora una volta per rassicurare Hannah che Max non avrebbe fatto loro del male. "Vedi? È gentile. Non ci farà dal male, né a me né a te."

Gumby fu felice di vedere Max allungare la mano e accarezzare Hannah. Se un pitbull feroce e spaventoso come Hannah lo avesse accolto in quel modo, non sarebbe stato tanto contento di accarezzarla.

"Cosa le è successo alla schiena?" chiese Max.

Prima che Gumby potesse rispondere, intervenne Sidney. "Uno stronzo ha deciso di torturarla gettandole dell'acido sulla schiena."

"Perché?" le chiese Max incredulo.

Sidney fece spallucce. "Perché la gente si comporta in un certo modo? Perché è uno stronzo e probabilmente stava cercando di temprarla per farla combattere con rabbia quando l'avrebbe portata su un ring."

"Combattimento tra cani?" le chiese Max. "Cristo, chiunque giustifichi quella merda dovrebbe essere fucilato."

"Sono d'accordo con te," gli rispose Sidney.

"Povera piccola," disse Max ad Hannah. "Beh, finalmente hai avuto un po' di fortuna, vero?"

Gumby avrebbe voluto ridere per come l'omone parlava al pitbull, ma tenne la bocca chiusa notando come sia Hannah che Sidney lo stavano ascoltando attentamente.

"Quando hai finito di viziare la mia cagnetta, andiamo a dare un'occhiata al piano di sopra?"

Max si alzò. "Certo."

"Inizia ad andare, arriviamo subito," gli disse Gumby.

Max annuì e si diresse verso le scale.

Quando l'omone arrivò di sopra, Gumby tirò di nuovo Sidney contro di sé. "Dobbiamo stare attenti con Hannah."

Lei annuì.

"È molto protettiva nei tuoi confronti, se sei qui da sola e qualcuno bussa alla porta, dovrai chiuderla in bagno o qualcosa del genere prima di aprire. Finché non riusciamo ad addestrarla, non possiamo fidarci."

"Ok, ma non capisco ancora come mai faccia così... non ci conosciamo da tanto."

"Sidney, nell'ultima settimana sei stata qui quasi tutte le sere: sei stata con lei tanto quanto me, dato che di giorno sono al lavoro."

Lei apparve un po' sorpresa ma annuì. "Pensi che morderebbe davvero qualcuno?"

"Ne dubito," le disse subito Gumby. "Penso che sia il tipico can che abbaia ma non morde, ma a ogni modo... non sono disposto a rischiare per scoprirlo."

"Neanche io."

"Però devo ammettere che mi piace quanto sia protettiva nei tuoi confronti. Questo mi tranquillizza un po'."

Sidney si limitò a fissarlo.

Lui le sorrise. "Non mi chiedi come mai?"

Lei scosse la testa.

"Giusto... beh, te lo dico comunque. Penso che lei percepisca quanto io sia protettivo nei tuoi confronti. Mi fa sentire meglio sapere che se mai dovessi lasciarvi qui da sole lei è disposta a fare di tutto per proteggerti."

Non sapeva come avrebbe potuto reagire Sidney a quelle parole, ma di certo non si aspettava di vederla con gli occhi lucidi.

"Cosa... Sidney?"

Lei si chinò in avanti e gli appoggiò la fronte sul petto, stringendolo con forza. Gumby le concesse un minuto, godendo di quella vicinanza, anche se non gli piaceva che lei fosse turbata per qualche motivo.

"Per tutta la vita sono stata da sola, non mi sono mai sentita veramente al sicuro. Mai. È bello sapere che ti preoccupi per me."

Gumby le baciò la testa. "Mi preoccupo per te, Sid. Non dubitarne mai."

"Grazie."

"Sei pronta ad andare di sopra a sentire cosa dice Max?"

Lei alzò lo sguardo, Gumby fu sollevato nel vedere che non era scoppiata a piangere. "Posso stare qui mentre voi parlate."

Gumby sapeva di dover procedere con cautela, voleva che fosse *lei* a condividere con Max ciò che voleva fare per il bagno principale e per l'armadio... ma non voleva spaventarla. "Mi farebbero comodo i tuoi consigli," le disse con cautela.

Lei inclinò la testa verso di lui. "Davvero?"

"Già, tu sei molto più esperta di me in queste faccende. Voglio dire, se fosse per me, probabilmente gli direi solo di schiaffarmi il water e il lavandino più economici che riesce a trovare e lasciare la vasca/doccia così com'è."

Lei apparve inorridita, lui sorrise internamente: aveva fatto centro.

"Salirò con te," dichiarò lei. "Ovviamente non ti si può lasciar da solo in questa situazione, andiamo." Detto ciò, Sidney lo prese per mano e lo condusse su per le scale, con Hannah che li seguiva.

Mezz'ora dopo, Gumby ascoltava Sidney e Max che discutevano di ristrutturazioni. Avevano visitato il piano di sopra e lei aveva subito dato a Max alcuni suggerimenti per il bagno. Alla fine, avevano deciso di abbattere una delle pareti, espandere il bagno per fare spazio a un armadio più grande, avevano optato per piani di granito per il bagno, pavimenti riscaldati, una doccia e una vasca separate e due lavandini. Avevano anche visto che potevano spostare il water dall'altra parte della stanza e chiuderlo dietro una porta utilizzando lo spazio che occupava l'attuale armadio della biancheria.

Poi erano passati a progettare la camera da letto, l'armadio della biancheria che si trovava in corridoio e l'aggiunta di un ulteriore bagno con lavandino nella stanza degli ospiti.

Gumby li seguiva sorridendo.

Una volta tornati al piano di sotto, sapeva che Sidney aveva convinto Max.

L'omone le tese una mano, una volta sulla porta. "Se vuoi un lavoro, è tuo," le disse.

Sidney apparve sorpresa. "Come?"

"Un lavoro. Mi servirebbe un operaio... ehm... un'operaia... che sappia cosa sta facendo. Tu hai un buon occhio per il design e ovviamente sai il fatto tuo."

"Oh, ma..." lei guardò Gumby, poi di nuovo Max. "Non sto cercando un lavoro e non ho nessuna licenza."

Max rimase impassibile, le propose uno stipendio iniziale che a momenti faceva svenire Sidney.

"Mi dispiace non poter offrire di più, ma è quello che posso fare in questo momento."

"No... è... è fantastico," gli rispose Sidney quasi balbettando.

"Non preoccuparti per le licenze, ce ne possiamo occupare dopo averti assunta. Pagherei io i corsi, se poi ti servirà qualche corso per ripassare quanto appreso, pagherò anche quelli."

"Non so cosa dire."

"Adesso non devi dirmi nulla, ma fai in modo che questo qui mi dia il via libera per iniziare al più presto, va bene?" scherzò Max.

"Dammi un mese o due," gli disse Gumby. "Prima devo pagare il lavoro che hai fatto al piano di sotto."

Max rise e annuì. "Va bene."

"Grazie."

"Ora vado." Tirò fuori un bigliettino da visita e lo porse a Sidney. "Ecco il mio biglietto da visita. Chiamami se vuoi quel lavoro, l'offerta è a tempo indeterminato. Sono mesi che cerco la persona giusta e non ho trovato nessuno di adatto."

"E tu pensi che io possa essere la persona giusta, dopo avermi conosciuto per... diciamo mezz'ora?" gli chiese Sidney.

Max si fece serio. "Sì, Sidney, penso che tu sia la persona giusta. Faccio questo mestiere da molto tempo, ho avuto un sacco di uomini e donne che hanno cercato di convincermi che sanno quello che fanno, ma la metà delle volte dicono un sacco di cazzate. Tu non stavi nemmeno cercando di venderti, eppure ci sei riuscita lo stesso. Se vuoi, hai un lavoro."

"Io... uh... grazie," riuscì a rispondergli lei.

"Non c'è di che. Alla prossima, Decker."

"Alla prossima, Max. Grazie per essere venuto."

L'omone annuì e si diresse verso il suo furgone, parcheggiato dietro la Accord di Sidney.

Lei si voltò verso Gumby non appena chiuse la porta e gli saltò addosso.

Gumby l'afferrò e rise quando colpì il muro con la schiena. Sidney gli avvolse le gambe intorno ai fianchi e gli strinse saldamente le braccia al collo. Hannah pensò che stessero facendo un gioco e abbaiò mentre saltellava intorno a loro.

Gumby sorrise a Sidney, stringendole la presa sul sedere. "Sei contenta?" le chiese.

"Contenta? Dio, Decker, guadagnerei il doppio rispetto a quanto guadagno con Jude! Probabilmente potrei anche permettermi di trasferirmi in un bell'appartamento, o qualcosa del genere. Contenta è un termine riduttivo per esprimere ciò che provo."

Gumby sentì sorgere l'istinto di protestare, Sidney doveva trasferirsi solo da lui, ma si trattenne.

"E ha detto che mi pagherà le lezioni e le licenze! È quasi troppo bello per essere vero."

"Alle brave persone arriva sempre del bene," le disse Gumby.

Lei alzò gli occhi al cielo. "Sì, vabbè."

Lui non riuscì a trattenersi e le strinse la presa sul sedere; la sentì irrigidirsi e poi sciogliersi contro di lui.

"Decker?"

"Sì?"

"Penso di volerti."

Quelle parole gli suonavano divinamente, ma doveva dirle dell'altro. "Aspetterò finché sarai davvero sicura."

"Potrei farmi convincere," gli disse lei timidamente.

"Non voglio doverti convincere," le disse onestamente. "Voglio che tu abbia davvero *bisogno* di fare l'amore con me, di sentire che se non mi avrai dentro di te nel prossimo istante, morirai."

Lei lo fissò.

"Perché è questo che provo per te: ogni volta che sento la tua voce, ti voglio di più. Quando ti vedo, voglio gettarti sulle spalle e portarti a letto. Quando ti tocco, muoio dalla voglia di farti mia."

"Decker..." la voce di lei si affievolì.

"Non lo dico per farti pressione, Sid. Sono disposto ad aspettare tutto il tempo del mondo. Per me questa non è un'avventura, una botta e via o come diavolo vuoi chiamarla. Voglio svegliarmi con te tra le braccia ogni mattina e addormentarmi con te al mio fianco. Quando sarai pronta fammelo sapere, farò tutto ciò che è in mio potere per renderti la donna più felice del mondo. Mi farò in quattro per darti tutto ciò di cui hai bisogno e che desideri."

"Sono già felicissima, Decker, ma ci sono ancora molte parti di me che non conosci."

"Lo stesso vale per te, Sid. Ma non c'è niente che tu possa dirmi che mi farà cambiare idea. So cosa voglio: voglio te."

Lei lo fissò, Gumby capì subito di aver esagerato. Era meglio alleggerire l'atmosfera, pertanto le chiese: "Sei pronta a perdere la nostra gara di nuoto?"

Il cipiglio serio di Sidney si affievolì man mano che sorrideva. "Pensi di vincere, eh?"

"*So* che vincerò, piccola. La domanda è: puoi sopportare la sconfitta? So quanto sei competitiva."

"Che ne dici di fare una scommessa?" gli chiese lei.

Gumby sorrise, era un sollievo il fatto che lei non sembrasse aver fretta di scendergli di dosso. Poteva tenerla in braccio per sempre e morire felice. Certo, doveva ancora dirle che sarebbe partito il giorno dopo per chissà quanto tempo, ma voleva solo viversi quel momento. Non voleva fare nulla per rovinarle il buon umore. "Sentiamo, che tipo di scommessa?"

"Se vinco, devi massaggiarmi la schiena per mezz'ora."

Gumby ridacchiò: per lui quella non era una punizione, non vedeva l'ora di toccarla in ogni modo possibile. "E se vinco io?"

"Ti farò io il massaggio."

"Affare fatto." Diamine, sì. Gumby avrebbe vinto in ogni caso, a giudicare dal sorrisone di Sidney anche lei la pensava allo stesso modo. La appoggiò lentamente a terra, nel movimento i loro corpi si accarezzarono; lui ce l'aveva duro (di nuovo) ma non fece nulla per nasconderlo.

"Vai a cambiarti, puoi usare la stanza degli ospiti o il bagno qui. Ci rivediamo tra poco, quando sei pronta."

Lei gli rimase tra le braccia, lo guardò per un lungo momento e poi gli disse: "Penso ancora che tu meriti di meglio, Decker, ma sto arrivando al punto in cui non mi importa più."

"Bene."

"Anche se ho paura che quando mi conoscerai meglio, ti chiederai perché hai perso tanto tempo con me."

"Mai, Sid. So che non sei perfetta, così come non lo sono io. So esattamente chi sei qui," le portò un dito su una tempia, "e qui," le appoggiò la mano sul petto, sopra il cuore. "E mi sto innamorando di te."

Lei lo fissò con occhi sgranati ma non replicò.

"Vai a metterti il costume, dai. Spero con tutto il cuore che tu abbia portato una specie di costume della nonna, perché se ti vedo in bikini, non penso di poter reggere."

Lei sorrise. "Non è un bikini."

Gumby sospirò di sollievo.

"Però non è nemmeno un costume da nonna."

"Merda."

Lei ridacchiò. "Ti prego, *dimmi* che indossi uno slip da mare."

Lui la guardò sconvolto. "Assolutamente no."

Sidney gli mise il broncio. "Uffa, volevo guardarti il culo."

Gumby scosse la testa e si abbassò a prenderle la borsa, poi gliela porse. "Sarai la mia rovina."

"Come se tu non avessi intenzione di guardare il *mio* culo," gli disse lei mentre si dirigeva verso le scale, con Hannah al seguito.

Gumby la guardò fino a quando scomparì, poi si aggiustò l'uccello duro come il marmo. Ah, sì, Sidney aveva ragione. Gumby le avrebbe assolutamente guardato il culo, le tette... e tutto quello che c'era in mezzo.

CAPITOLO 11

Sidney stava a galla nell'oceano e guardava Decker, erano anni che non rideva tanto di gusto. Più tempo trascorreva con Decker, più tempo *voleva* stare con lui: era come se il SEAL fosse diventato una sorta di droga... Per stare bene, Sidney aveva sempre più bisogno di lui.

"Va bene," le disse Decker. "Nuoteremo da qui finché non saremo in linea con quella casa blu chiaro, quella lì." Indicò una casa dai colori accesi che si trovava a circa cinque metri dalla propria.

Sidney sapeva che non sarebbe stata in grado di batterlo; era un SEAL della marina, per la miseria, e poi era passato fin troppo tempo dall'ultima nuotata. Eppure, tra il pensiero di riuscire a toccarlo quando lui avrebbe reclamato il premio della scommessa e il vederlo nuotare con il costume attillato, l'imminente sconfitta diventava decisamente sopportabile.

Decker sfoggiava addominali scolpiti e Sidney desiderava leccarli per assicurarsi che fossero reali; il SEAL aveva gambe muscolose ben visibili sotto il materiale del costume, che anziché nascondere metteva in risalto.

Il rigonfiamento tra le gambe di Decker era appetitoso;

Sidney non si era mai considerata una maniaca del sesso (non come Nora, almeno) ma vedere Decker praticamente nudo l'aveva fatta quasi impazzire. Quando erano ancora in casa e Decker si era avvicinato a lei, Sidney era quasi arrivata al punto di implorato di prenderla lì e subito.

Lo sguardo che lui le aveva lanciato non appena l'aveva vista in costume (un costume intero nero, semplice) non aveva aiutato di certo a tenerla sotto controllo: l'aveva percorsa a lungo con gli occhi, partendo dai piedi arrivando fino al seno, e poi di nuovo verso il basso. Quell'uomo emanava talmente tanto calore che a momenti Sidney iniziava a sudare. Non si era mai sentita particolarmente sexy, dato che le piacevano troppo i dolci per poter mantenere un fisico asciutto, ma da quando Decker aveva iniziato a guardarla come se avesse sempre voglia di zomparle addosso, lei aveva iniziato a riconsiderare il proprio corpo: forse non era poi così male, dopotutto.

"Ehi, stai ascoltando o pensi a me in costume?" le chiese Decker.

Sidney sorrise. "A te in costume, naturalmente."

Lui le restituì il sorriso. "Capisco... dato che anch'io non riesco a smettere di pensare a te."

Lei si sentiva eccitata già solo da quella voce profonda, ma doveva darsi un tono o altrimenti avrebbe perso miseramente quella gara di nuoto.

Guardò verso sinistra e notò un gruppetto di bimbi che giocavano a riva. Stava per imbrogliare: ne era ben consapevole.

"Oh, santo cielo," gli disse, cercando di sembrare allarmata, "uno di quei bambini sta gridando, ha bisogno di aiuto!"

Come previsto, Decker smorzò il sorriso e si voltò subito nella direzione indicata; si diresse rapidamente da quella parte e Sidney gridò: "Un, due, tre...VIA!" e nuotò nella direzione opposta; non sentì la risposta del SEAL mentre si impegnava nel nuoto, ma non riusciva a smettere di sorridere.

Poco dopo, quando girò la testa per respirare, vide Decker apparirle di fianco; l'aveva raggiunta in pochi secondi. Sidney nuotava bene, ma ovviamente lui era più bravo.

Lui la superò, ma Sidney era già stanca e si fermò per riprendere fiato tra una risata e l'altra.

Decker si accorse che lei si era fermata una volta che l'aveva raggiunta, così tornò indietro fino al punto in cui la trovò a galleggiare. La prese per la vita e la tirò a sé; le loro gambe si toccavano di continuo e gradualmente Sidney smise di muovere gli arti inferiori per mantenersi a galla... non ce n'era bisogno: Decker non l'avrebbe mai lasciata affondare, per nulla al mondo.

"Piccola imbrogliona," la rimproverò con un sorriso.

Sidney fece spallucce senza esibire alcun pentimento. "Ehi, una ragazza deve fare quello che può."

"Lo sai che c'è una punizione per chi bara, non è vero?" le chiese.

Sidney sollevò le gambe e le agganciò intorno alla vita di Decker, mentre gli portava le braccia intorno alle spalle, fidandosi completamente. Lui la teneva a galla e lei non batté ciglio; le aveva messo una mano sulla schiena (mano che lei percepiva enorme, su di sé) e con l'altra si aiutava per restare a galla. "Ah, sì? Sarebbe?"

"I termini della scommessa raddoppiano: il tuo massaggio durerà un'ora, e non mezz'ora."

Sidney alzò gli occhi al cielo. "Come vuoi, capirai."

Si fissarono per un lungo momento. Anche se potevano sentire i suoni di altre persone provenire dalla spiaggia, avevano la sensazione di essere solo loro due al mondo.

"Non ho idea di come abbia fatto a sopravvivere fino adesso senza di te, nella mia vita," le disse Decker a bassa voce.

"Anche io," gli rispose immediatamente Sidney. "Tu mi rendi felice, Decker. Prima di conoscerti non mi ero nemmeno resa conto di quanto fossi infelice."

Decker abbassò la testa e la baciò: un bacio delicato, dato che il labbro inferiore di Sidney era ancora in via di guarigione, ma fu il loro bacio più intimo. Erano uniti dall'inguine al petto; indossavano solo i costumi da bagno, Sidney sentiva ogni centimetro del corpo di Decker contro di lei. Sentì i propri capezzoli irrigidirsi e sapeva di essere molto bagnata... non perché si trovava in acqua.

Percepì chiaramente l'erezione di Decker tra di loro, fu travolta dall'impulso di cavalcarlo con tutte le forze. Gemette e tirò la testa indietro: fissandolo negli occhi, sapeva che anche lui stava pensando lo stesso.

"Sai, penso di aver nuotato abbastanza," gli disse lei con dolcezza.

"Sì, anche io, e poi credo che Hannah ci stia aspettando."

"Certo." Sidney si aggrappò a quella scusa, anche se in realtà probabilmente la cagnolina stava sonnecchiando in una delle comodissime cucce comprate da Decker. Sidney non vedeva l'ora di tornare a casa, punto.

Decker si leccò le labbra e poi si chinò in avanti di nuovo per darle un bacio a stampo prima di lasciarla andare lentamente. Si assicurò che fosse tutto a posto prima di indicarle la direzione verso casa. "Dopo di te."

Nuotarono lentamente verso casa, fino a giungere alla spiaggia di fronte a casa di Decker. Sidney si sentì un po' delusa quando lui si avvolse in vita uno degli asciugamani lasciati sulla sabbia. Senza proferire parola, lui la prese per mano e rientrarono in casa.

Mentre erano nel bel mezzo dell'oceano, era cambiato qualcosa. Sidney non era in grado di capire cosa nello specifico, ma si sentiva molto più vicina a Decker.

Quarantacinque minuti dopo, entrambi si erano fatti una

bella doccia e Decker era disteso a pancia in giù sul pavimento del soggiorno, a torso nudo. Indossava un paio di pantaloni grigi della tuta a vita bassa. Hannah pensava che il padrone sdraiato sul pavimento rappresentasse un nuovo gioco, le ci vollero alcuni minuti per capire che Decker non si era adagiato per giocare con lei. Si sdraiò al fianco del padrone, osservando con curiosità lui e Sidney.

Improvvisamente, Sidney non si sentiva più tanto sicura come lo era stata prima. L'idea di massaggiare Decker sulla schiena era un conto, ma farlo realmente... beh, era un altro.

Quando lui si mosse per puntellarsi su un gomito e osservarla con un sopracciglio inarcato, i muscoli della schiena gli si incresparono. "Dimmi... per caso stai avendo dei ripensamenti sulla nostra scommessa?"

Lei scosse la testa. "No, sto solo cercando di capire il modo migliore per farti questo massaggio."

Decker allungò un braccio e le prese una mano, tirandola verso di sé. "Mettiti a cavalcioni su di me... Sì... così."

Sidney fece un respiro profondo stando sopra di lui. Santo cielo, quell'uomo era a dir poco possente, massiccio quasi quanto un bulldozer... per forza che riusciva a portare Hannah in braccio come se pesasse poco più di una piuma.

Lei si chinò in avanti, gli appoggiò le mani sulla schiena con cautela e le mosse verso l'alto.

Decker si lasciò sfuggire un gemito.

Sidney si fermò. "Decker?"

"Scusa... continua."

Sidney proseguì, a ogni movimento si rilassava sempre un po' di più. Lui aveva incrociato le braccia verso l'alto e aveva appoggiato una guancia sulle mani, per stare comodo; per la prima volta, lei si sentì libera di guardarlo per bene senza sentirsi timida o impacciata.

Decker aveva sulle braccia dei tatuaggi che si fondevano con la carnagione abbronzata; se lei non fosse stata tanto a contatto con lui, probabilmente non li avrebbe neanche notati.

Sidney indossava jeans che le sembravano troppo stretti, si sentiva bagnata: era molto eccitata e non riusciva a smettere di fantasticare sull'uomo sotto di lei.

Come se potesse leggerle la mente, Decker si voltò senza preavviso e Sidney si ritrovò sdraiata con lui intento a fissarla. Le aveva messo le mani sui fianchi, a diretto contatto con la pelle nel punto dove la maglietta sfiorava i jeans; non si era mai sentita così vulnerabile ed eccitata.

"Sono passati solo quindici minuti," gli disse con voce calma.

"Non ce la faccio più," ammise Decker. "Pensavo di potercela fare... ma ho sottovalutato quanto sarebbe stato bello averti a cavalcioni su di me e godere del tuo tocco."

Sidney fece un respiro profondo e lui le fissò il petto; anche se indossava i jeans e la maglietta, lei si sentiva nuda per l'impatto erotico sprigionato da quello sguardo sul proprio corpo.

Abbassò gli occhi per cercare di evitare quello sguardo intenso e notò la prova dell'eccitazione di Decker; non la vedeva chiaramente come quando lui indossava il costume da bagno, ma era più che ovvio che lui fosse pronto e carico per andare oltre.

"Sei stupenda," le disse lui con sincera ammirazione.

Sidney spostò lo sguardo dall'uccello al petto del SEAL. Non riuscì a trattenersi oltre e gli fece scorrere le mani dal ventre fino ai pettorali, e poi nel senso opposto. "Sei tu quello bello, qui," gli disse.

"Guardami," le ordinò Decker.

Sidney fece un respiro profondo e obbedì: il calore intravisto negli occhi di Decker a momenti la bruciava, le faceva quasi paura. In modo inconsapevole si morse un labbro e mosse tra le cosce di lui.

Decker le tolse subito le mani dalla vita e se le portò dietro la testa. "Calma, Sid."

"È che... non mi sono mai sentita così, prima d'ora. È travolgente."

Lui annuì. "Lo so, lo stesso vale per me." Lentamente si mise seduto, Sidney si spostò con le ginocchia per fargli spazio. Decker si alzò, le offrì una mano per aiutarla ad alzarsi; quando anche lei fu in piedi, la accompagnò verso il divano.

Sidney si sedette e si accoccolò su di lui senza alcuna esitazione, Decker le cinse le spalle con un braccio e lei gli appoggiò la testa sul petto, portandogli le gambe in grembo. Con l'altro braccio lui le circondò le gambe per tenerla ancora più vicina.

Rimasero in quella posizione per circa cinque minuti, poi lui parlò: "Non avere mai paura di me."

Sidney scosse la testa. "Non ho paura."

"Prima sì," ribatté lui. "Non voglio più vederti così, almeno quando si tratta di me."

"Sai... avevi uno sguardo a dir poco intenso."

Lui annuì. "Sono un tipo piuttosto intenso," ammise. "Non so se voglio mostrarti come sono quando sto lavorando: sono molto concentrato, è come se avessi un paraocchi. Ma non devi mai preoccuparti che io ti faccia del male, o che ti metta fretta per farti fare qualcosa quando non sei pronta."

"Sì, però ecco il punto: *sono* pronta," protestò Sidney.

Lui scosse la testa, sfiorandole la fronte con la barba. "Quando ti sentirai sicura approfondiremo la nostra relazione a livello fisico. Ma fino ad allora... andremo al tuo ritmo."

"Non è giusto," protestò lei, anche se non si sentiva così solida nella protesta. Decker aveva ragione: si era spaventata di fronte a tanta intensità, ma non nel modo in cui pensava lui. Sidney era sicura che lui non le avrebbe mai fatto del male. Abbassò lo sguardo e notò che l'erezione era rimasta immutata. "Stai soffrendo." Sidney fece un cenno verso il pacco.

Decker ridacchiò. "Sid, sono sempre stato così nelle ultime due settimane... nulla di nuovo sotto il sole. Me ne occuperò come ho sempre fatto da quando ti conosco... sotto la doccia, o a letto dopo aver parlato con te fino a tarda notte."

Sidney non era sconvolta, anche lei aveva ricorso alla masturbazione dopo aver parlato con lui, qualche volta. Ma si sentiva comunque in colpa.

Decker le portò una mano sotto il mento, lei sollevò il viso e lo guardò negli occhi. Si fissarono per un istante, prima che lui si chinasse in avanti. Lei gli andò incontro impaziente, fino a quando si baciarono.

Il bacio iniziò lentamente, ma in breve tempo divampò la passione, spingendo l'uno verso l'altra. Sidney inclinò la testa e quando Decker fece per tirarsi indietro, lei lo afferrò per i capelli e lo tenne fermo contro di sé.

Pochi minuti dopo, Sidney era persa in Decker. Lui l'accarezzava con le dita lungo tutto il corpo, accendendole un fuoco interiore ovunque la toccasse. Le infilò una mano sotto la maglietta, accarezzandole la schiena, poi la spostò verso il basso e la infilò dietro, sotto ai jeans di lei.

Persino quel lieve tocco la mandò in fiamme.

Sidney desiderò sentirsi più vicina a Decker e gli si mise a cavalcioni sul grembo, premendo contro di lui senza mai fermare il bacio. Gli accarezzò il petto possente e poi spostò le mani verso il basso, verso l'uccello.

Per un istante Sidney pensò che fosse giunta l'ora: stavano per fare l'amore proprio in quel momento, sul divano. Ma quando lui le fece scivolare una mano sotto la maglietta e le sfiorò un seno, lei si irrigidì.

Il movimento fu quasi impercettibile, ma Decker se ne accorse e ritrasse immediatamente la mano.

Sidney sospirò in preda alla frustrazione, si tirò indietro e si leccò le labbra gonfie di baci. Guardò il suo uomo, accigliata; lo voleva, lo voleva *davvero*... ma non aveva idea del perché continuasse a tirarsi indietro ogni volta che lui iniziava a dimostrarle quanto volesse fare l'amore.

Decker l'abbracciò e lei si sciolse contro di lui. "Smettila di pensare tanto, Sid," mormorò, accarezzandole i capelli con delicatezza.

"Mi sembra di essere la più grande fregatura del mondo," sussurrò lei, "non voglio esserlo."

"Shhhh, non sei una fregatura, hai solo bisogno di sentirti sicura. Ignora i miei sentimenti, so che ci stiamo muovendo molto rapidamente... ma non dobbiamo avere fretta. Avremo solo una prima volta."

Sidney sospirò e chiuse gli occhi, si prese un momento per godersi la semplice vicinanza con Decker, apprezzava quanto lui rispettasse lei e i suoi tempi per andare a letto, e quanto sembrasse accettare pienamente il fatto di limitarsi a baci roventi sul divano.

Decker ridacchiò all'improvviso.

Sidney sollevò la testa e gli chiese: "Cosa?"

"Hannah."

Lei si voltò a guardare la cagnolina e soffocò una risatina.

Hannah era seduta vicino al tavolino della sala e li fissava incuriosita; non appena notò i loro sguardi su di lei, iniziò a scodinzolare con grande entusiasmo.

"Non c'è niente di meglio che avere un pubblico," scherzò Decker. "Mi aspettavo che tenesse un cartello tra i denti, con il voto della nostra performance."

Sidney non riuscì a trattenersi e iniziò a ridacchiare, per poi ridere di gusto. Arrivò a ridere così tanto da sentire punte di dolore nello stomaco, dovette scendere dal grembo di Decker per cercare di riprendere fiato. Naturalmente in quel momento Hannah le andò vicino e cercò di leccarle la faccia.

"Oh, mio Dio," gli disse Sidney dopo essersi ripresa, "mi hai traumatizzata, Decker. Ti prego, dimmi che non le sarà permesso di entrare in camera da letto fino a quando non avremo finalmente fatto sesso."

Sidney non si soffermò su quanto aveva detto fino a quando si rese conto che Decker non stava più ridendo; lo guardò, le stava sorridendo con un'espressione incredibilmente tenera...

...e così fu colpita da un flash: Decker al loro matrimonio. Sicuramente l'avrebbe guardata in quello stesso identico modo.

"Potrò guardarti solo io," le disse, sempre sorridendo.

L'atmosfera rovente si era sciupata. Decker si alzò e le tese una mano. "Mi aiuti a inventarmi qualcosa per cena?"

"Certo," gli disse lei, che si lasciò aiutare ad alzarsi.

Per l'ora successiva cucinarono insieme, divertendosi un mondo. Sidney non aveva mai riso tanto in vita sua, così come le capitava con Decker. Era una sensazione nuova... e le piaceva molto.

Dopo cena, Decker le disse: "Dobbiamo parlare, Sid."

Sidney si irrigidì. Oh, cielo... aveva forse mal interpretato la giornata? Quando un tizio chiede di parlare non è mai un buon segno... giusto?

"Ehi, rilassati," le disse Decker, come se le avesse letto nel pensiero... o decifrato l'espressione spaventata sul viso. "Non sto rompendo con te, voglio ancora vederti e siamo impegnati finché lo vorrai. Ok?"

Sidney si lasciò andare in un sospiro di sollievo. "Ok."

Lui tornò verso il divano e si sedette ancora una volta, lei prese posto accanto a lui, senza avere la minima idea di cosa volesse dirle.

———

Gumby fece un respiro profondo. Quella giornata era stata fantastica, una delle più belle mai vissute... detestava dirle che sarebbe partito. Si era abituato a vedere Sidney quasi ogni giorno, il pensiero di dover passare i giorni successivi senza di lei lo rattristava. Decise che la sua donna era già abbastanza stressata, quindi era meglio andare dritto al punto.

"Sai che sono un SEAL. Beh, domani partiamo per una missione."

La guardò attentamente mentre lei digeriva quelle parole. Decker sapeva che lei non si aspettava una notizia del genere, ma gioì internamente quando lei non protestò e non si lamentò della partenza.

"Per quanto tempo?"

Gumby strinse le labbra e le rispose: "Non lo so. Potrebbe essere qualche giorno, o un paio di settimane... dipende da quando riusciremo a raggiungere il nostro obiettivo."

"Non puoi dirmi dove stai andando o lo scopo della missione, vero?"

Lui scosse la testa. "Purtroppo, no. So che è una merda, mi dispiace."

Sidney fece un respiro profondo. "In realtà, penso che sia meglio così... se sapessi tutti i dettagli, probabilmente finirei per stressarmi ancora di più."

Diamine, Gumby adorava quella donna: sarebbe stata una moglie fantastica per un SEAL. "Vieni qui," le disse, lei si rintanò subito accanto a lui, ancora una volta. "Ho bisogno che tu mi faccia una promessa."

Lei lo guardò con diffidenza. "Cosa?"

"Finché non sarò di ritorno, devi promettermi che non andrai a tenere d'occhio casa di Victor, o qualsiasi altra potenziale situazione dove potrebbe trovarsi un cane maltrattato."

Sidney non annuì immediatamente, Gumby si preoccupò all'istante. Meglio spiegarsi in fretta. "Lo so, sei un'adulta, hai salvato cani per molto tempo prima del mio arrivo... Ma mi terrorizza l'idea che ti cacci nei guai. Adoro la tua compassione e il tuo desiderio di aiutare gli animali maltrattati, ma non sono tranquillo se ti esponi al pericolo. Non so cosa ti spinga ad agire in modo spericolato, ma so che segui un impulso e io ti aiuterò, ti proteggerò. Ti chiedo solo di non farlo in mia assenza. Il pensiero di saperti sofferente mentre non posso raggiungerti mi fa star male fisicamente."

"E se ti dicessi che non posso farne a meno?" gli chiese lei.

Gumby sospirò. "Allora non potrei farci niente. Sarei preoccupato, come sempre... giusto un po' di più."

"Cosa succede se ti capita qualcosa o... santo cielo... se dovessi morire durante questa missione?"

"Punto uno, non morirò: fidati. Cosa mi stai chiedendo realmente?"

"Ci stiamo frequentando ma non siamo sposati, quindi non penso che la marina mi informerebbe... no? Non avrei più notizie di te? Potrei passare davanti a questa casa, un giorno, e trovarla in vendita?"

Gumby scosse la testa con energia. "No, cazzo, no! Il mio comandante sa chi sei perché gli ho già detto tutto. Non solo, ma c'è anche Caite, la ragazza di Rocco; anche lei sa di te. Diavolo, quasi tutti quelli con cui lavoro sanno chi sei. Se mi succederà qualcosa verrai a saperlo... Ho dato il tuo numero ai ragazzi."

"Quindi mi lascerebbero venire da te, qualsiasi cosa succeda? Posso stare al tuo fianco?"

"Sì, Sid. Sono sicuro che con la tua vicinanza, in caso, guarirei molto più in fretta."

Lei assorbì quelle belle parole e poi gli disse: "Non mi caccerò in nessun guaio per salvare cani, mentre non ci sarai."

Gumby si rilassò con un lungo sospiro di sollievo. "Grazie."

"Ma non posso rinunciare: lo sai, vero?"

Lui annuì con riluttanza. "Sì, però vorrei che lo facessi in modo più sicuro. Puoi dirmi... perché? Cos'è che ti spinge a metterti in pericolo per salvare gli animali?"

Per un secondo Gumby era certo che finalmente il mistero sarebbe stato svelato, ma mentalmente sospirò con frustrazione quando lei si limitò a fare spallucce.

"Non lo so."

"Non voglio insistere," le disse. "Ma spero che un giorno ti sentirai abbastanza sicura per confidarti con me."

Sidney si sentì a disagio e quindi cambiò argomento. "Allora... tutti quelli con cui lavori sanno di me? Compresa Caite?"

Lui annuì. "Già. Non riesco a non parlare di te."

"Me ne sono accorta quando hai fatto venire qui Max e l'hai convinto a offrirmi un lavoro."

"Ehi, non gli ho detto di offrirti proprio nulla. Ho solo pensato che sareste andati d'accordo."

"Sì, sì," gli disse lei con aria scettica.

"E infatti avevo ragione!" esclamò lui.

"Secondo te c'è la possibilità che io possa conoscere presto questa Caite? Mi piacerebbe condividere la mia esperienza con lei... sai, visto che anche lei esce con un tipaccio SEAL."

Gumby annuì, felice di quella prospettiva. "Diavolo, sì. Organizzerò il tutto appena torniamo." Le accarezzò i capelli e le sistemò una ciocca dietro un orecchio. "Ti lascio i numeri di tutti i ragazzi, anche quello del comandante. Ah, anche quello di Caite. Se qualcosa dovesse andare storto durante la mia missione, chiama uno di loro."

"Oh!" esclamò lei, poi si mise a sedere con la schiena dritta. "Chi si occupa di Hannah? Hai bisogno che la porti fuori io?"

Gumby sussultò. "A proposito..."

"Cosa?"

"Avevo già organizzato tutto prima che ci frequentassimo

tanto assiduamente; potrei cambiare tutto, ma Caite sembrava entusiasta di passare un po' di tempo qui in casa."

"Quindi fa la dog-sitter?"

"Sì. Poco fa c'è stato un... diciamo incidente... al complesso di appartamenti dove vive. Caite e la moglie di un contrammiraglio sono capitate nel posto sbagliato al momento sbagliato, sono state tenute in ostaggio da una matta. Rocco è titubante a lasciarla lì da sola, così mi ha chiesto se potessi farla stare a casa mia. Ho colto al volo l'occasione visto che non ero sicuro della nostra relazione quando sarei partito per la missione. Caite ama la spiaggia, lei e Rocco stanno cercando una casa nelle vicinanze, ma non hanno ancora trovato nulla."

Gumby sapeva che stava parlando a ruota libera, ma non riusciva a fermarsi. Voleva mettere in chiaro che tra lui e Caite non ci fosse nulla di romantico, e detestava deludere Sidney.

"In quel momento, era la soluzione perfetta: lei e Rocco sono venuti l'altra mattina, hanno conosciuto Hannah, hanno legato... beh, non come con te, ma si sono piaciute." Fece un respiro profondo. "Sei arrabbiata?"

Sidney scosse la testa. "No, figurati. Volevo offrirmi di portare Hannah nella mia roulotte mentre eri via, ma credo che le piacerà di più stare qui a casa. Non è una grande idea spostarla troppo presto, è stata salvata da poco."

"Non appena torniamo ti faccio conoscere Caite," le disse Gumby. "Credo proprio che andrete d'accordo."

"Decker, per me non è facile fare amicizia... alcune donne si sentono intimidite da me, probabilmente perché non me ne frega niente di quello che pensano. A dirla tutta, alcune donne intimidiscono *me*. Fammi indovinare, probabilmente Caite è super intelligente, eh?"

"Non è più intelligente di te, Sid."

"Chiaro. Scommetto che ha una laurea."

"Sì, lavora alla base. Parla fluentemente il francese ed è stata preziosa per gli investigatori navali della marina, l'ufficio NCIS."

"Wow. L'unica altra lingua che conosco è quella dello scaricatore di porto quando mi faccio del male," scherzò Sidney. "Questa è la donna che ti ha salvato la vita, giusto?"

Gumby si chinò in avanti e le prese il viso tra le mani. "Andrete d'accordo," le disse seriamente. "Da quello che mi dice Rocco, anche Caite non ha molti amici. Ti conosco, Sid, e se ti dico che andrete d'accordo, fidati. Non insisterei così tanto, se non lo pensassi davvero."

Sidney annuì, Gumby la baciò sulla fronte e poi si raddrizzò, lasciandola andare, anche se desiderava stringerla al petto per sempre.

"E senti... per le visite dal veterinario? Hannah deve fare delle visite di controllo?"

"Non esattamente, la veterinaria ha detto di tornare tra qualche settimana, l'importante è che sta guarendo bene."

"Ho notato che oggi zoppicava un po'. Come vanno le zampe?"

Gumby adorava quella genuina preoccupazione per la cagnolina. "Vanno meglio. I cuscinetti ci metteranno un po' di più a ricrescere, sono ancora delicati. In questo momento la nuova pelle è piuttosto vulnerabile, deve evitare ancora la sabbia e ha l'infestazione filaria, quindi meglio che stia in casa bella tranquilla quando non ci sono."

"Caite sa tutto?"

"Sì."

Sidney esitò per un attimo, poi fece un respiro profondo. "Mi mancherai," gli disse dolcemente.

"Oh, Sid, mi mancherai anche tu," le rispose Gumby, che emise un lungo sospiro di sollievo quando Sidney si rannicchiò di nuovo contro di lui.

"Potrei anche riuscire a dormire una notte intera," scherzò

lei, poi trasalì. "Scusa, sono stata indelicata, probabilmente non dormirai bene visto che sarai impegnato in missione."

"Va tutto bene. Mettiamola così... meno dormo, prima finirà questa missione." Non era del tutto vero, ma avrebbe detto qualsiasi cosa per far sentire meglio Sidney. "Dirai a Jude del lavoro offerto da Max?"

"Sì, però mi sento in colpa, sai. Jude mi ha aiutata tantissimo quando mi sono trasferita qui. Ero ingenua e inesperta su tutto, mi ha anche esonerato dal pagare l'affitto per almeno due anni mentre capivo cosa avrei fatto della mia vita."

"In quel periodo l'hai aiutato gratuitamente, o quasi, vero?" le chiese Gumby, tirando a indovinare.

Sidney fece spallucce. "Forse."

"Non è che te ne vai domani," le disse Gumby. "Sono sicuro che troverete un accordo. Per esempio... puoi continuare a lavorare da lui finché non assume qualcun altro. O puoi lavorare part-time fino a quando il nuovo tuttofare non avrà preso confidenza con il parco roulotte. Chi lo sa... forse la persona che Jude assumerà avrà davvero bisogno di aiuto... come te quando sei arrivata qui."

"Vero," concordò lei.

"Quindi gli parlerai?"

"Sì." Si accoccolò ancora di più al SEAL. "Non vedo l'ora di prendere un appartamento, o qualcosa del genere. Ho vissuto in quella vecchia roulotte per così tanto tempo che un appartamento mi sembrerà una rivoluzione."

Gumby si morse la lingua per evitare di confessarle ciò che pensava: voleva che lei si trasferisse da lui... ma tanto avrebbero avuto tutto il tempo per affrontare quel discorso. Lei non avrebbe preso casa tanto presto: no, Sidney sarebbe stata prudente con i risparmi e prima di compiere un passo tanto importante avrebbe dovuto risparmiare altri soldi.

Gumby aveva tutto il tempo di farla innamorare perdutamente, farle accettare di sposarlo e di trasferirsi definitivamente con lui.

Pensare al matrimonio non spaventava Gumby come sarebbe successo un tempo; non aveva mai pensato di sistemarsi, prima di rischiare la vita in Bahrain. Pensava di avere un sacco di tempo a disposizione, prima di quella missione, ma poi aveva cambiato idea: la vita era breve... troppo breve. Aveva incontrato Sidney e voleva iniziare a vivere con lei il prima possibile, in modo da non perdere neanche un minuto del tempo che avrebbero potuto godere insieme.

"A che ora partirai, domani?"

"Presto."

"Allora forse è meglio che vada."

Sidney aveva ragione, per quanto a Gumby non piacesse l'idea di separarsi da lei. Doveva alzarsi alle tre del mattino per prendere il mezzo che l'avrebbe condotto fuori dal paese, aveva davvero bisogno di dormire un po' prima che l'azione entrasse nel vivo. Non c'era mai la garanzia di avere tempo per riposare, durante una missione. "Ti chiamo appena torno," le disse.

Sidney annuì e si mise a sedere. "Stai attento, capito? Mi incazzo se torni a casa ridotto come un colabrodo."

Gumby sorrise. "Certo. So che non ne abbiamo parlato molto, ma lavoro con degli uomini straordinari. Loro mi coprono le spalle, e io le copro a loro. Abbiamo ripassato questa missione e abbiamo pronti anche i piani B, C, D ed E, per ogni evenienza, proprio come facciamo ogni volta."

"Bene, mi sento meglio."

"Ottimo." Lui si alzò e la prese tra le braccia non appena lei lo raggiunse.

"Non sono brava a salutare," gli comunicò lei. "Quindi me ne vado e basta."

Sidney stava trattenendo le lacrime, Gumby si rattristò;

per la prima volta, non si sentiva carico come al solito prima di affrontare una nuova missione.

La baciò sulla fronte, restando lì per un lungo istante prima di allontanarsi. Gumby la guardò mentre andava verso Hannah e la coccolava. La cagnolina le leccò il viso prima che Sidney potesse allontanarsi. "Fai la brava con Caite," le disse Sidney a bassa voce prima di raddrizzarsi e dirigersi verso la porta d'ingresso, prendere la borsa e aprire la porta.

Si girò quando era già fuori, le lacrime che le rigavano il viso fecero quasi impazzire Gumby.

"Sono fiera di te," gli disse. "Fai il culo a qualche terrorista." Poi si voltò e si diresse velocemente verso la macchina. In pochi istanti, Gumby vide solo i fanalini posteriori che si dirigevano verso la strada.

Hannah mugolò al fianco del padrone.

"Lo so, bella. Manca già anche a me."

Poi Gumby si girò, chiuse la porta e fece del proprio meglio per concentrarsi sulla missione imminente.

CAPITOLO 12

Otto giorni.

Era quello il tempo trascorso dalla partenza di Decker, anche se Sidney non stava proprio tenendo il conto.

Sospirò e alzò gli occhi al cielo, pensando a se stessa. Era patetica: era una persona introversa che stava bene da sola, anzi, le *piaceva*... fino a quando aveva conosciuto Decker e aveva trascorso ogni sera delle ultime due settimane con lui, di persona o telefonicamente.

Aveva iniziato a nutrire molto rispetto per le mogli dei militari: ma come diavolo facevano a sopportare costantemente quel tipo di situazioni? E pensare che non aveva neanche dei figli: non osava immaginare quanto sarebbe stato tremendo essere una madre e rimanere da sola.

Guardò l'orologio: erano le cinque e quarantadue del pomeriggio. Non aveva niente in programma per la sera, ciò la indispose. Aveva cercato di tenersi occupata il più possibile nell'ultima settimana: aveva cenato con Nora un paio di volte, si erano divertite, una sera era andata a conoscere dei nuovi cani che Faith aveva salvato e aveva persino detto a Jude che sarebbe stata felice di lavorare di sera, per due volte lui aveva accettato l'offerta.

Una sera si era spinta a controllare i post di Victor su internet.

Ne aveva trovato uno nuovo: era tremendo. Si era inventato una storia strappalacrime su come aveva dovuto sbarazzarsi di un vecchio cane, facendolo abbattere, spezzando il cuore della figlioletta; solo un nuovo cucciolo poteva farla stare meglio.

Ma Sidney sapeva benissimo che quel farabutto non aveva una figlia, era pronta a mettere la mano sul fuoco. Quel delinquente stava solo cercando cani da addestrare per farli combattere.

Più volte le era venuta la tentazione di andare fino a casa di quell'idiota per assicurarsi che non avesse messo le mani su nessun nuovo cane, ma aveva promesso a Decker che non l'avrebbe fatto. L'impulso, però, c'era stato... e anche forte. Maledizione.

Sidney strinse i pugni e iniziò a camminare per la stanza. Continuava a pensare al post di Victor, stava uscendo di testa; aveva bisogno di pensare a qualcosa che avrebbe potuto distrarla dal farabutto e dalle torture su cani indifesi, o da Decker, che probabilmente si trovava in pericolo, sperduto da qualche parte a lei ignota.

Poteva guardarsi un po' di TV? No, non era in vena.

Poteva leggere un libro? No, niente l'avrebbe distratta, e poi una storia d'amore l'avrebbe resa triste, in quel momento tanto delicato.

Non poteva navigare troppo in internet perché altrimenti avrebbe infranto la promessa fatta a Decker, e sarebbe andata a controllare casa di Victor.

Nora era fuori con uno degli uomini che frequentava.

Faith era occupata.

Jude le aveva già detto che era tutto a posto per quella sera, si sarebbe occupato lui di tutto.

"Dannazione," borbottò. Ma quanto duravano le missioni di Decker, in genere? Sarebbe stato via un mese... forse due? Accidenti. Certo che lui avrebbe anche potuto darle qualche informazione in più, tanto per farle capire quanto tempo avrebbe dovuto trascorrere a preoccuparsi prima del ritorno del SEAL.

Quando il cellulare squillò, Sidney rispose immediatamente: aveva proprio bisogno di una distrazione.

Rispose con cautela, dal momento che non aveva salvato il numero in memoria. "Pronto?"

"Sidney?"

"Sì, sono io. Chi sei?"

"Grazie a Dio! Sono Caite... Caite McCallan. Non so se Gumby ti ha mai parlato di me, ma ho bisogno di aiuto!"

La donna all'altro capo della linea stava singhiozzando, Sidney si irrigidì all'istante; Decker le aveva detto di aver dato il numero a Caite, ma cosa stava succedendo?

"Calma, Caite. Che succede?" le chiese Sidney.

Caite singhiozzava tra una parola e l'altra, rendendo la comunicazione difficile da capire.

"Sono t-tornata un po' p-più tardi a c-casa di Gumby, quando sono entrata c-c'era... s-sangue ovunque!"

"Cazzo, cosa? Calma... Hai chiamato il pronto intervento?"

"No, non è per q-quello."

Sidney si sentì confusa. "Non è per quello... cosa?"

"Si tratta di H-Hannah! È ferita e non so cosa f-fare!" esclamò Caite.

Sidney si irrigidì ancora di più e si diresse verso la porta prima ancora di pensarci. "Hannah? Cos'ha che non va?"

"Non lo so! Non mi permette di avvicinarmi a lei... Ma c'è

sangue ovunque! Sembra che un serial killer sia passato di qui per squartare qualcuno."

Sidney non conosceva Caite, dunque non sapeva se fosse una persona drammatica o meno, ma il solo pensiero di Hannah ferita e sofferente era ripugnante.

Si sentì travolta da spiacevoli ricordi d'infanzia, ma spinse da parte quei pensieri: doveva andare a casa di Decker, si concentrò su quello.

"Non sapevo chi altro chiamare," continuò Caite, che parlava in modo sempre più chiaro. Il semplice fatto di avere qualcuno con cui parlare la stava aiutando a domare il panico. "Gumby ha detto di chiamare la veterinaria, se fosse successo qualcosa. Ci ho provato, ma sono già chiusi e non riesco a far venire Hannah da me per portarla da un altro veterinario pronto per le emergenze. Gumby mi ha detto che se avessi avuto bisogno di aiuto con Hannah, avrei potuto chiamare *te*. Quindi l'ho fatto... cosa devo fare?"

"Per prima cosa, calmati: sto arrivando."

"Grazie a Dio!" esclamò Caite.

"Riesci a dirmi da dove proviene il sangue?" le chiese Sidney.

"No... però è dappertutto. Penso arrivi dal pavimento ma è anche sparso su tutti i mobili della cucina, sulla cuccia, sul divano... santo cielo, penso sia proprio rovinato!"

Sidney percepì di nuovo il panico nella voce di Caite. "Sono solo mobili, Caite, non preoccuparti: a Decker non interessa. Concentrati su Hannah, ti sembra che il sangue provenga dalla ferita sulla schiena?"

Riuscì a sentire distintamente il ringhio di Hannah, in sottofondo; ciò la stupì. Aveva già sentito Hannah ringhiare, come quando Max era andato a trovarli, ma non aveva idea di quale potesse essere il problema in quel momento.

"Non credo. Voglio dire, la pelliccia è nera, quindi è difficile da dire, ma sembra che... sì, provenga dalle zampe."

Sidney annuì tra sé e sé mentre sfrecciava verso casa di Decker. Era tutto più chiaro: molto probabilmente Hannah si era ferita i cuscinetti sotto le zampe e avevano iniziato a sanguinare. Però era passata una settimana dall'ultima volta che aveva visto la cagnolina... era convinta che fosse sulla strada della guarigione.

"Oh, no!"

"Cosa?" gridò Sidney.

"C'è del vetro sul pavimento, vicino al divano! Ieri ho portato un vaso di fiori... Blake me li ha fatti spedire al lavoro; credo che Hannah abbia fatto cadere il vaso, frantumandolo, e ci abbia camminato dentro."

Ecco spiegato cos'era successo: le zampe di Hannah erano ancora fragili, si era ferita con i vetri e aveva iniziato a sanguinare. Muovendosi nella stanza, Hannah aveva sparso sangue ovunque.

Sidney fece un respiro profondo, si sentì più tranquilla dato che la situazione non era così tragica come temeva. "Ok, Caite, probabilmente è andata così. Riesci a togliere i vetri e ripulire tutto, in modo che non ci metta più le zampe?"

"Oh, certo. Vieni lo stesso, vero?"

"Sì, sono circa a metà strada."

"Grazie! Sono preoccupata per Hannah, non si è mai comportata così con me prima d'ora... non abbiamo mai avuto problemi. Ora è sdraiata nella cuccia, sta ringhiando."

"A te?" le chiese Sidney. "O ringhia in generale?"

"Oh, uhm... Ora che me lo chiedi, penso che stia solo ringhiando e basta."

"Ecco... probabilmente perché sente dolore alle zampe ma non capisce cosa sta succedendo. Butta via i vetri, Caite, e non avvicinarti a lei. Vedremo insieme come sta, quando arrivo."

"Ok. Sidney?"

"Sì?"

"Grazie mille... non sapevo cosa fare. So che tu e Gumby state uscendo da poco e non ci siamo ancora conosciute, ma apprezzo il fatto che stai venendo qui."

"Ho incontrato Rocco solo una volta ma mi è stato simpatico.... e credimi quando ti dico che non mi stanno simpatici tutti quelli che incontro. Sono felice che tu mi abbia chiamata, mi è mancata Hannah."

Caite rimase in silenzio qualche istante prima di dire: "Oh, cazzo! Probabilmente volevi farle tu da dog-sitter, vero? Sono una tale idiota! Avrei dovuto pensarci prima... quando Blake mi ha chiesto il favore, ho accettato e basta. So che l'ha fatto per farmi lasciare l'appartamento mentre lui era via. *Merda!* Avrei dovuto pensarci meglio, mi dispiace tanto."

"Va tutto bene," le disse Sidney, le stava già simpatica quella ragazza.

"No, invece," ribatté Caite. "Blake è iperprotettivo, il più delle volte non mi dispiace, ma scommetto che ci sei rimasta male. Ti giuro che non ho un debole per Gumby: voglio dire, mi piace (come potrebbe non piacere?) ma non mi *piace* in quel senso, se capisci cosa intendo."

Sidney ridacchiò. "Sì, ho capito."

"Sono una tale idiota, giuro che non mi è nemmeno passato per l'anticamera del cervello che Gumby volesse che restassi *tu* qui al posto mio. Probabilmente voleva solo essere gentile, perché lui *è* molto gentile."

"Davvero Caite, va tutto bene," le disse Sidney quando Caite riprese fiato. Aveva la sensazione che quella ragazza avrebbe continuato a scusarsi all'infinito, se le fosse stata data la possibilità. "Ho avuto tanto da fare, è un bene che Hannah si abitui ad altre persone."

"Beh, quando Blake e Gumby torneranno a casa mi assicurerò che sappiano che sono degli idioti," sbuffò Caite.

Sidney non poté fare a meno di ridere: era un modo per rilasciare la tensione, ma Caite *era* proprio spassosa.

"Sei quasi arrivata?" le chiese Caite. "Ho tolto di mezzo i vetri ma sono davvero preoccupata per Hannah."

"Tre minuti e ci sono," le disse Sidney. "Si è mossa?"

"No, sta nella cuccia, si lecca una delle zampe e mi guarda male."

"Ti guarda male?" le chiese Sidney. "Davvero?"

"Beh, sì!" rispose Caite. "Anche se ora che non sto dando di matto, posso dire che non *mi* sta davvero ringhiando contro, sta soffrendo e mi sento davvero male per lei."

"Lasciala tranquilla, sarò lì in un secondo."

"Ti aspetto fuori."

"Ok, ora riattacco. A tra poco."

"Ottimo. Grazie."

"Ciao."

"Ciao."

Sidney spense il Bluetooth e si concentrò per arrivare a casa di Decker. Entrò nel vialetto, parcheggiò dietro quella che doveva essere l'auto di Caite; sulla soglia di casa vide una donna minuta che indossava un paio di pantaloni color cachi e una camicetta azzurra. Sembrava un po' più alta di Sidney, ma neanche più di tanto; i capelli castani erano tutti arruffati, come se la donna ci avesse passato spesso le mani per l'agitazione.

Sidney fu entusiasta nel constatare quanto quella donna le sembrasse talmente... ordinaria.

Era ben consapevole di fare un ragionamento assurdo, ma non avrebbe gioito se si fosse trovata di fronte una top model. Già si sentiva in soggezione sapendo del rapporto speciale tra Caite e Gumby, dato che lei gli aveva letteralmente salvato la vita... ma se Caite fosse stata anche una diva da copertina, per Sidney sarebbe stato un colpo troppo duro.

Non pensava che Caite fosse brutta, la trovava una bella ragazza, ma sembrava molto più la tipica ragazza "acqua e sapone", non la bellezza mozzafiato.

Sidney spense la macchina, scese, si infilò il telefono in tasca e camminò velocemente verso Caite.

L'altra donna gettò le braccia intorno a Sidney e la abbracciò con grande vigore, senza la minima esitazione.

Sidney ricambiò l'abbraccio, stordita e sorpresa.

"Grazie mille per essere venuta!" le disse Caite.

"Ma figurati."

"Andiamo," le disse Caite, facendo un passo indietro. "Gumby mi ha detto che Hannah ti adora... spero che smetta di ringhiare, vedendoti."

Non appena Sidney mise piede in casa di Decker, si bloccò. Si guardò intorno sconvolta, non era pronta a una visione simile.

"Te l'avevo detto," borbottò Caite.

"Porca puttana... ero convinta stessi esagerando."

"Sfortunatamente... no."

"Lo vedo," le disse Sidney. La casa era esattamente come aveva descritto Caite, c'era davvero sangue ovunque: sulle pareti, sul pavimento e c'erano macchie persino sulla porta, quando Sidney la chiuse dietro di sé. Ma invece di pensare a quanto tempo ci sarebbe voluto per ripulire tutto, pensava solo alla povera Hannah.

Seguì Caite in sala e vide Hannah nella cuccia, proprio dove le aveva detto l'altra donna poco prima: la cagnolina era sdraiata nella cuccia, occupata a leccarsi una zampa. Era così assorta nell'operazione che non aveva nemmeno sentire Caite aprire la porta.

"Hannah, bella mia, cos'hai combinato?" le chiese Sidney a bassa voce.

Hannah fece scattare la testa al sentire quella voce, mesti uggiolii sostituirono il profondo ringhiare; balzò in piedi e si lanciò contro Sidney. Caite sussultò e fece un passo indietro, ma Sidney si inginocchiò sul pavimento e aprì le braccia.

L'animale colpì Sidney in pieno con la testa, facendola

quasi cadere all'indietro; lei non cadde ma si sedette comunque sul pavimento, era più sicuro. La cagnolina uggiolò sempre di più e agitò la coda con grande energia. "Ehi, piccolina. Stai bene?" le chiese Sidney con voce dolce.

Hannah fece del proprio meglio per strisciare sulle ginocchia di Sidney e seppellirle il muso sotto un braccio; la ragazza era ancora seduta per terra, sovrastata dalla cagnolina.

Sidney guardò Caite, perplessa.

L'altra donna stava seguendo tutta la scena con un sorriso stampato in volto. "Immagino che tu le sia mancata, eh? Ah, sì, appena tornano Blake e Gumby mi sentiranno."

Sidney si voltò di nuovo per guardare il cane di circa venti chili che aveva in grembo, e accarezzò il dorso dell'animale. La ferita aveva un aspetto migliore: il rosso vivido era diventato un rosa più chiaro, indice di guarigione, alcuni peli stavano addirittura ricrescendo sui lati della ferita. Il pelo non sarebbe ricresciuto del tutto, ma quella vista era comunque incoraggiante.

"Mi lasci dare un'occhiata alle zampe, bella?" le chiese Sidney.

Hannah rimase lì dov'era, scodinzolò ancora di più.

"Di cosa hai bisogno?" le chiese Caite.

"Direi un rotolo di carta assorbente... magari anche un panno bagnato con acqua calda. Non saprei cos'altro, finché non vedo il taglio."

"Mi dispiace tanto," le disse Caite. "Avrei dovuto spostare i fiori in un altro punto questa mattina, prima di andare al lavoro."

"Non è colpa tua," le disse subito Sidney. "I cani sono curiosi e la nostra Hannah ha del buon gusto. Suppongo che i fiori siano rovinati?"

Caite ridacchiò. "Sì, li ha calpestati e penso che se ne sia mangiati alcuni."

"Che peccato. Non credo di aver mai ricevuto fiori da un ragazzo prima d'ora, sai."

"Davvero? Mai?"

"No."

"Blake me li manda ogni volta che parte in missione. È un piccolo modo per dimostrarmi che mi pensa anche quando non è qui."

Ma quanta dolcezza... Sidney non aveva mai sentito nulla di simile. "Sei fortunata," le disse.

"Credimi, lo so. Torno subito," le rispose Caite prima di voltarsi per raggiungere la cucina.

Sidney si chinò verso Hannah e le disse dolcemente: "Mi sei mancata, bella. Hai fatto la brava? A parte oggi con i fiori, intendo." Hannah si fece ancora più vicina. "Fammi vedere queste zampe, bella mia. So che non vuoi che lo faccia, ma se ti è rimasto del vetro devo tirarlo fuori. Non hai intenzione di mordermi, vero?"

Sidney non era per nulla sicura di *come* avrebbe reagito il cane, una volta toccata la zampa ferita; sapeva per esperienza che gli animali feriti possono diventare feroci, quando soffrono. Hannah la conosceva e le voleva bene, ma talvolta il dolore prevaleva su tutto.

Caite tornò e appoggiò il materiale richiesto accanto a Sidney, sul pavimento. "Posso aiutarti?" le chiese.

"Adesso vediamo," le disse Sidney. "Non voglio che ti morda, se dovesse decidere che non le piace quello che faccio."

"E se mordesse *te*?" le chiese Caite.

Sidney scrollò le spalle. "Oh, non sarebbe certo la prima volta."

Caite si accigliò, ma non rispose.

Spostandosi in modo che la maggior parte del corpo di Hannah le stesse in grembo, Sidney rivoltò attentamente una delle zampe anteriori di Hannah verso di sé, era quella che si stava leccando prima del suo arrivo. Il cane uggiolò ma non manifestò aggressività.

"Ecco, bella, lascia che ti aiuti. Faccio subito," mormorò Sidney. Prese il panno bagnato e lo passò delicatamente sulla zampa di Hannah. "Ah, ecco, sì... l'hai proprio combinata, eh? Caite?"

"Sì?" L'altra donna mantenne una voce modulata e tranquilla, Sidney lo apprezzò.

"Pensi di potermi trovare una pinza a becchi lunghi, o qualcosa del genere? Mi serve qualcosa per estrarle questo pezzo di vetro dal cuscinetto carnoso."

"Uhm... certo, ma... puoi dirmi come sono fatte?"

Sidney alzò lo sguardo, sorpresa. "Cosa? La pinza a becchi lunghi?"

Caite arrossì. "Sì, lo so, lo so, dovrei saperlo, ma... sono negata per quanto riguarda i lavori di casa. Mi confondo anche sulla differenza tra un cacciavite a stella e uno a testa piatta."

"Seriamente? Ma dai, un cacciavite a testa piatta descrive letteralmente ciò che è..."

"Lo so, ma se qualcuno mi chiede una vite con testa a croce mi confondo e non sono sicura di quale vogliono. Ridi pure, tanto ormai ci sono abituata, Blake mi prende sempre in giro!"

Sidney non riuscì proprio a trattenersi, scoppiò a ridere ma alla fine riuscì a controllarsi. "Scusa... Lavoro sempre con gli attrezzi quindi mi sorprende quando sento qualcosa di simile. Credo di aver visto una cassetta degli attrezzi nel ripostiglio, quando Decker mi stava facendo vedere casa. Se me la porti qui, ti indicherò quello che mi serve."

"Ok. Affare fatto!" disse Caite felicemente mentre si muoveva verso il ripostiglio.

In pochi istanti era di ritorno con la cassetta degli attrezzi rossa malconcia. Per fortuna Decker aveva una pinza a becchi lunghi, si trovava proprio in cima. "Quella lì, Caite. Quell'attrezzo con il manico blu e quegli affari a punta che sembrano proprio dei becchi."

Caite sorrise. "Vedi? Tu mi descrivi gli oggetti in modo che posso capirlo."

Sidney prese la pinza dalle mani di Caite ridacchiando, poi tornò seria. "Ok, fai un passo indietro. Farò in modo di essere veloce e indolore, così Hannah non avrà il tempo di perdere la testa."

"Quindi *Hannah* non avrà tempo di perdere la testa, eh?" le chiese Caite con molta perspicacia.

"Sì. Atteniamoci a questa versione, vuoi?" le chiese Sidney. "Eccoci." Asciugò subito il sangue che era sgorgato dalla zampa mentre parlavano. Il pezzo di vetro non era enorme, ma neanche tanto piccolo. Lo afferrò con la pinza e trasalì quando Hannah uggiolò. "Lo so, piccola, ma ti prometto che appena toglieremo questo frammento ti sentirai subito meglio."

Poi estrasse rapidamente il pezzo di vetro dalla zampa del cane. Hannah uggiolò ancora un po', ma non reagì in alcun modo negativo.

Sidney tirò un sospiro di sollievo e tese la pinza con il pezzo di vetro a Caite. "Puoi prenderla?" le chiese.

"Santo cielo, il cuore mi sta battendo all'impazzata, sai," le disse Caite mentre prendeva l'attrezzo dalla mano di Sidney.

"Anche a me," le disse Sidney con un sorriso. "e anche ad Hannah."

Mentre Caite si dirigeva in cucina, Sidney tamponò la zampa di Hannah con il panno bagnato e gliela tenne saldamente appoggiato. La zampa avrebbe continuato a sanguinare, ma lei sperava che con la pressione diretta il flusso si interrompesse rapidamente.

Sidney si guardò intorno e sussultò: ripulire tutto avrebbe richiesto del tempo. Non aveva idea di cosa avesse combinato

Hannah per spargere tutto quel sangue ovunque, ma non poteva lasciare Caite a occuparsene da sola.

Quaranta minuti dopo, Hannah era di nuovo nella cuccia (le ragazze avevano rimosso il soffice rivestimento esterno e l'avevano messo in lavatrice) a guardare le due donne alle prese con la pulizia di pareti e pavimenti.

Caite si era messa un paio di pantaloni della tuta e una maglietta, Sidney aveva preso in prestito una delle magliette di Decker dall'armadio: era enorme, quindi se l'era legata in vita con un nodo e dal momento che c'era solo Caite, quello scivolone di stile sarebbe passato inosservato.

"Ma dico, davvero... come diavolo è arrivato fin qui il sangue?" mormorò Caite mentre ripuliva il top della cucina.

"E perché, sotto il divano?" commentò Sidney.

Le due continuarono a chiacchierare del più e del meno mentre ripulivano tutto, finché Sidney si sedette sui talloni e disse: "Sai cosa renderebbe tutto migliore?"

"Uhm... trovare qualcun altro che lo faccia per noi?" le rispose Caite.

Sidney scoppiò a ridere. "Sì, ovvio, ma stavo pensando all'alcol."

Caite si bloccò mentre puliva gli armadietti e la guardò. "Oh, *è* venerdì sera e domani non devo lavorare."

Le due si sorrisero, posarono i prodotti di pulizia e cominciarono a rovistare nella cucina di Decker. Trovarono una bottiglia di rum e del succo. Forse non era il drink più sofisticato del mondo, ma non importava.

Un'ora dopo, la casa era più o meno in ordine, Caite era su un lato del divano e Sidney sull'altro, accoccolata con Hannah. L'emorragia alla zampa si era fermata completamente ma Sidney l'aveva avvolta ancora con un panno, tanto per essere sicura.

"Non credo che riusciremo mai a tirare via il sangue da questi cuscini," si lamentò Sidney.

"Beh, allora Gumby dovrà solo comprarsi un nuovo divano!" esclamò Caite un po' troppo allegramente.

Avevano quasi finito la bottiglia di rum, tracannato con l'aiuto del succo. Era da un po' che Sidney non si ubriacava, ma quella sera ne sentiva proprio il bisogno.

Caite e Sidney erano ugualmente alticce; la prima era allegra, l'altra doveva fare i conti con una sbornia triste.

"Senti, ma... come fa Rocco a mandarti dei fiori quando è in missione?" le chiese Sidney. Quella domanda le frullava in testa da quando Caite aveva capito come si era ferita Hannah.

"Lui organizza tutto in anticipo. A volte i fiori arrivano il giorno dopo la sua partenza, altre volte arrivano una settimana dopo. Penso che lo organizzi per farla sembrare una sorpresa. Ovvero... sono sempre abbastanza sicura che arriveranno, ma non so *quando*."

"Quanto è dolce," le disse Sidney, appoggiando la testa sullo schienale del divano.

"Lo so.... E guardandolo non si direbbe che sia tanto romantico."

"Come mai hanno tutti la barba?" le chiese Sidney.

Caite ridacchiò. "Hai notato? Trovo che gli uomini con la barba siano sexy, ma il fatto che tutti i componenti della squadra la portano, beh... mi sembra un po' fuori di testa." Si chinò in avanti e le fece l'occhiolino. "Ma ora che vado a letto con un fusto barbuto, posso dirti che sono totalmente favorevole in quel senso."

Sidney sorrise educatamente.

"Oh, santo cielo... davvero?"

"Cosa?" le chiese Sidney, guardandosi intorno con timore.

"Non sei ancora andata a letto con Gumby?"

Sidney arrossì, incapace di nasconderlo. Si riempì il bicchiere con dell'altro "punch casalingo" che avevano preparato. "Sa davvero di succo, mmh."

"Smettila di cercare di cambiare argomento," la rimproverò Caite, agitando un dito verso Sidney. "Ero sicura che voi due faceste già le capriole a letto."

"Non ci conosciamo da così tanto tempo," si difese Sidney.

"Bella... senti... qualsiasi cosa tu stia aspettando, smettila."

"Sì, però... non vado a letto con chiunque, continuo a pensare che Decker sia troppo bello per essere vero."

Caite scosse la testa con energia. "No, invece. Credimi, ho pensato lo stesso con Blake. Ma questi ragazzi... sono... incredibili. È una parola riduttiva per esprimere quello che sto cercando di dire, ma al momento non sono molto lucida. Sono uomini d'onore, dolci e super tosti. Se piaci a Gumby, non devi preoccuparti che ti tradisca o che si comporti da stronzo."

Sidney inarcò un sopracciglio. "Tutti gli uomini possono essere stronzi."

Caite agitò una mano, come per scacciare quelle parole. "Oh, non sto dicendo che non farà cazzate: le farà, tutti le fanno, e non possono farci nulla... è questione di genetica. Ma voglio dire... se decidi di stare con lui, e intendo stare *davvero* con lui, si assicurerà che tu sappia quanto sei speciale."

"Rocco fa così con te?"

"Ehm, *sì*. Ricordi i fiori?"

Sidney annuì: Caite aveva ragione.

"E poi, quella barba... *Assolutamente* sexy... soprattutto quando te la lecca."

Sidney avvampò, ne era ben consapevole.

Caite alzò gli occhi al cielo. "Non dirmi che non ci hai mai pensato."

Sidney fece spallucce. "Come no... ci ho pensato."

L'altra le rivolse un gran sorriso. "Come ti ho detto prima... è strabiliante."

"Posso chiederti un'altra cosa?"

"Certo. Dopo aver ripulito quella sorta di scena del

crimine, ora siamo tipo amiche per la pelle. Non mi sorprenderebbe se domani mattina ci svegliassimo in una cella di prigione, chiedendoci cosa diavolo abbiamo combinato la sera prima." Rise alla sua stessa battuta e Sidney non poté fare a meno di sorriderle.

"Decker ha detto che gli hai salvato la vita..."

Caite alzò di nuovo gli occhi al cielo. "Davvero, quei ragazzi ci rimuginano troppo."

"Allora è vero?" le chiese Sidney.

Caite fece spallucce. "Immagino di sì... anche se sono sicura che se non fossi arrivata io, avrebbero comunque trovato un modo per uscire da quel buco in cui si erano cacciati, prima che arrivassero i nemici a sparargli."

Sidney spalancò gli occhi, sconvolta. "*Cosa?*"

"Sì, è successo in Bahrain. Ace, Rocco e Gumby dovevano solo fare una ricognizione, non doveva succedere nulla di pericoloso ma hanno subito un'imboscata e sono stati gettati in una cantina. Mentre ero al lavoro ho sentito quegli stronzi organizzarsi per tornare indietro e sparargli, non potevo permettere che accadesse. Blake mi aveva invitata fuori a cena ed era passata un'eternità dall'ultimo invito, io *volevo* quell'appuntamento, dannazione! Così sono andata in città, li ho trovati e ho aperto la botola dove erano tenuti prigionieri. Non ho fatto altro. Esagerano sempre quando raccontano questa vicenda. Piuttosto, sai che Gumby *mi* ha salvato la vita?"

Sidney era confusa. Sapeva che Decker era un SEAL della marina, ma tutte quelle nuove informazioni contribuirono a creare un'immagine del tutto nuova dell'uomo che era veramente: un'immagine che riusciva a essere spaventosa ed eccitante al tempo stesso. "No."

"Sì, non so nuotare. Beh, riesco a stare a galla, più o meno. Uno stronzo ha deciso che voleva uccidermi per via del casino che era scoppiato in Bahrain; per scappare da lui sono stupidamente finita nell'oceano. Gumby e un altro SEAL, Cookie, sono spuntati dal nulla e mi hanno riportata a riva."

"Davvero?"

"Sì, mi ha proprio salvato la vita."

"No, voglio dire... davvero non sai nuotare?" Sidney non era sorpresa che Decker si fosse inoltrato nell'oceano per salvare Caite, era un ottimo nuotatore.

"Beh, ora sono più brava, Blake mi sta insegnando. Fammi indovinare, probabilmente tu sei una campionessa di nuoto o qualcosa del genere, giusto?"

Sidney scoppiò a ridere. "No."

"Fiuu."

"Ma ero la campionessa della mia squadra di pallanuoto, al liceo."

"Stronza," le disse Caite, con un bel sorriso sul volto; Sidney si limitò a ridacchiare.

Dopo un momento, le disse: "Mi stai proprio simpatica."

"Anche tu," le rispose Caite.

"Non ero sicura che saremmo andate d'accordo," ammise Sidney. "Cioè... Decker mi parlava sempre benissimo di te, dicendomi che gli hai salvato la vita e quanto ti ammirava. Poi ti ha chiesto di fare da dog-sitter ad Hannah invece che a me: lo ammetto, questo mi ha un po' ferito. Comunque, ero pronta a essere educata con te, ma tu mi stai davvero simpatica."

"Oh, mio Dio!" esclamò Caite. "Ho provato lo stesso. Beh, non riguardo a fare la dog-sitter per Hannah, perché non sapevo che non te l'avesse chiesto. Quando Blake mi ha detto che era venuto qui e ti aveva conosciuta, mi sono sentita un po' gelosa. So che Blake non mi tradirebbe mai, ma non mi piaceva che tu ti fregassi i "miei" ragazzi. Non sto uscendo con loro, non è una specie di harem al contrario, ma ho iniziato a pensare alla squadra come se fosse mia, capisci? Ma tu sei stata l'unica persona che ho pensato di chiamare, sei venuta subito ed eri così preoccupata per la povera Hannah..." le si affievolì la voce.

Sidney accarezzò la testa di Hannah, che sospirò soddisfatta. Poi disse a Caite: "Non faccio amicizia facilmente, ma mi piacerebbe pensare che ora siamo amiche." Sentiva le lacrime pungerle gli angoli degli occhi e fece di tutto per domarle. Se avesse pianto, Caite l'avrebbe ritenuta una completa idiota: maledetto alcol, produttore di lacrime!

"Sì! Certo che siamo amiche. Sei fenomenale, non riesco a credere che tu non abbia già un milione di amici. Sei molto più in gamba di me... Io mi sono specializzata in francese all'università: ma chi lo *fa*?"

"Beh, io non sono nemmeno *andata* all'università," ammise Sidney.

"Allora hai risparmiato un sacco di soldi. Grande!" le disse Caite con un gran sorriso.

Sidney sapeva che la nuova amica era sincera a giudicare da come le sorrideva, anche se era difficile credere che Caite fosse davvero tanto genuina.

"Come fai ad affrontare il fatto che Rocco non c'è?" sbottò Sidney. "Non abbiamo idea di dove siano andati o di quanto tempo staranno via."

"È una merda," le rispose Caite con un cipiglio. "Non te lo nascondo. Ma devo fidarmi del fatto che sanno quello che fanno, ripassano sempre le missioni prima di partire. Blake mi ha detto che hanno un sacco di piani di riserva, nel caso qualcosa vada storto."

"Anche Decker me lo ha detto," commentò Sidney.

"Devo solo credere che tornerà a casa sano e salvo... ma anche se rimanesse ferito, non lo lascerei mai," le disse Caite con foga. "Ho sentito di tante donne che lasciano i loro uomini mentre sono in ospedale."

"Cosa fanno?!" le chiese Sidney scioccata.

Caite annuì. "Sì. Ma non mi importa cosa succede, non lascerò mai Blake. Mai. Dovrà sopportarmi in eterno."

Il solo pensiero che Decker potesse farsi del male feriva Sidney.

Fu proprio in quel momento che realizzò *quanto* fosse innamorata del SEAL della marina.

"Aiuta parlarne con qualcuno," proseguì Caite. "Blake mi ha presentato un gruppo di SEAL con cui ha collaborato e le loro mogli, devo dire che ero molto invidiosa di quanto fossero tutte così amiche tra loro."

"Come mai non hai chiamato una di *loro,* stasera?" le chiese Sidney, sinceramente curiosa.

Caite scrollò le spalle. "Sono state tutte molto gentili, so che Blake vuole che le chiami se dovessi aver bisogno ma... non so... sono tutte così... unite. Stanno con i loro uomini da anni, hanno figli e si vogliono molto bene. Mi sento un po' come un'estranea. Non hanno detto o fatto nulla di male, che sia chiaro, ma Blake non fa parte della squadra dei loro uomini. Ha senso, secondo te?" le chiese.

"Sorprendentemente, sì," la rassicurò Sidney. Sollevò il bicchiere verso l'alto. "Alle nuove amicizie!"

"Alle nuove amicizie!" le fece eco Caite, alzando il proprio bicchiere.

"Puoi chiamarmi quando vuoi."

"Lo stesso vale per te," le rispose Caite.

Si scambiarono un gran sorriso.

Sidney sapeva di aver bevuto abbastanza, dal momento che la stanza iniziò a vorticare. Si sporse in avanti, ignorando il brontolio di Hannah per essere stata spostata, e appoggiò il bicchiere sul tavolino. Prese una coperta dal retro del divano e coprì sia se stessa che Hannah.

"Pensi che Decker si arrabbierà perché gli ho saccheggiato l'armadio?" chiese a Caite.

"Cos'altro avresti dovuto indossare?" le chiese l'altra

donna, facendo spallucce. "Se lui fosse qui, scommetto che ti starebbe scopando con gli occhi! Ai ragazzi piace quando le loro donne indossano i loro vestiti."

"Ma come mai, secondo te?" le chiese Sidney. "È bizzarro."

Caite fece di nuovo spallucce. "Ah, non ne ho idea... ma devo ammettere che adoro indossare le magliette di Blake, soprattutto quando lui non c'è. Sento il suo odore, mi sento meno sola."

Le lacrime non piante tornarono a tormentare Sidney. "Sì," commentò.

"Ti fermi per la notte, vero?" le chiese Caite, biascicando leggermente.

"Uh-huh... se va bene."

"Certo. Non ti avrei fatto guidare, tanto. Probabilmente domani devo tornare a casa e farti fare da dog-sitter ad Hannah, fino al ritorno dei ragazzi."

"No, Caite. Decker l'ha chiesto a te."

"Ma ho ferito Hannah," le disse Caite con tristezza.

"No, non è vero. È una cagnolina curiosa, e va bene: dimostra che si sta facendo sempre più coraggiosa... credimi, dopo quello che ha passato con quel coglione dell'ex-padrone, è solo un bene."

"Per fortuna l'hai trovata tu."

Poco prima Sidney le aveva spiegato le circostanze che avevano spinto Decker a prendere Hannah. "Ci sono tanti altri cani in condizioni simili," le disse Sidney con una smorfia. "In effetti, lo stronzo che le ha fatto del male probabilmente ha altri cani, in questo momento."

"Davvero?"

"Sì. Ho guardato online e ho visto che sta pubblicando diversi post sui social media, chiedendo se qualcuno ha dei cani che non vuole più."

"Che stronzo! "

"Sì... ma ho promesso a Decker che non l'avrei affrontato mentre era via in missione."

"Maledizione, che palle."

"Sì."

"Sidney?"

"Dimmi."

"Se domani mi dimentico qualcosa di cui abbiamo parlato stasera me lo ricorderai, vero?"

Sidney ridacchiò. "Sì, Caite. Te lo ricorderò."

"Non farai finta di non conoscermi?" Sorrise.

"No. Abbiamo ripulito una scena del crimine: come hai detto tu, questo ci unisce come due amiche del cuore," scherzò Sidney.

"Bene. Ora chiudo gli occhi."

"Buona notte, Caite. Grazie per avermi chiamato."

"Buona notte, cara. Grazie per essere venuta."

Sidney chiuse gli occhi, sentendosi a proprio agio come non si sentiva da secoli. Del resto, come poteva essere diversamente con una cagnolina affettuosa in grembo, l'alcol che le scorreva nelle vene, una nuova consapevolezza dei sentimenti che provava per Decker e una nuova migliore amica?

CAPITOLO 13

Gumby inserì la chiave nella serratura della porta e la tenne aperta per Rocco. Non aveva idea del perché Sidney fosse in casa, ma ne era più che felice. Quando era arrivato era rimasto sorpreso nel vedere l'Accord nel vialetto, si sentì subito preoccupato ma anche entusiasta di poterla rivedere prima del previsto.

Era l'una di notte, Gumby aveva affrontato il viaggio di ritorno e tutti i rapporti della missione per quasi venti ore. Era esausto e aveva pensato di riposare qualche ora, per poi mandare un messaggio a Sidney e annunciarle di essere tornato.

Ma in quell'istante, tutta la stanchezza sparì quasi come per magia; non vedeva l'ora di riabbracciare Sidney.

La missione era filata liscia come l'olio, era andato tutto bene. Si erano incontrati con una squadra di agenti Delta Force del Texas e avevano rintracciato uno dei terroristi più ricercati in Afghanistan. Le informazioni ricevute su dove si era nascosto si erano rivelate corrette; dopo diversi giorni di sorveglianza, le due squadre avevano attaccato e abbattuto la minaccia.

Fuori uno, ne mancano troppi, pensò Gumby mentre si chiudeva la porta alle spalle. In cucina c'era la luce accesa, illuminava a sufficienza la piccola sala della casa.

Rocco rimase immobile e silenzioso di fianco al divano, Gumby gli si avvicinò e si guardò intorno confuso.

Sidney era sdraiata sul pavimento, con la testa appoggiata sulla cuccia di Hannah. Era raggomitolata su sé stessa e aveva un braccio intorno alla cagnolina, come se si fosse addormentata mentre la coccolava. Hannah scodinzolava entusiasta, ma non si alzò per andare a salutarlo dato che Sidney la teneva stretta a sé.

Caite stava dormendo sul divano, sdraiata sulla schiena, con un braccio gettato sopra la testa, la bocca aperta e respirava profondamente. Sul tavolino c'era una bottiglia di rum quasi vuota e due bicchieri con un fondo rossastro. A concludere la strana scena c'erano un rotolo di carta assorbente e un panno umido.

"Ma che diavolo...?" si chiese Gumby sottovoce mentre Rocco andava a sedersi accanto a Caite. Gumby si mosse verso Sidney, senza sapere come fare a spostarla. Non gli piaceva l'idea di svegliarla, ma doveva farlo. Non c'era modo di farle allentare la presa su Hannah senza disturbarla.

"Oh, mio Dio!" esclamò Caite quando Rocco la svegliò. "Sei tornato!"

"Sono tornato," le confermò.

Gumby ignorò il ritrovo della coppia e rivolse la propria attenzione a Sidney. Si accovacciò e le mise una mano sulla spalla, accarezzando Hannah con l'altra.

"Sidney?" la chiamò con dolcezza. Dato che lei non si muoveva, la scosse un po' più forte. "Svegliati, Sid. Sono a casa."

Lei aprì gli occhi come se fosse stata sveglia tutto il tempo, le si riempirono immediatamente di lacrime.

Gumby le portò una mano al viso, allarmato. "Sid?"

"Sei tornato," sussurrò lei.

"Certo che sono tornato. Sono tanto contento di trovarti qui, ma mi dici perché sei sul pavimento?"

Invece di rispondere, Sidney si mise a sedere e gli gettò le braccia al collo, stringendolo forte. Gumby rivolse un'occhiata a Rocco, condivisero uno sguardo divertito e confuso. Poi raccolse Sidney da terra e la adagiò sulla poltrona accanto al divano, si sedette sul bordo e aspettò che lei si riprendesse.

Hannah si alzò, si stiracchiò, poi zoppicò fino a dove Gumby era seduto con Sidney. Lui inclinò la testa con un cipiglio e osservò la cagnetta.

"Stai bene?" chiese Rocco a Caite.

"Sì, sto bene," gli rispose lei, fin troppo arzilla per essere stata praticamente svenuta fino al minuto precedente.

"Perché Sidney stava dormendo sul pavimento?" le chiese Rocco.

"L'ho chiamata io. Hannah era ferita e lei è venuta ad aiutarmi. Abbiamo bevuto un po', ripulito la scena del crimine, razziato i cassetti di Gumby e ora siamo diventate amicone."

"È proprio sbronza," disse Rocco a Gumby con un sorriso.

"Scena del crimine?" le chiese Gumby.

Caite aveva sepolto il viso nel petto di Rocco, che si limitò a fare spallucce, anche lui totalmente ignaro di quanto successo in casa.

"Sid?" le chiese Gumby, piegandosi indietro per guardarla in faccia. Lei gli rivolse un sorriso mesto. "Tutto bene qui?"

"Uh-huh."

Servivano più informazioni. "Sei venuta qui perché Hannah si era fatta male?" le chiese.

Sidney annuì e gli riappoggiò la testa su una spalla. Era rannicchiata su di lui come se fosse il cuscino più comodo dell'universo. A Gumby piaceva molto quella sensazione, si sentiva al settimo cielo, però in quel momento aveva bisogno di risposte.

"Si è tagliata un cuscinetto carnoso. Decker?"

"Sì?"

"Spero che tu non faccia mai venire gli investigatori della scientifica a controllare casa tua."

Quel commento era talmente fuori luogo che Gumby riuscì a chiedere solo: "Perché?"

"Perché se usano quell'affare... il luminol, tutto brillerà come un dannato albero di Natale."

"*Cosa?*"

"C'era sangue ovunque.... Davvero, dappertutto. Hannah è riuscita a spargere sangue in ogni spazio possibile, anche sugli armadietti e su altri oggetti. Ho fatto delle foto perché sapevo che non avresti potuto immaginare cosa abbiamo trovato. Comunque, se mai dovessero indagare, ti sbatterebbero in gattabuia perché sembrerà che qui dentro sia avvenuto un massacro. Credimi... so come funzionano eventi simili. Comunque io e Caite ci siamo impegnate a ripulire tutto, quindi in caso sembrerà tutto un mucchio di sbavature."

In quel modo si ricollegava al commento di Caite sulla scena del crimine. Troppe informazioni, a Gumby non piaceva l'implicazione di quanto detto da Sidney: non tanto il fatto di essere indagato, ma era chiaro che lei sapeva come appariva il sangue sotto le sostanze chimiche del luminol.

Si guardò intorno nella stanza e vide quello che gli era sfuggito prima, perché aveva avuto occhi solo per Sidney: c'erano impronte di zampe in quello che sembrava essere sangue sul divano, notò anche alcune macchioline sul pavimento piastrellato. Vide un mocio appoggiato in un angolo della cucina e un secchio vicino al lavandino.

Chissà che pandemonio *prima* dell'intervento di Caite e Sidney.

"Deck?" borbottò Sidney.

"Sì?"

"Sei molto più comodo del divano. Mi sono addormentata lì, ma Hannah ha iniziato ad agitarsi e così ci siamo spostate sul pavimento. Sono contenta che tu sia tornato."

"Anch'io, tesoro. Anch'io."

"Quanto sei ubriaca?" Gumby sentì Rocco che rivolgeva la domanda a Caite.

Lei ridacchiò. "In una scala da uno a dieci, direi... intorno al sette e mezzo."

"Vuoi rimanere?" chiese Gumby all'amico.

Rocco ci rifletté un attimo, ma alla fine scosse la testa. "No, porto Caite a casa. Domani potrebbe sentirsi male, so che preferirebbe stare nel suo letto."

Gumby annuì, condivideva quella scelta e segretamente ne era contento. Voleva molto bene a Rocco e Caite, ma era fin troppo allettante l'idea di avere Sidney tutta per sé. "Ora vengo a spostarti l'auto di Sidney, così potrai guidare quella di Caite."

"Grazie," gli rispose Rocco. "Tornerò domani pomeriggio a prendere la sua roba... se possiamo lasciarla nella stanza degli ospiti, per questa notte."

"Ma certo," disse Gumby all'amico. Poi si alzò, cingendo Sidney con le braccia finché non fu certo che lei riuscisse a reggersi in piedi da sola. "Perché non sali di sopra e vai a letto?"

"Nel tuo letto?" gli chiese lei.

Gumby sentì lo stomaco contorcersi per quanto gli sembravano giuste e naturali quelle parole pronunciate dalle labbra di Sidney. "Sì."

Lei annuì ma si diresse verso Caite, non per le scale. I SEAL guardarono perplessi le due donne mentre si abbracciavano.

"Grazie per essere venuta quando ti ho chiamata," le disse Caite.

"Mi avrebbe dato fastidio se avessi chiamato qualcun'altra," le rispose Sidney.

"Mi tieni aggiornata su Hannah?"

"Certo. Andiamo a pranzo, qualche volta." Sidney si tirò indietro e guardò Caite negli occhi, tenendole ancora le braccia intorno alla vita.

"Mi farebbe molto piacere, voglio saperne di più su tutti gli animali che hai salvato."

"E io voglio saperne di più sul Bahrain e sul tuo lavoro."

"Voglio farti conoscere anche le altre mogli dei SEAL," le disse Caite.

"Quelle con cui hai detto che non ti sentivi molto a tuo agio?" le chiese Sidney.

"Beh, sì, ma sono comunque fantastiche, dolci e simpatiche. Non riesco a inserirmi perché loro formano già una famiglia... ma noi *creeremo* la nostra famiglia; in questo modo potremo frequentarle senza alcun problema, loro si sostengono a vicenda, noi... contiamo su di noi."

Gumby inarcò un sopracciglio guardando Rocco, commentando così la conversazione tra le loro donne. Rocco fece spallucce ma gli sorrise.

"Proprio così. Contiamo su di noi. Ti inviterei da me, ma vivo in una roulotte," ammise Sidney alla nuova migliore amica.

"E allora? Cosa c'è di male in una roulotte?" le chiese Caite. "Casa è sempre casa."

"Vero! È accogliente, mi piace. Voglio farti conoscere Nora: è una ninfomane, quindi ogni tanto potrebbe spararne una delle sue, ma è molto simpatica."

"E io voglio farti conoscere Brenae, è la moglie del contrammiraglio. Ricordi la storia che ti ho raccontato prima? Di quella stronza fuori di testa che ci ha tenute in ostaggio nella stanza della posta del nostro palazzo?"

"Ma un contrammiraglio non è un rango molto alto? Dici che dovrei conoscerla?" le chiese Sidney.

"Certo che dovresti!" esclamò Caite. "Un contrammiraglio *è* piuttosto in alto, ma parlando con Brenae non lo diresti mai. Lei è così *normale*..."

"Ok, ragazze," le interruppe Gumby. "È ora di andare. Domani potrete continuare a chiacchierare."

"Mi mancherai," le disse Sidney biascicando leggermente, poi l'abbracciò ancora una volta.

Gumby guardò la scena, decisamente sorpreso: Non aveva mai visto Sidney così... espansiva con qualcuno. Si vedeva che aveva proprio abbassato la guardia. Qualunque cosa fosse successa ad Hannah − e l'alcol − avevano unito Caite e Sidney. Gumby ne fu contento, anche se sperava che le due continuassero a comportarsi nello stesso modo anche il giorno successivo, da sobrie.

"Vai di sopra, Sid," le disse Gumby, guardandola mentre lei si dirigeva lentamente verso le scale, barcollando e incespicando lungo il tragitto.

Si girò verso Rocco sorridendo, per trovare lo stesso sorriso riflesso sul volto dell'amico che parlava con la sua donna: "Andiamo, Caite. È ora di andare a casa."

"Mi piace questa casa," fu la risposta di Caite. "Ma lo sapevi che la spiaggia è tipo... proprio *lì*?" Indicò il retro della casa con un gesto.

"Sì, lo so, piccola," le disse.

"Blake?"

"Sì?"

"Ti amo. Sono tanto felice che tu sia a casa."

"Ti amo anch'io, sono felice di essere tornato."

Dopo aver salutato gli amici, Gumby chiuse la porta d'ingresso e andò verso Hannah. La osservò per rivolgerle l'attenzione che prima non era riuscito a dedicarle: vide il taglio sulla zampa e fu proprio contento che Caite avesse avuto l'idea di chiamare Sidney.

Non fu sorpreso dal fatto che lei fosse andata subito ad aiutare: Sidney non riusciva a ignorare animali bisognosi, figuriamoci Hannah, a cui si era molto affezionata.

"Grazie per esserti presa cura della nostra ragazza," disse Gumby alla cagnolina. Non aveva ancora capito come si fosse fatta male, ma se lo sarebbe fatto dire da Sidney.

Fece un'ultima carezza ad Hannah e poi si diresse verso le scale. Trattenne il respiro mentre si dirigeva lungo il corridoio, sperando intensamente che Sidney fosse andata nella camera da letto principale, non in quella degli ospiti. Certo, se non si fosse sentita a proprio agio a dormire con lui, non avrebbe insistito...

...ma sospirò con sollievo quando vide una montagnetta nel centro del letto matrimoniale.

Lui aveva già fatto la doccia alla base quando erano arrivati, quindi ci mise un attimo a spogliarsi di camicia e pantaloni per raggiungere Sidney a letto.

Lei si accoccolò immediatamente su di lui, Gumby giurò di aver sentito la tensione svanire nel momento in cui lei gli appoggiò la testa su una spalla e lo cinse con un braccio sulla pancia. Sidney intrecciò le gambe con quelle di Gumby, lui fece un respiro profondo dal momento che anche lei aveva le gambe scoperte. Indossava solo una magliettona del SEAL, si era tolta i jeans prima di mettersi a letto.

Lei sospirò, soffiandogli aria calda sul petto e facendogli irrigidire i capezzoli... e l'uccello. Gumby non riusciva a domare il proprio corpo, anche se sapeva che non sarebbe successo nulla: non ci avrebbe mai provato con Sidney quando era ubriaca... non la loro prima volta, almeno. Sperava che ci sarebbe stato un momento, in futuro, in cui avrebbe potuto fare l'amore con lei dopo una notte di bevute, ma per il momento le bastava abbracciarla.

"Cos'è successo ad Hannah, Sidney?"

"Si è tagliata una zampa. Credo che Rocco abbia mandato dei fiori a Caite, lei ha messo il vaso di fiori vicino al divano. Hannah deve essersi incuriosita e li ha rovesciati, rompendo il vaso. Si è conficcata un pezzo di vetro nella zampa, ha perso tanto sangue."

Gumby detestava pensare alla povera Hannah ferita e sanguinante, ma era più sollevato di quanto potesse esprimere per il fatto che Sidney si fosse presa cura della cagnolina. "Grazie per averla accudita." Fece una pausa. "Come fai a sapere qual è l'aspetto del sangue rilevato con il luminol?"

Grazie all'alcol Sidney era più rilassate e diretta, come sospettava Gumby; non pensava troppo alle risposte da dare. "Ho visto le foto dell'appartamento di mio fratello... e del capanno."

Gumby si sentì travolto da quelle informazioni: aveva tante domande da porle, ma non era sicuro di quante potesse farne in quel momento. "Mi parli di Brian?" le chiese dopo un momento.

Sidney gli premette la testa più forte sulla spalla; lui la abbracciò ancora di più, cercando di farla sentire protetta.

"Potresti cercarlo su Google," gli disse lei dopo un minuto. "Sono sicura che troverai online le trascrizioni del processo."

"Voglio sentire la storia da te. Qualsiasi cosa tu voglia dirmi, ti ascolto," le disse con dolcezza.

"È stato terribile," sussurrò Sidney. "Tutto quanto."

"Tutto cosa, tesoro?"

"Tutta la mia vita," fu la risposta straziante.

"Racconta," le disse Gumby.

"Ho tre anni più di Brian. Quando eravamo piccoli, andava tutto abbastanza bene. Ma quando avevo circa otto anni, ho capito che avevo davvero paura di lui." Lasciò andare uno sbuffo. "Aveva cinque anni; *cinque*. Odiavo quando mi lasciavano a casa da sola con lui."

"Che ti ha fatto?"

Lei si scrollò goffamente contro di lui. "Era... *fuori*. Aveva una pistola giocattolo che aveva ricevuto per Natale: gli piaceva avvicinarsi di soppiatto a me, puntarmela contro la testa e premere il grilletto. Rideva del mio terrore. Si nascondeva ovunque, in casa, e mi saltava addosso; trovava esilaranti le mie reazioni spaventate."

"Quando avevo dodici anni, è entrato in camera mia, in piena notte; si è seduto sul letto, con in mano un coltello da cucina, e me l'ha puntato alla gola. L'ho spinto via, ho urlato per chiamare i miei genitori. Quando sono entrati lui si è messo a piangere, dicendo che gli avevo fatto male."

"Che ne ha fatto del coltello?" le chiese Gumby, facendo del proprio meglio per rimanere rilassato sotto di lei, perché ad ogni parola di Sidney lui si infuriava sempre di più... ma sapeva che non serviva a niente arrabbiarsi in quel momento. Sidney aveva bisogno di tirare fuori tutto quanto, lui aveva bisogno di ascoltarla.

"Credo che l'abbia lanciato sotto il letto. Sono finita in castigo perché i miei genitori non hanno creduto al mio racconto. Il giorno dopo, per la prima volta, Brian mi ha detto che mi avrebbe uccisa. Era deliziato per il fatto che ero stata punita io al posto suo, ma era anche incazzato perché avevo cercato di metterlo nei guai."

Allora smise di parlare, Gumby le accarezzò la nuca in modo rilassante. "Altro?"

"Ci sono tanti episodi. Mi terrorizzava ogni dannato giorno, per evitare di stare a casa partecipavo a ogni sorta di attività doposcuola. I fine settimana erano infernali... e quel capanno..." Sidney rabbrividì.

Dato che lei non continuava, lui le chiese: "Cos'è successo in quel capanno, Sidney?"

Se Brian aveva anche solo osato sfiorarla, Gumby avrebbe trovato un modo per rendergli la vita dietro le sbarre un vero incubo.

"Il capanno era il suo 'spazio di lavoro', per così dire, quando eravamo adolescenti. È dove... dove... dove ha imparato il modo migliore per fare a pezzi le persone, come ferirle senza ucciderle. Affinava la sua abilità con il coltello," sussurrò Sidney, come se il diabolico fratello fosse nell'altra stanza a origliare.

"Ha ucciso delle persone quando era un bambino, quando tu eri ragazza?" le chiese Gumby, stranito.

Lei scosse la testa contro di lui. "No. Animali... Ha ucciso tanti animali."

Oh, dannazione.

Improvvisamente fu tutto *molto* chiaro... ecco da dove proveniva la compassione di Sidney per i cani.

"Sai che non te l'avrei detto se non fossi ubriaca, vero?" gli chiese Sidney.

"Sì. Lo ammetto, ne sto approfittando e lo sai anche tu. Ma hai bisogno di toglierti questo peso dal cuore."

"Ho già detto tutto al processo... lo sanno già tutti," protestò lei.

"Beh, io no," le disse con calma Gumby.

"Mi prometti che domani non mi odierai, se ti dico cosa ha fatto mio fratello?"

Gumby si mosse leggermente, sollevando il mento di Sidney con un dito in modo che lei fosse costretta a guardarlo. Lei aveva gli occhi lucidi e le guance arrossate dall'alcol ancora in circolo. Qualsiasi eccitazione che aveva provato Gumby una volta salito sul letto era svanita, in quel momento voleva solo confortare la sua donna: voleva rassicurarla sul fatto che anche se lei condivideva lo stesso corredo genetico del fratello, non era come lui... in nessun modo, in nessuna forma.

"Promesso," le disse con serietà.

Lei annuì e lui le lasciò andare il mento, facendole abbassare di nuovo la testa. Se per lei era più facile parlare senza guardarlo, Gumby l'avrebbe lasciata fare, si appuntò mentalmente di cercare le trascrizioni di cui gli aveva parlato. Magari avrebbe chiesto a Wolf, un compagno SEAL, di farsi passare tutto ciò di cui aveva bisogno dal suo contatto esperto informatico. Gumby sentiva l'esigenza di conoscere ogni dettaglio di quella vicenda man mano che scopriva quanto fosse stata orribile l'infanzia di Sidney e quanto fosse stato tremendo Brian James Hale, anche da bambino.

Quel maniaco era già condannato a morte, ma Gumby aveva la netta sensazione che dopo la chiacchierata con Sidney di quella stasera e dopo aver recuperato tutte le informazioni possibili, avrebbe trovato un modo per rendere la vita di Brian ancora più miserabile di quanto doveva già essere. Stare nel braccio della morte in Florida non era di certo una passeggiata, ma c'era sempre il modo di peggiorare l'esperienza.

"Un giorno è scomparso uno dei gatti dei nostri vicini. La bambina, di circa sette anni, era devastata; ha stampato dei volantini e li ha distribuiti ovunque, aveva offerto persino una ricompensa. In quel periodo Brian era gentile con me, così quando un giorno mi ha detto che voleva farmi vedere qualcosa nel capanno, non ci ho pensato troppo. L'ho seguito e dopo che mi ha fatta entrare ha bloccato la porta per non farmi più uscire."

"Aveva trovato o rubato il gatto dei vicini... Scruffy... e lo aveva ferito... *Seriamente*. Non riesco a dirti... cosa gli ha fatto. Non posso riviverlo. Ma devi credermi: nessuna persona sana di mente potrebbe anche solo concepire azioni simili a quelle che Brian ha inflitto a quel povero animale. Poi, dopo aver torturato il gattino, Brian mi ha costretto a guardarlo mentre gli tagliava la gola."

"Rideva, Decker. *Rideva*. Diceva che vedere il gatto contorcersi per sopravvivere lo divertiva tantissimo."

"Cazzo, Sid... mi dispiace tanto."

"Ma quella non è stata nemmeno la parte peggiore, no. Ha catturato e torturato tanti animali, ma i cani... Se pensavo che le torture inflitte al gattino fossero state brutali, non era niente in confronto a quello che faceva ai cuccioli. Poi raccoglieva barattoli su barattoli di sangue, dicendomi quanto gli piacesse sentirlo sulle mani. Una volta ha decapitato un cucciolo e ha messo la testa in una scatola, che mi ha regalato quando i miei genitori non c'erano... stupidamente ho aperto la scatola: non dimenticherò mai gli occhi vitrei di quel povero cucciolo, quando ho sollevato il coperchio."

"E i tuoi genitori non hanno fatto *niente*?!" le chiese Gumby sconvolto. "Com'è possibile? Dovevano sapere cosa succedeva in quel capanno."

Sidney scrollò le spalle. "Gliel'ho detto, mi hanno detto che dovevo smettere di fare la spia e farmi i fatti miei."

"Ma... non ha senso," le disse Gumby, incapace di accettare l'idea che un adulto ignorasse gli orrori provenienti dal giardino sul retro. "Non sapevano che molti serial killer abusano degli animali, quando sono bambini? Avrebbero *almeno* dovuto sapere che non era un comportamento normale e cercare di aiutarlo."

Sidney scosse la testa. "Non ho idea di *cosa* diavolo stessero pensando... avevano sempre voluto un figlio maschio, da quando ce l'hanno avuto si sono dimenticati dell'altra figlia. Credo che abbiano problemi mentali, perché è pazzesco che abbiano potuto ignorare tutto quello che Brian ha compiuto crescendo... per non parlare del fatto che ancora oggi lo sostengono, anche dopo la verità venuta a galla sulle donne che ha ucciso."

"Non appena mi sono diplomata, me ne sono andata di casa: non volevo avere niente a che fare con mio fratello, non tornavo a casa neanche per le vacanze. Dopo il processo mi sono trasferita qui, il più lontano possibile da tutti. Volevo allontanarmi al massimo dalle scelleratezze di Brian."

Gumby conosceva i misfatti di Brian James Hale. Aveva ucciso la prima vittima quando aveva solo sedici anni... un solo anno dopo la partenza di Sidney. Era andato in centro a Miami, aveva trovato una prostituta e l'aveva uccisa con una pugnalata al cuore.

Aveva ucciso un'altra prostituta pochi mesi dopo, probabilmente sentendosi più sicuro perché non era stato catturato per il primo omicidio. Da quel momento, il percorso omicida si era intensificato. Quando si era diplomato al liceo, aveva già ucciso un totale di cinque donne. Poi si era trasferito in un piccolo appartamento, pagato dai genitori, e aveva continuato la follia omicida, esponendosi sempre di più e stando sempre meno attento.

Una volta catturato, aveva ammesso di aver ucciso venticinque donne: si ricordava la morte di ognuna di loro, ogni dettaglio, ultime parole delle vittime incluse. Con il passare del tempo, i suoi metodi si erano fatti sempre più sadici, le ultime due vittime le aveva tenute in vita nel suo appartamento per più di una settimana mentre le torturava con i coltelli. Non aveva mai violentato le vittime, non gli interessava. Godeva del loro terrore e nel vederle sanguinare.

Sì, Brian James Hale era un maledetto maniaco... Gumby *odiava* che Sidney fosse imparentata con lui e che lei fosse dovuta crescere assistendo alla crudeltà del fratello. Ma almeno era riuscita ad allontanarsi da quel mondo, lui ne era più che contento.

"Come sei stata coinvolta nel processo?" le chiese Gumby dopo qualche minuto.

"I miei genitori mi hanno chiesto di venire a testimoniare... in suo favore! Non riuscivo proprio a credere a questa richiesta: cioè, aveva ucciso più di venti persone! Credo che il numero sia molto più alto, Brian non ha confessato tutto. Comunque, non c'era modo di andare in un'aula di tribunale e cercare di convincere la gente che mio fratello non fosse poi così male, come se fosse un animo incompreso o qualche cagata simile."

"Ho chiamato l'avvocato dell'accusa subito dopo aver riattaccato con i miei genitori per fargli sapere che Brian era sano di mente quanto me, aveva trascorso una buona infanzia priva di abusi o traumi di ogni sorta. Volevo che sapesse che ero normale e la nostra educazione non c'entrava nulla. Mi ha chiesto se sarei stata disposta a ripetere tutto ciò di persona ai giurati e al giudice, ovviamente ho accettato."

"Così ho seguito tutto il processo. Ho visto tutte le foto che gli investigatori hanno scattato nell'appartamento intriso di sangue. Erano anche andati a casa dei miei genitori e avevano fatto delle foto al capanno, dopo che avevo rivelato al pubblico ministero le nefandezze compiute da Brian. Ecco come so del luminol."

"Sono tanto orgoglioso di te, Sid. Non sai quanto," le disse Gumby.

Lei tirò su con il naso.

Gumby detestava il fatto che la sua donna stesse piangendo, ma non sentì il desiderio di fermarla; a quanto pare Sidney diventava triste quando beveva... o forse era l'argomento della conversazione. In ogni caso, avrebbe dovuto fare attenzione: gli piaceva quel lato più tranquillo di Sidney, ma detestava l'idea che potesse soffrire in quei momenti.

"Mi sento *talmente* in colpa per non aver fatto di più, quando ero adolescente."

"Cos'altro avresti potuto fare, Sid? Credo che tu sappia bene quanto me che tuo fratello è nato così. Non potevi fare nulla per cambiarlo."

"Non per Brian…. Per gli animali," gli disse Sidney a bassa voce. Poi alzò lo sguardo verso di lui. "Avrei potuto fare di più per aiutare quei poveri animali che lui ha torturato."

Il cuore di Gumby si spezzò, in quel momento *tutto* aveva un senso. Ecco perché Sidney era tanto decisa ad affrontare chi maltrattava gli animali ed era disposta a mettersi a rischio per salvare i cani, ponendosi in secondo piano rispetto alla loro salvezza.

Il senso di colpa era potente in lei, spesso la metteva in pericolo. Sidney aveva bisogno di un aiuto professionale per superare un qualcosa che lei riteneva essere una colpa, ma non lo era, doveva placare il tormento che la divorava. Quello non era il momento di parlarne o di cercare di convincerla, ma Gumby avrebbe fatto tutto il possibile per aiutarla.

"Oh, Sidney. Tuo fratello avrebbe trovato il modo di mettere le mani sugli animali, a prescindere da quello che avresti fatto."

Lei scosse la testa.

Sapendo che non c'era niente che potesse dire in quel momento per farle cambiare idea, Gumby si accontentò di abbracciarla ancora di più e baciarla sulla fronte.

Dieci minuti dopo, Gumby sussurrò: "Sid?"

"Hmmm?"

"Volevo vedere se stavi dormendo."

Lei sollevò la testa. "Sono sveglia. La stanza sta ancora girando, quindi non riesco a dormire. Come è andata la tua missione? Tutto bene? Qualcuno è rimasto ferito? Non te l'ho nemmeno chiesto."

Lui sorrise. "È andato tutto bene, nessuno di noi è rimasto ferito."

"Bene, sono contenta."

"Anch'io. Per la cronaca… quando sono tornato avevo intenzione di dormire qualche ora e poi chiamarti. Immagina quanto sono rimasto sorpreso quando sono arrivato a casa e ti ho trovata accoccolata al mio cane! È stato come se una delle mie fantasie fosse diventata realtà."

Lei ridacchiò. "Oh, sì, bella fantasia con me che russavo dopo aver bevuto troppo, dopo aver ripulito tutto il sangue lasciato in giro dal tuo cane."

"Sì, Sid. Con te che indossi i miei vestiti, rannicchiata con la mia cagnolina, sana e salva in casa mia. È stata la ricompensa perfetta dopo una missione molto lunga."

"In genere questa è la durata media di una missione?" sbottò lei.

Gumby non rispose, lei continuò.

"Perché posso sopportarlo. Penso di riuscire a sopportare anche se stai via più a lungo, ma sapere che il tuo solito 'tempo di assenza' è solo una o due settimane, beh... è diverso dall'aspettare mesi."

Gumby la capiva. In fin dei conti se n'era andato senza essere in grado di darle alcuna informazione su quanto tempo sarebbe stato via. "Dimmi... cosa avresti fatto se *fossi stato* via per mesi?" le chiese, sinceramente interessato alla risposta.

"Beh, avrei pianto... e molto, anche. Sarei stata triste perché non ci siamo mai fatti una foto insieme, ma sarei anche andata avanti con la mia vita."

"Che intendi?" Gumby si agitò per l'ultima frase: forse Sidney intendeva dire che si sarebbe trovata un altro uomo? Lo avrebbe lasciato?

"Avrei chiamato Max per vedere se era serio, quando mi ha proposto quel lavoro. Avrei iniziato a risparmiare, avrei affittato un appartamento cercando di non pensare a quanto mi mancasse Hannah... sai, questo genere di azioni."

Gumby si rilassò. "Non posso garantirti che non ci saranno momenti in cui non starò via per un mese, o forse anche di più, ma generalmente stiamo via di meno. Una volta raccolte tutte le informazioni, andiamo a svolgere il lavoraccio." Non poteva dirle di più, sperò che le bastasse.

"Bene," sospirò lei. "Perché mi sei mancato. Non mi è piaciuto non poterti mandare messaggi, sai... o chiamarti quando ne avevo voglia. Non mi è mai capitato niente di simile."

Ah, quelle parole sì che gli piacevano. "Neanche a me," le disse. "Sai, quando ero via tutto mi ricordava te."

"Tutto? Per esempio?" gli chiese lei.

Gumby si prese qualche momento per pensare a cosa potesse condividere, così scelse una scena tenera a cui avevano assistito quando erano intorno alla periferia della città in cui si stavano infiltrando in Afghanistan. "Un giorno eravamo in ricognizione in cima a un edificio e siamo stati distratti da un movimento sotto di noi: si trattava di un ragazzino che stava portando a spasso un cucciolo. Aveva legato un pezzo di corda al collo del cagnolino, voleva farsi seguire... ma il cucciolo si distraeva in continuazione, voleva giocare. Quei due ci hanno impiegato cinque minuti buoni per fare tipo cento metri. Ogni volta che il cucciolo si distraeva, il bambino non si arrabbiava; si limitava ad aspettare che il cucciolo fosse pronto per proseguire. Mi ha fatto pensare a te... o a come potevi essere da piccola."

"Dici sul serio? Non te lo sei inventato solo per farmi contenta?" gli chiese Sidney.

"No, davvero. Se non ti avessi conosciuta avrei a malapena osservato quel bambino e quel cane. Li avrei visti, certo, ma senza soffermarmi troppo. Da quando sei nella mia vita... ho aperto gli occhi su tante questioni. Quel bambino e quel cane non avevano nemmeno la metà di ciò che possiedono i bambini qui negli Stati Uniti, ma sembravano contenti."

"Decker?"

"Dimmi, Sid."

"Sei arrabbiato perché indosso i tuoi vestiti?"

Lui scosse la testa: da alticcia, Sidney passava da un argomento all'altro con nonchalance.

"No. A dirla tutta... lo trovo eccitante."

"Anche se ho frugato tra i tuoi indumenti? Ho dovuto aprire un mucchio di cassetti per trovare le magliette, anche quando le ho trovate non sono riuscita a smettere di curiosare."

"Trovato qualcosa di interessante?" le chiese divertito, tanto non aveva niente da nascondere... soprattutto a lei.

"Una pila di riviste sporcaccione degli anni novanta, del lubrificante, un vecchio cubo di Rubik e un cassetto pieno di calzini spaiati."

Gumby ridacchiò. "Giusto."

"Deck?"

"Sì?"

"Mi ha dato un po' fastidio il fatto che tu non mi abbia chiesto di fare da dog-sitter ad Hannah, ma ho capito il motivo della tua scelta."

"Davvero?"

"Sì. Caite mi ha detto che Rocco era preoccupato all'idea di farla stare da sola nel loro complesso di appartamenti, dopo quello che le è capitato. Voleva che lei fosse al sicuro mentre lui era via. Io so badare a me stessa, quindi lo capisco."

"E pensi che io non fossi preoccupato per te?" le chiese Gumby.

"Beh... Non ci frequentiamo da molto tempo e in genere nessuno si preoccupa di me."

"Ho chiamato Jude e gli ho chiesto di tenerti d'occhio, mi ha detto che l'avrebbe fatto. Ho anche chiamato Faith e le ho riferito la tua promessa di non salvare nessun cane fino al mio ritorno; anche lei mi ha assicurato che ti avrebbe tenuta d'occhio."

Interessata da quella rivelazione, Sidney si puntò su un gomito. "Davvero?"

"Sì," confermò lui. "Hai ragione per quanto riguarda

Rocco e Caite: volevo chiederlo a te, ma sapevo che Rocco si sarebbe sentito meglio sapendo che Caite era qui. Sapevo anche che te la saresti cavata da sola senza alcun problema. Ero comunque preoccupato per te, più che altro perché non volevo che ti mettessi in una situazione pericolosa salvando qualche nuovo cane. Mi dispiaceva molto che non potessi vedere Hannah mentre ero via, quindi sono proprio contento che Caite ti abbia chiamata. Le ho detto tante volte di chiamarti, se fosse successo qualcosa con Hannah, dato che tu avresti saputo come aiutarla."

"Oh."

"Ora che hai conosciuto Caite e avete fatto amicizia, se Rocco non avrà trovato un altro posto prima della prossima missione, chiederò a *entrambe* di stare qui con Hannah." Sperava di aver già convinto Sidney a vivere con lui prima della prossima partenza, così Caite sarebbe stata l'unica ospite, ma casualmente omise quella parte.

"Mi piace molto Caite," gli disse Sidney, ritornando nella posizione precedente, accoccolata su di lui.

Gumby si limitò a scuotere la testa per come Sidney aveva ignorato tutto il resto. Era comunque un buon segno il fatto che lei non si fosse arrabbiata perché lui aveva chiamato Jude e Faith senza dirle nulla. Sperava che lei avesse capito la motivazione dietro quel gesto, voleva proteggerla; non controllarla.

"Da quel che ho visto, le stai molto simpatica anche tu," la rassicurò Gumby.

Passarono ancora diversi minuti prima che Sidney gli dicesse: "Sono stanca."

"Anch'io."

"Magari dormiamo."

Gumby ridacchiò. "Ok."

Poco dopo, Sidney era già nel mondo dei sogni. I respiri

regolari fecero rilassare Gumby, gli sembravano così piacevoli e... giusti.

Il SEAL chiuse gli occhi e strinse a sé la sua donna. Quello era stato un rientro insolito: per la prima volta, aveva trovato qualcuno ad attenderlo dopo una lunga missione. In precedenza, tornava sempre in una casa vuota e con le immagini delle persone uccise in nome del proprio paese che gli frullavano in testa.

Quella sera, invece, era tornato a casa accolto dal suo cane... e dalla sua donna: una Sidney assonnata, allegrotta, chiacchierona e coccolona che gli aveva fatto capire senza troppi misteri quanto le fosse mancato, lo aveva reso partecipe del proprio passato e aveva ammesso di avergli frugato tra i vestiti senza nemmeno scusarsi.

Sì, la vita era bella e lui era il bastardo più fortunato del mondo.

CAPITOLO 14

Sidney si svegliò e si rese conto di essere la donna più fortunata del mondo. Ripensò a sé stessa e a cos'era successo: si ricordava tutto del giorno prima. La chiamata di Caite, la corsa a casa di Decker, lo shock per lo stato della casa, l'aver pulito tutto, bevuto e fatto amicizia con Caite, l'arrivo improvviso di Rocco e Decker, l'essersi accoccolata con lui nel letto... e le loro conversazioni.

Se non fosse stata alticcia non avrebbe condiviso la storia di Brian con Decker, ma con il senno di poi era contenta di averlo fatto. Si era tolta un macigno dalle spalle: parlare del fratello non era mai facile, ma Decker era stato il connubio perfetto tra gentilezza, compassione e indignazione per quello che lei aveva dovuto sopportare.

Sidney non aveva i postumi della sbornia: non ne aveva mai sofferto, per fortuna.

Era sdraiata accanto a un Decker quasi nudo e indossava una delle magliettone che gli aveva trovato in casa. Le coperte erano state spinte da parte durante la notte e lui dormiva ancora, così lei ebbe tutto il tempo di guardarsi il SEAL senza il timore di essere beccata.

Lo aveva già guardato per bene quando erano andati a nuotare, ma era diverso: in quell'istante poteva guardarsi bene tutto, senza alcuna vergogna.

Decker sembrava non avere un filo di grasso in tutto il corpo. Gli addominali, poi, erano incredibili: Sidney non aveva mai visto i famosi addominali a tartaruga in vita sua. Gli poggiò con delicatezza una mano sul ventre; lui si mosse, ma non si svegliò.

Sidney sorrise e gli guardò la barba curata, i tatuaggi sulle braccia muscolose e il rigonfiamento tra le gambe; indossava solo un paio di boxer che gli calzavano a pennello.

Gli guardò le cosce muscolose, immaginò subito Decker tra le proprie gambe mentre pompava dentro di lei. Arrossì e cercò di controllare la propria libido: lei non era come Nora, accidenti. Non bramava ogni bell'uomo che adocchiava... ma doveva ammettere che in Decker c'era qualcosa che la mandava fuori di testa.

Non solo era un bello, nessun dubbio su quanto fosse divino, ma era anche un uomo esemplare: coraggioso, premuroso e protettivo. Tra la personalità e l'aspetto fisico, Decker era praticamente irresistibile.

Sidney si strofinò le gambe e si accorse di essere bagnata. In altre situazioni forse si sarebbe imbarazzata, ma non con Decker.

"Ti piace lo spettacolo?"

Sidney sobbalzò e sollevò lo sguardo sul viso di Decker: la stava guardando con un sorriso divertito.

"Oh... ciao." Lei tentò di far finta di niente, senza successo.

Lui coprì la mano che lei gli teneva ancora sulla pancia. "Ti dirò... a me *piace* quello che sto guardando in questo momento." La guardò a lungo, partendo dal viso di lei e passando per il petto, finendo sulle gambe. "Quella maglietta non mi è mai stata così bene, sai."

Sidney si puntò su un gomito e si leccò le labbra nervosamente. "Ma davvero non sei arrabbiato perché ho frugato nei tuoi cassetti?"

"Ogni volta che vuoi frugare, fai pure."

L'allusione sessuale in quella risposta era impossibile da ignorare; Sidney sapeva che stava arrossendo, ma non si mosse, limitandosi a fissare Decker.

"Come ti senti?" le chiese lui.

"Bene."

"Mal di testa?"

"No."

"Nausea o disturbi allo stomaco?"

"No, sto bene. Non ho mai i postumi di una sbornia, per qualche strana ragione."

"Bene." Senza preavviso, Decker si avventò su di lei.

In un batter d'occhio Sidney si ritrovò supina, con il SEAL sopra di lei. Gli afferrò i bicipiti e aprì le gambe quando lui si sistemò sopra di lei. Nel movimento le si era sollevata un po' la maglietta sentì l'uccello puntarle tra le gambe.

Lei deglutì a fatica e fissò Decker.

"Ti ricordi la notte scorsa?" le chiese.

Sidney annuì.

"Tutto quanto?"

"Sì."

"Vuoi dare di matto? Ti tiri indietro?"

Lei scosse la testa.

"Bene. Perché per quel che mi riguarda, stanotte siamo andati oltre. Mi hai confidato fatti che non hai condiviso con nessun altro... o quasi. Vero?"

"Sì."

"Non posso fare niente senza pensare a te. Quando vedo qualcuno che porta a spasso il cane, mi chiedo cosa stai facendo. Se sento Rocco che parla di Caite, mi ricordo che non ti scrivo da un po'. Mi guardo intorno, in questa camera da letto, e vedo che c'è ancora tanto da fare prima di considerarla finita... ma scommetto che tu l'avresti completata in un baleno. In qualche modo mi sei penetrata talmente sottopelle che a quanto pare non riesco a passare un minuto senza pensare a te, o senza sentire il desiderio di parlarti o averti vicino a me."

"Decker..." iniziò Sidney.

"Ieri sera ero infastidito all'idea di dover far trascorrere almeno altre cinque o sei ore per vederti, ma quando sono arrivato a casa mia e ho visto la tua macchina, ho tirato un enorme sospiro di sollievo. Ho dormito bene, come non dormivo da anni, solo grazie alla tua vicinanza. Non mi importa se stiamo andando di fretta, chi se ne frega di quello che dicono o pensano gli altri. Ho bisogno di te, Sid."

Parola dopo parola, il cuore di Sidney si scioglieva sempre più in fretta. Magari Decker poteva dirle tutto quanto per portarsela a letto, ma lei non la pensava così. Inoltre, provava esattamente lo stesso: prima di conoscere Decker non aveva mai prestato molta attenzione ai militari. Sapeva che esistevano, certo, ma non li notava neanche. Ultimamente, però, ogni volta che vedeva un simbolo inerente alla marina pensava a Decker; quando vedeva un in giro qualcuno con l'uniforme della marina, pensava a Decker. Accidenti, persino quando vedeva un bel tipo con la barba pensava subito a Decker.

Lo pensava sempre, evidentemente anche per lui era così.

Sidney si sentiva al sicuro tra le braccia di Decker. Anche quando si era svegliata, la notte prima, e lo aveva trovato inginocchiato accanto a lei... a quel ricordo si rilassò. Decker era tornato a casa, sano e salvo. Con lui di nuovo vicino, le sembrava di poter respirare di nuovo a pieni polmoni, dopo otto lunghi giorni.

"Anch'io ho bisogno di te," gli disse, fissandolo intensamente.

"Grazie a Dio," sussurrò lui prima di abbassare la testa.

Sidney non si preoccupò della fiatella mattutina o di altro: riusciva solo a pensare che voleva Decker dentro di sé.

Lui inclinò la testa e la baciò come se non potesse più resistere un solo secondo senza di lei. Nel giro di pochi istanti passarono dall'essere pigri a bruciare di passione. Sidney sollevò una gamba e gliela avvolse intorno a un fianco mentre lui la divorava; l'uccello premette contro la passera, lei si sentì ancora più umida.

Lui iniziò a toccarle la vita, capendo l'intenzione Sidney inarcò la schiena per farsi sfilare la magliettona. Lui si staccò da lei giusto il tempo di toglierle l'indumento, poi ritornò all'assalto. Le mordicchiò le labbra e vi immerse la lingua.

Sidney gemette e resistette, ogni azione le aumentava il desiderio. Nel momento in cui lui raccolse il seno tra le mani e le accarezzò i capezzoli, lei gli afferrò le natiche e strinse... con forza.

Lui sollevò la testa, fissandola; entrambi ansimavano, Sidney notò che Decker aveva le pupille dilatate e le guance in fiamme.

"Non sono sicuro di riuscire ad andarci piano," la avvertì.

"Bene allora, dato che io non voglio che tu ti trattenga," gli rispose lei leccandosi le labbra e gustandosi il sapore di Decker.

Senza dire altro, lui iniziò a strisciare lungo il corpo, verso il basso.

Sidney cercò di farlo risalire, ma Decker era irremovibile: si soffermò sul seno per qualche istante, leccandole i capezzoli e mordicchiandoli. Lei inarcò la schiena per il piacere, dato anche dallo sfregamento della barba che rendeva il tutto ancora più erotico. A quel punto, Sidney si lasciò sfuggire un ringhio impaziente.

Lo sentì sorridere contro di lei, poi Decker le scivolò tra le gambe.

Per un secondo, Sidney si sentì in imbarazzo: era passato

molto tempo dall'ultima volta che qualcuno l'aveva mangiata e non si depilava da chissà quanto... ma poi lui iniziò a leccarla e lei ignorò qualsiasi pensiero, si focalizzò solo su quella sensazione piacevole.

"Oddio, Decker!"

"Hai un sapore fantastico," mormorò lui. "Ne voglio ancora."

Poi l'assaltò.

Non si può descrivere in altro modo: le afferrò le cosce, aprendole il più possibile, e le seppellì il viso tra le gambe. Si alternava nel leccare grandi e piccole labbra; per Sidney era qualcosa di inedito, sapeva che non sarebbe più stata la stessa dopo quella mattinata.

Lui si sistemò una gamba di lei su una spalla e le spinse l'altra sul letto. Pur da sdraiata, Sidney riusciva a percepire i suoi stessi fluidi trapelarle dal corpo eccitato.

"Sei fottutamente bella, non sai quanto," mormorò lui, guardandola.

Sidney vide i propri succhi scintillargli nella barba: una scena carnale e oscena al tempo stesso, ma quasi ipnotica. Lui si leccò le labbra e le sorrise. "Aspetta, Sid."

Lei aprì la bocca per rispondere, ma non ci riuscì quando lui si riabbassò e le succhiò il clitoride.

Sidney gridò in estasi, non era più in grado di pensare lucidamente; sentiva solo quella lingua esperta colpirle il sensibile fascio di nervi e un dito possente che la penetrava. I peli della barba le sfioravano le grandi labbra e le cosce, regalandole una sensazione del tutto nuova. Non riusciva nemmeno a controllare i propri fianchi, che scattavano verso l'altro mentre lui continuava a scoparla con un dito.

Si chiese come facesse Decker a restare concentrato sul clitoride penetrandola con il dito mentre lei si dimenava, ma lui era irremovibile nell'assalto. Quella lingua le ricordava un piccolo motore che non si fermava mai, neanche fosse un maledetto coniglietto delle Duracell.

"Decker!" esclamò lei mentre si sentiva sempre più vicina all'orgasmo.

Lui aumentò la velocità del dito, come se avesse capito, e ne aggiunse un altro. Sidney tremava dalla testa ai piedi, i muscoli del ventre si contrassero in preparazione per il gran finale.

Poi lui girò la mano, cambiando l'angolazione delle dita dentro di lei; il dito medio sfiorò un punto che immobilizzò Sidney.

"Oh, Dio," ansimò lei, mentre lui ripeteva la mossa. Era quello il punto G? Sidney non ne aveva idea, ma non aveva mai provato niente di simile in vita sua, niente di così appagante. Nello stesso momento in cui le sfiorava quel punto sensibile, Decker le succhiò il clitoride: a quel punto Sidney esplose.

Non era più padrona di sé, sapeva solo che quell'orgasmo era talmente intenso da sfiorare il dolore. Respirava a fatica, come se avesse appena concluso una maratona, il cervello inviava ordini ma i muscoli faticavano a rispondere.

Realizzò che Decker era sopra di lei, già munito di preservativo, e la teneva per i fianchi mentre si preparava a possederla.

Decker aveva uno sguardo decisamente intenso; in genere lui era tranquillo e rilassato, sempre pronto a scherzare... ma in quel momento era decisamente serio, Sidney immagino che anche al lavoro fosse così: intenso e super concentrato. Era teso in ogni parte del corpo e lei sentì la punta dell'uccello sfiorarle la vagina fradicia.

"Sid?" le disse a denti stretti. "Di' di sì."

Sidney lo guardò e si accorse che era serissimo: se lei lo avesse respinto, sapeva che lui si sarebbe tirato indietro senza battere ciglio e non l'avrebbe scopata.

Era inaccettabile: dopo quell'orgasmo travolgente, lei aveva ancora più bisogno di lui.

"Sì," ansimò.

Nello stesso momento in cui lei sollevò i fianchi, lui la penetrò con forza.

Entrambi inspirarono bruscamente e Sidney non riuscì a distogliere lo sguardo da quello di Decker. Lui si tirò indietro e spinse di nuovo con vigore, senza mai interrompere il contatto visivo.

Decker la prese in quel modo, martellandola rapidamente, Sidney ne amò ogni istante; fu la prima a interrompere il contatto visivo, esplorando con gli occhi il corpo del suo uomo... le sembrava ancora incredibile che quell'uomo splendido e incredibile stesse facendo l'amore con lei.

Lei.

Sidney sentì l'urgenza di toccarlo, così gli spostò le mani sul petto e lo accarezzò, notando che lui inspirò bruscamente quando gli sfiorò i capezzoli; ripeté l'azione, poi glieli pizzicò mentre lui continuava a scoparla.

"Porca puttana," commentò Gumby con un filo di voce mentre la possedeva.

Sidney sorrise. Non aveva mai avuto un incontro sessuale come quello; Decker era al limite della disperazione, lei lo adorava. Strinse i muscoli interni quando lui si tirò indietro la volta successiva, e gioì per il grugnito di Decker.

"Tanto stretta..." mormorò. "...tanto bagnata."

Era vero: lei era talmente bagnata che quando lui la martellava si producevano suoni imbarazzanti, ma era talmente appagata da ignorarli.

Decker fece scivolare una mano tra i loro corpi, strofinandole di nuovo il clitoride e Sidney sussultò.

"Oh, sì... ti piace," le disse Decker con occhi sorridenti.

"Sì," ansimò lei.

"Ci sono quasi," la informò lui. "Ma mi piacerebbe che tu mi venissi sul cazzo."

Oh, anche lei lo desiderava: non era mai stata il tipo di donna che aveva orgasmi multipli, ma Decker sembrava sapere esattamente cosa fare per farla volare oltre il limite. Raccolse con un pollice i loro succhi e le strofinò il clitoride con forza.

Sidney buttò la testa all'indietro e ansimò per il piacere intenso che le scorreva in corpo. Lui non si stava comportando in maniera gentile, non stava cercando di ottenere pazientemente una reazione da lei: la esigeva, anzi... la forzava, quella reazione. Sidney non aveva mai sperimentato niente di simile, ed era incredibile come non riuscisse a impedire che il proprio corpo rispondesse a ciò che voleva Decker.

Sentì le gambe che le tremavano di nuovo, cercò di allontanarsi dal tocco di lui. "Troppo," riuscì a dirgli, ma Decker la ignorò.

Lui premette ancora più forte contro il clitoride, lo sbatté sempre più forte. "Vieni, Sid. Diamine, vieni!"

Così fu.

Sidney fu scossa da tremiti, stritolandogli l'uccello che pompava ancora dentro di lei. Decker gemette, spinse più a fondo possibile e gettò la testa indietro.

Nonostante i deliri dell'orgasmo, Sidney si godette la bellezza dell'uomo che esplodeva sopra di lei; i muscoli del collo erano tesi mentre rimaneva immobile come una statua nel momento di massima goduria.

Decker rimase immobile ancora per qualche istante, poi emise un gemito lungo e potente. Infine crollò, facendo attenzione a non schiacciare Sidney; si posizionò su un fianco e la tirò a sé. La girò finché lei finì sopra di lui, ancora connessi. Entrambi ansimavano ed erano madidi di sudore.

Il sesso con Decker era stato porco e intenso: lui aveva

fatto proprio come le aveva detto, l'aveva posseduta con forza e rapidità... era stato glorioso.

Sidney sentiva dolori ovunque, ma era quel male buono derivato da certi sforzi.

Santo cielo, se lui l'avesse scopata in quel modo ogni volta, Sidney sentiva che non sarebbe sopravvissuta a lungo.

Per un lungo momento rimasero in silenzio, godendosi la bella sensazione di unione creata dal fare l'amore.

"Ti ho fatto male?" sussurrò Decker.

"Sono esplosa in mille pezzi, volando oltre il limite? Sì. Mi hai fatto male? No."

Dal momento che Sidney gli aveva appoggiato una guancia sul petto, sentì vibrare la risatina.

"È stata l'esperienza più bella della mia vita," le disse Gumby con dolcezza. "Grazie."

"Dovrei dirtelo io," scherzò Sidney.

Lui l'abbracciò, l'uccello scivolò fuori ed entrambi gemettero. Sidney sollevò la testa. "Grazie per aver messo il preservativo. Ero troppo fuori di me per chiedertelo."

Decker scosse la testa. "Non ti metterei mai a rischio. So che avremmo dovuto parlare prima di contraccettivi ma se devo essere sincero, una volta che ti ho assaggiata sapevo di essere spacciato. Sono sano, Sid. È passato molto tempo dalla mia ultima volta e faccio regolarmente controlli di salute per il mio lavoro."

Sidney apprezzò quelle informazioni, ma sotto sotto lo sospettava. "Anche io sono sana... non ho fatto controlli recenti ma è almeno un anno che non sto con qualcuno. Posso andare giù alla clinica gratuita e fare qualche test per sicurezza, però."

Decker scosse la testa. "Non è necessario. Metodi contraccettivi?"

A sua volta, Sidney scosse il capo. "Ho provato a prendere la pillola per un po' ma sono stata malissimo."

Lui annuì. "Allora vada per i preservativi. Se vuoi provare un altro contraccettivo possiamo farlo, ma non sono disposto a farti sottoporre a qualcosa che potrebbe nuocerti."

Sidney sentì il cuore sciogliersi... di nuovo. "I preservativi non sono infallibili," gli disse, sentendosi in obbligo.

Decker fece spallucce. "Staremo attenti."

Lei alzò la testa, gli appoggiò il mento sul petto e lo guardò. "Tutto qui?"

Lui le sorrise. "Sì, ho sempre voluto dei figli. Non pensavo di farli presto, ma d'altra parte... non avevo ancora incontrato te."

Sidney non smaniava per avere figli; aveva vissuto in prima persona lo scontro tra natura ed educazione. Lei e Brian erano stati cresciuti nello stesso modo, ma lui era diventato un serial killer; con la fortuna che si ritrovava, e quel DNA, Sidney temeva di poter dare alla luce un figlio che si rivelasse come il fratello.

"Smettila di preoccuparti," la rimproverò Decker. "Ho appena avuto l'orgasmo più intenso della mia vita, ho dovuto mangiare la mia ragazza e ora sono esausto."

Sidney alzò gli occhi al cielo e scosse la testa. "Sei proprio un uomo."

"Sì," concordò lui. Nonostante l'affermazione sulla stanchezza, si mise a sedere stringendo ancora Sidney tra le braccia.

Lei lanciò un gridolino e gli si aggrappò con le gambe intorno alla vita, ignorando l'imbarazzo provocato da quanto fosse ancora bagnata. Ad ogni modo non lo lasciò andare, anche quando lui si alzò e si diresse verso il bagno.

"Finché il bagno non sarà ristrutturato, condividere una doccia non sarà la fine del mondo, ma dobbiamo controllare che Hannah stia bene, portarla fuori, preparare la colazione e continuare la nostra giornata."

Sidney era divertita dalla facilità con cui lui la portava in giro, gli chiese: "Quali sono i tuoi programmi?"

"Passare del tempo con te," le disse subito. "Dopo essere tornati da una missione, di solito abbiamo un giorno o due di riposo." Le appoggiò il sedere sul mobile accanto al lavandino del bagno. Le appoggiò entrambe le mani sui lati dei fianchi, intrappolandola mentre le chiedeva: "Va bene?"

Sidney annuì immediatamente e gli fece scorrere le mani sui fianchi, guardando per la prima volta Decker completamente nudo. L'uccello era ancora semi-duro e avvolto nel preservativo usato. Mentre lei lo fissava, l'uccello si rianimò.

"Davvero?" gli chiese.

Decker sorrise facendo spallucce, si abbassò e sfilò il preservativo. Aprì l'armadietto sotto il lavandino e lo gettò nella spazzatura prima di ritornare nella posizione precedente. "Quando ti sto vicino, è sempre duro."

"Come siamo arrivati fin qui?" chiese lei, più a se stessa che a Decker. Ma lui le rispose comunque: "Destino," senza pensarci due volte.

Sidney non poteva ribattere.

"Pronta per fare la doccia?" le chiese Decker.

"Con te? Sempre."

Decker la aiutò a scendere dal mobile e indicò un cassetto. "Lì c'è uno spazzolino nuovo, l'ho preso l'ultima volta che sono andato dal dentista... non ho cambiato quello vecchio." Poi si mise di fronte alla doccia/vasca e si chinò per aprire il rubinetto dell'acqua.

Sidney non riusciva a smettere di fissargli il sedere: la carnagione in quel punto era più chiara, provocandole un sorriso.

"Smettila di guardarmi, donna," la redarguì Decker senza nemmeno voltarsi.

Sidney aprì il cassetto sempre sorridente, tirò fuori lo

spazzolino e si lavò i denti. Decker si avvicinò a lei e fece lo stesso. Dopo aver finito, le prese il viso tra le mani e la baciò.

Il bacio fu lento e dolce, diverso da tutti gli altri baci che si erano scambiati prima, dal momento che entrambi erano nudi come i giorni in cui erano nati.

Decker si ritrasse con un gemito. "Hannah se la sta facendo addosso, probabilmente. Non abbiamo tempo per fare di nuovo l'amore."

"Magari più tardi?" gli chiese Sidney.

"Più tardi, direi proprio di sì," concordò Decker. Poi la prese per mano e la condusse verso la doccia.

Dopo mangiarono la colazione preparata da Decker. Sidney ammise a se stessa che era finalmente felice, come non si sentiva da troppo tempo... era anche pienamente appagata.

Quel pensiero le provocò un brivido: in genere, quando tutto le andava bene, sapeva che nel giro di poco tempo sarebbe scoppiato un casino. Sperò con tutto il cuore che quella volta non andasse a finire in quel modo.

———

"Allora, dov'è questa puttana che secondo te dovrebbe saltar fuori?" gli chiese Miguel mentre si appoggiava al recinto nel cortile di Victor.

"Sì, sono già passate due settimane e non si è ancora fatta vedere," aggiunse Kyle.

Victor sputò per terra e guardò i due uomini. "Verrà, non riuscirà a resistere."

"Sì, ce lo hai già detto, ma non è ancora venuta nonostante i post che hai pubblicato," gli disse Miguel scettico.

Victor aveva segretamente paura di essersi sbagliato su quella stupida troia.

Aveva parlato del piano con gli amici, loro lo avevano

condiviso con altri e tutti quelli del loro giro si aspettavano di far baldoria quando si sarebbe presentata quella cretina.

Il nuovo post che aveva pubblicato online il giorno prima avrebbe dovuto farla cadere in trappola... ma fino a quel momento lei non aveva abboccato.

"Si farà vedere," insistette.

"Sarà meglio," gli disse Kyle. "A Dallas la tua idea è piaciuta così tanto che ha sparso la voce. C'è un bel po' di gente che aspetta il grande incontro. Si possono fare un sacco di soldi con queste trovate, quindi se lei non si farà vedere tanto presto, ci saranno delle conseguenze."

"Chiudi quella cazzo di bocca," borbottò Victor, allontanandosi dal recinto. Si diresse verso i due cuccioli che aveva acquistato da poco e li prese a calci. Sapeva già che non sarebbero diventati dei combattenti, non avevano la tempra giusta, ma potevano comunque tornargli utili una volta cresciuti.

I due cuccioli bianchi e marroni guairono e scapparono con la coda tra le gambe. Victor si sentì subito meglio vendendoli correre in preda al panico.

Non riusciva a credere all'ingenuità di alcune persone... non si facevano problemi a regalare cani a chi li chiedeva online: non si preoccupavano di controllare niente e nessuno, erano solo felici di sbarazzarsi degli animali. Preferivano illudersi e credere e che andassero in case belle e felici, piuttosto che fare un po' di sforzi in più per esserne certi. Idioti.

"Si farà vedere," ripeté, più a se stesso che ai suoi amici. "Quando succederà, voi due dovrete essere pronti a spargere la voce della lotta."

"Sarà ancora a casa di Dallas, giusto?"

"Certo," gli rispose Victor, alzando gli occhi al cielo. "Comanda l'organizzazione. Dobbiamo solo portare i nostri combattenti e la puttana, faremo soldi a palate. Finalmente ci faremo un nome in questa città di merda."

Kyle e Miguel si diedero il cinque mentre Victor metteva

all'angolo i cuccioli spaventati. Li prese per la collottola e li ributtò nella cassetta di plastica in cui avevano vissuto da quando se li era presi. Aveva imparato la lezione sul lasciare i cani all'aperto: i vicini ficcanaso e l'incidente con la stronza che gli aveva rubato l'ultimo cane gli avevano insegnato che era meglio tenerli giù in cantina, lasciandoli fuori solo per brevi periodi di tempo.

Mentre i tre uomini rientravano in casa, Victor non riusciva a smettere di fantasticare su quanto sarebbe stato fantastico il loro prossimo incontro. Stava arrivando gente da ogni angolo della città, Dallas aveva persino detto di avere un contatto dal Messico che aveva intenzione di attraversare il confine solo per assistere a quell'evento unico nel suo genere.

Aveva solo bisogno che si presentasse il pezzo forte della serata.

CAPITOLO 15

Cinque giorni dopo, Gumby lanciò un'occhiata a Sidney mentre beveva una tazza di caffè. Quel giorno era nervosa, ma lui non ne capiva il motivo.

La loro relazione procedeva a gonfie vele, stavano quasi sempre a casa di lui e Sidney era una persona alla mano, vivere con lei era semplice e piacevole. Una sera erano andati nella roulotte di Sidney perché Jude l'aveva chiamata per un'emergenza dell'ultimo minuto; a lavoro terminato, erano troppo stanchi per tornare a casa di Gumby e avevano dormito da lei.

Sidney si era comportata come se si sentisse a disagio con lui nella roulotte, alla fine Gumby era riuscito a farle ammettere che si sentiva nervosa perché aveva paura che lui la giudicasse per il posto in cui viveva. Gumby le aveva detto che si sbagliava, non gliene fregava nulla di dove vivesse, l'importante era che fosse un luogo sicuro; poi avevano fatto l'amore, lui si era impegnato per farle dimenticare tutto tranne le sensazioni piacevoli provocate dall'atto.

Gumby non aveva mai provato nulla del genere per nessun'altra. Sidney era perfetta per lui, non vedeva l'ora di stare con lei ogni sera dopo il lavoro.

Ma quella mattina, Sidney sembrava turbata da qualcosa e lui voleva scoprirlo, si sentiva parecchio frustrato.

"Va tutto bene?" le chiese per la terza volta, quando lei si sedette accanto a lui con una fetta di pane tostato.

Sidney fece spallucce.

"Parliamo," la implorò lui. "Sei turbata per qualche motivo, magari non posso aiutarti ma posso comunque ascoltarti. Hai parlato con Jude? Ha cambiato idea sul fatto che tu accetti il lavoro con Max?"

"No, gli va bene," gli rispose Sidney. "La settimana prossima il ragazzo nuovo comincerà a seguirmi per conoscere i residenti e vedere tutto quello che faccio."

"Quindi è un bene, no?"

"Immagino di sì."

"Hai parlato di nuovo con Max?" le chiese Gumby.

"Sì."

"E?"

Sidney sospirò. "Tutto bene anche lì. Tra circa due settimane, andrò nel suo ufficio a compilare i documenti e tutte le scartoffie necessarie per iniziare a lavorare."

Gumby si acciglio. "Non mi sembri troppo entusiasta."

"Lo sono, eccome," insistette lei. "È una fantastica opportunità, non so esprimerti la mia gratitudine per averci fatto conoscere."

Il SEAL si sforzò di pensare a cosa potesse turbarla. "Per caso hai sentito Brian o i tuoi genitori?"

"Ma che dici? No!" esclamò lei. "Anche se certo, loro sì che mi metterebbero di cattivo umore," mormorò.

Bene, quella era un'ammissione che ci fosse un problema. "Come stanno Nora e Faith?" Se non si trattava di lavoro, forse il problema aveva a che fare con le amiche?

"Stanno bene. Senti, sono solo di cattivo umore. Mi capita a volte... ormoni, roba da donne."

Decker non era convinto. "*Ho* fatto qualcosa?" le chiese

subito. "Perché se è così, devi dirmelo. Non fingere che vada tutto bene quando non è così, Sid. È il modo più veloce per rovinare la nostra relazione."

Sidney si bloccò, restando con la fetta di pane a mezz'aria. "Stai dicendo sul serio?"

Lui fece spallucce e inarcò un sopracciglio.

"Non c'entri niente, ok? Se proprio vuoi saperlo, voglio tornare a casa di Victor e controllare la situazione."

Gumby la fissò con sguardo irritato. "Penso che sia *tu* quella che non può dire sul serio, adesso." Sapeva di essere un po' troppo duro, ma aveva fatto del suo meglio per ragionare con lei su quell'argomento spinoso. Credeva di averle fatto capire i pericoli che correva nell'affrontare direttamente i balordi coinvolti nel maltrattamento degli animali... e dopo tutti i loro discorsi, lei voleva ancora andare a casa di Victor? Diamine.

"Lascia perdere, Decker. Non sono proprio dell'umore adatto."

"Lo vedo, sto cercando di capirne il motivo ma non me lo vuoi dire... Non puoi pensare *davvero* di tornare a casa di quel coglione, vero?"

Sidney si raddrizzò sulla sedia. "Sì! Ieri sera ho controllato i suoi post, ha pubblicato un altro annuncio alla ricerca di un altro cane. È disgustoso! A questo giro dice che il suo cane vuole compagnia. Già detesto pensare che tenga *un* povero cane tra le grinfie, e ne vuole pure un altro? Sono quasi due settimane che non salvo nessun cane maltrattato, mi sento come se li stessi deludendo. Ho promesso di non fare nulla mentre eri via, ma ora sei tornato, e tra te e Jude ho sempre avuto tanto da fare."

Gumby si sforzò di essere ragionevole e mantenere la voce calma. "Quindi stai dicendo che passare del tempo con me ti rovina lo smalto, quando si tratta di mettere in pericolo la tua vita per un cane?"

Sidney lo fulminò con lo sguardo. "Come se la vita di un cane non ne valesse la pena?" lo accusò.

"Sai che non intendevo questo."

Sidney fece un respiro profondo. "Non posso fare a meno di sentirmi così, Decker. Sai cosa mi scatena questo bisogno, quello che ho passato... Mi sembra di deludere Faith e i cani."

"Ne hai parlato con lei?" le chiese Gumby.

Sidney scosse la testa. "No, mi direbbe che non la sto deludendo e che apprezza qualsiasi aiuto possa fornirle."

"Da come lo dici, sembra che tu sia convinta che ti menta, che non apprezzi qualsiasi cosa tu faccia per lei e per il centro di salvataggio."

"Beh, sì," gli disse Sidney con convinzione. "Anche lei ci tiene a salvare gli animali, proprio come me... so che le dispiace che non le ho portato altri cani di recente."

Gumby lo dubitava fortemente: aveva conosciuto Faith e aveva percepito solo preoccupazione per Sidney, quando avevano parlato di come lei salvasse i cani, esponendosi a mille pericoli. "Non è esattamente così, Sid. Faith *ci tiene*, sì, ma in modo sicuro e intelligente. Non si aggira furtivamente tra le case della gente a rubare cani. Usa le sue conoscenze e lavora con le autorità per cercare di fermare i bastardi che maltrattano gli animali."

Si accorse che Sidney strinse i pugni senza rispondergli, si limitava a fissarlo irritata.

Gumby si sforzò di controllarsi, ma una volta aperta quella porta, non riusciva a trattenersi. Fece il possibile per addolcire il tono, ma non troppo, per farle capire quanto fosse serio: "Ascolta. Da bambina hai dovuto assistere a scene orribili e hai vissuto per anni nel terrore, spaventata da tuo fratello e dalle torture inflitte a quei poveri animali, che poi ti costringeva a guardare... con la minaccia che lui potesse *ferirti*. Sono preoccupato per te, Sid. Credo che tu abbia sviluppato una sorta di senso di colpa del sopravvissuto.

Anche alcuni dei miei colleghi SEAL l'hanno avuto, quando tornavano vivi dopo missioni andate storte, missioni in cui avevano visto morire altri membri della squadra. Sono convinto che tu debba parlare con qualcuno di tutto quello che è successo, qualcuno che possa aiutarti su come affrontare il tutto."

"Ne ho parlato con qualcuno; ne ho parlato con *te*," gli disse Sidney con durezza.

"Sì, sono contentissimo che tu ti sia aperta con me, non sai quanto lo apprezzo... ma purtroppo non sono uno psicologo, non ho gli strumenti giusti per aiutarti, come potrebbe fare un professionista," le disse Gumby.

"Non sono ancora pronta," ribatté Sidney in modo ostinato.

Gumby si sentiva sempre più frustrato; Sidney *sapeva* da dove aveva origine il bisogno di salvare i cani, la noncuranza del pericolo era una diretta conseguenza di ciò che aveva vissuto da bambina. "Oggi non posso accompagnarti, dovrai aspettare un altro giorno per esporti al pericolo e salvare un cane."

"Quindi ti stai tirando indietro sul venire con me per tenermi al sicuro? Parole *tue*, non mie."

Gumby annuì. "Sì."

"Beh, wow. Quindi tutti quei bei discorsi sul non volere che io mi faccia del male e sul capire come devo aiutare i cani... erano tutte cazzate?"

"Sai che non è così," inveì Gumby. "Oggi devo lavorare parecchio e non posso mollare tutto ogni volta che stai troppo su internet e decidi di vagare per Riverton, impegnata in una crociata solitaria... per rubare dei cani."

"Non rubo i cani," sibilò Sidney.

"Ah, no? Allora come lo chiami aggirarsi furtivamente intorno a una casa, scavalcare il recinto e portare via i cani dal padrone?"

"Decker, Victor sta *maltrattando* quei cani!" gridò lei.

"Sì, lo so! Ma c'ero anch'io, Sid. Ho visto che ti *picchiava*; se non fossi passato in macchina in quel momento, ti avrebbe ferita molto di più."

"Grazie per la fiducia," gli disse lei sarcasticamente.

"Non ci provare," le disse Gumby, che iniziava ad arrabbiarsi sul serio. "Sai bene quanto me che se ne avesse modo ti farebbe *davvero* male. L'ha fatto due volte! Ora non sei lucida, stai ragionando con la paura di una bambina di dieci anni... Ma indovina un po'? Non hai più dieci anni, Victor non è Brian e io non sono il tipo di uomo che resta a guardare mentre ti giochi la vita per un cane."

Nel momento in cui pronunciò l'ultima parola, Gumby sapeva di essersi spinto troppo oltre.

"So di non avere più dieci anni, Decker, ma non puoi stare lì a dirmi cosa devo o non devo provare! Tu non hai visto le torture di Brian su quelle povere bestie! Non hai dovuto stare in un'aula di tribunale e sentirti giudicato da tutti, mentre gli altri si chiedevano se per caso non fossi anche tu come quel coglione di tuo fratello, visto che condividete lo stesso DNA! Non devi trascorrere la vita chiedendoti se avresti potuto fare qualcosa per aiutare anche *uno* solo di quei poveri animali. Non vuoi venire con me? Benissimo! Non ho bisogno di te. Me la sono cavata fino adesso, continuerò a farlo. Il tuo atteggiamento borioso e da santarellino inizia a stufare, comunque!"

"Non voglio che tu torni a casa di Victor, Sidney," le rispose Gumby, a voce molto più alta di quanto avrebbe voluto.

Lei si raddrizzò ancora di più sulla sedia e lo guardò in modo torvo. "Solo perché mi stai scopando, non hai il diritto di dirmi cosa posso o non posso fare."

"Davvero?" le chiese.

"Davvero!"

Gumby si passò una mano sul volto con un sospiro e cercò di trattenersi. "Sidney, non puoi dire sul serio. Quel tipo ti *ha fatto del male*. Non puoi tornare lì da sola!"

"Se non vuoi venire con me, dovrò andarci per conto mio, no?" domandò lei, con la fetta di pane che le giaceva di fronte ormai dimenticata.

Gumby non le rispose immediatamente: capì che darle contro non avrebbe portato da nessuna parte, anzi, se lui avesse continuato in quel modo Sidney si sarebbe alzata e sarebbe andata direttamente a casa di Victor, fregandosene delle conseguenze. Aveva capito che lei non era lucida in quel momento, era in uno stato emotivo delicato; si sentiva in colpa per non aver salvato nessun animale di recente, missione che si era preposta da anni.

Così si sforzò di risolvere la faccenda: "Che ne dici di un compromesso?"

"Che ne dici di andare a fanculo?" sbraitò Sidney, non voleva essere placata. Spinse indietro la sedia, si alzò e si precipitò in cucina. Gettò via il resto della fetta di pane mangiucchiata.

Gumby la seguì; quando lei si voltò, se lo trovò di fronte e fu costretta a indietreggiare, trovandosi bloccata tra lui e il mobile della cucina. "Ascoltami," le ordinò.

"Perché dovrei?" ribatté lei, cercando di respingerlo, senza successo.

"Perché sono *preoccupato* per te!" le gridò Gumby. "Perché so da dove proviene quest'ossessione, penso che ci siano modi più sani e *sicuri* per affrontarla... e perché ti amo!"

Gumby non aveva intenzione di dirle le ultime due parole, ma una volta uscite non poteva dirsi pentito.

Sidney spalancò gli occhi, lo fissò incredula. Smise di spingerlo via, gli lasciò le mani sul petto.

"Sì, Sid. *Ti amo*. Sei il mio mondo e sono tanto preoccupato per te. Voglio che tu faccia tutto il possibile per aiutare gli animali maltrattati, però non devi metterti in pericolo. Ma non lo capisci? Se muori, non sarai in grado di aiutare *nessun* animale. I combattimenti tra cani non vanno presi sottogamba: la gente invischiata in quel mondo di merda non ha un briciolo di compassione in corpo, te lo dimostra il fatto che trattano male e uccidono gli stessi cani che li fanno guadagnare. Quindi non esiteranno a togliere di mezzo chiunque metta loro i bastoni tra le ruote."

"Allora cosa dovrei fare?" gli chiese lei con voce ben più calma rispetto a prima.

Gumby non fu sorpreso per la mancata risposta alla dichiarazione d'amore. Non gli importava... per il momento. Avrebbero ripreso quel discorso un'altra volta. In quel preciso istante doveva convincere la sua donna a non lanciarsi in un pericolo più grande di lei. Per quanto fosse sveglia e fissata nel salvare gli animali, Sidney non poteva cavarsela quando si trattava di combattimenti tra cani.

"Non sto dicendo che devi smettere di salvare cani maltrattati, anzi: sto solo suggerendo che non dovresti più stare in prima linea. Perché non procedi come hai sempre fatto? Lavora dietro le quinte, controlla i social media e passa tutte le informazioni ai poliziotti. Oppure potresti fare come Faith, diventare una sorta di coordinatrice dell'accoglienza. Hannah ti ha preso subito in simpatia, ricordi? Accidenti, quando è venuto Max per la prima volta si è messa subito tra te e lui per proteggerti. I cani hanno bisogno di qualcuno gentile e compassionevole come te, quando vengono accolti nel centro di salvataggio."

Sidney non rispose, si limitò a fissarlo con un'espressione indecifrabile.

"Non voglio che tu smetta, so che ne hai bisogno. Ma per favore, stai alla larga dal pericolo... Non so cosa farei se ti dovesse succedere qualcosa."

"Li sta maltrattando, Decker," gli disse lei, con voce spezzata. "Se non agisco io, chi lo farà? Nessuno ha aiutato i poveri animali torturati da mio fratello, sono morti in modo orribile. Non posso stare a guardare e non fare nulla!"

"Non ti sto chiedendo questo," insistette Gumby. "Possiamo parlare con la protezione animali e la polizia, per assicurarci che tengano d'occhio Victor e quello che sta combinando."

"Ci vorrà troppo tempo! Quando interverranno, quante altre Hannah avranno sofferto?"

Sentendo il proprio nome, Hannah emise un mugolio. Era seduta appena fuori dalla cucina e fissava i suoi umani.

Gumby sospirò. "Devo proprio andare al lavoro oggi. Mi dispiace di aver detto che non sarei venuto con te, ero solo frustrato e preoccupato. Verrò con te, Sid, ma sarà domani. Andremo insieme a controllare quella maledetta casa, va bene?"

Sapeva che lei voleva protestare, sostenere che il giorno seguente sarebbe stato troppo tardi... ma alla fine Sidney sospirò e annuì.

Gumby le mise una mano sul lato del viso e attese che lei lo guardasse. "Almeno pensa a quello che ti ho detto," la implorò. "Mi piace vederti priva di graffi e lividi. Troveremo un modo di aiutare gli animali senza farti rischiare la vita."

"Credo che tu stia esagerando, posso sopportare qualche graffio... ma va bene."

Gumby la abbracciò e chiuse gli occhi. Non riusciva a immaginare di vivere senza di lei... come le aveva detto prima, lei rappresentava tutto per lui. Gumby capiva bene quel bisogno di aiutare i cani, era una sorta di espiazione per lei... anche se lei non aveva alcuna colpa. Ci teneva a convincerla a parlare con uno psicologo di tutto quello che aveva passato, per cercare di comprendere e risolvere quella parte che la tormentava e la rendeva tanto desiderosa di salvare gli animali. Ma sapeva anche che in quel momento lei non era ancora pronta per farsi aiutare.

Fece un passo indietro, la guardò e le chiese: "Abbiamo risolto?"

"Sì, Deck. Abbiamo risolto."

"Che fai oggi?"

"Vado al parco roulotte, devo lavorare un po'. Poi io e Caite andiamo a pranzo con Caroline."

"Caroline Steel?" le chiese Gumby stupito.

"Sì."

Che bella notizia! Caroline era la moglie di Wolf, un collega SEAL che Gumby rispettava immensamente. "Fantastico."

Sidney fece spallucce. "Sono più impaziente di vedere Caite, ci siamo mandate un po' di messaggi dall'altra notte, quando siamo state qui da te, ma non ci siamo ancora viste."

"Magnifico."

"Sì, mi sta tanto simpatica."

"Stacco per le tre e mezza, più o meno. Torni qui stasera?"

"Dovrei occuparmi della mia roulotte. Manco da un po'."

Gumby si accigliò, non gli piaceva quel tentativo di distanza. "Allora vengo da te, porto la cena."

Lei non disse nulla.

"Sid, abbiamo discusso, abbiamo risolto; prima non è stato piacevole, ma ti amo; voglio vederti, ho *bisogno* di vederti. Possiamo anche stare semplicemente nella stessa stanza e farci gli affari nostri, ma non è che se litighiamo non voglio più stare con te."

"Ok."

"Ok? Posso venire da te?"

"Sì, ma... non posso dirtelo... non ancora."

Gumby aveva capito a cosa si stesse riferendo lei. "Va tutto bene, Sid. Prenditi il tuo tempo. Non ti ho detto che ti amo per costringerti a dirmi lo stesso. Volevo farti capire quanto conti per me... e tutto quello che dico o faccio è solo per il tuo bene."

"Sei troppo perfetto," sussurrò lei.

Gumby ridacchiò. "Oh, no, non sono perfetto. Faccio sempre casino, non so cucinare, detesto le faccende di casa. Sono egoista e preferisco stare in casa con te e Hannah piuttosto che stare con gli amici. La maggior parte del tempo non ho idea di cosa sto combinando con Hannah, so che litigheremo ancora in futuro. Non sono perfetto, Sidney, non devi neanche pensarlo: non potrei vivere sotto questo tipo di pressione."

Lei sorrise.

"Però *sono* bravo in altro... Mi alleno, nuoto, preparo le omelette, guido, sparo e ti procuro orgasmi. Sul resto posso lavoraci su."

Sidney ridacchiò, Gumby ne fu contento.

"Grazie, Decker."

"Ti senti meglio?"

Lei annuì. "Sì."

"Bene. Allora chiamami dopo pranzo, così mi racconti com'è andata," le disse.

"Sei sicuro? Non voglio disturbarti."

"Ti ho detto mille volte che se mi chiami non mi disturbi, né interrompi nulla. Se non posso rispondere non lo faccio, ti richiamo appena posso. Mi *piace* parlare con te, Sid."

"Ok."

"Vuoi qualcosa di particolare per cena?"

"Cinese?"

"Perfetto. Pensa a quello che vuoi, poi mi dici dopo pranzo."

"Pollo agli anacardi," gli disse lei. "Con involtini di granchio e ravioli al vapore, per antipasto."

Gumby ridacchiò. Gli piaceva che la sua donna sapesse sempre quello che voleva. "D'accordo." Si chinò in avanti e le baciò la fronte. "So che sei preoccupata per i cani, ma ti prometto che troveremo un modo per fermare quello stronzo... per sempre. Va bene?"

Sidney annuì. "Va bene. Decker?"

"Sì, tesoro?"

"Mi dispiace di essere la tua spina nel fianco."

Lui sorrise. "Non ti vorrei in nessun altro modo, Sid. Amo il tuo buon cuore; se tu non fossi compassionevole, non mi avresti seguito dalla veterinaria quando ci siamo incontrati e non saremmo qui, ora. Come potrei voler cambiare questa parte di te?"

"Sappi che finiremo per avere altri animali in casa."

Gumby sorrise ancora di più: il fatto che lei stesse pensando tanto lontano nel futuro, con lui incluso, era incoraggiante ed eccitante da morire. "Sì, me lo immaginavo," le disse. "Dovremo cambiare casa, ma non penso di voler vendere questa qui. Sarà una casa perfetta per trascorrere i fine settimana."

Sidney sbatté le palpebre, sorpresa.

Gumby non voleva esagerare, le stava già dicendo troppo, quindi proseguì: "Si sta facendo tardi. Devo andare alla base, sono sicuro che Jude ti aspetta con impazienza. Divertiti a pranzo." Poi abbassò la testa: quando Sidney si alzò in punta di piedi per chiudere la distanza, lui si rilassò e la baciò.

Fu un bacio lungo e lento, Gumby fece del proprio meglio per mostrare a Sidney quanto la amasse senza aggiungere altre parole. Forse lei era ancora arrabbiata con lui, pensava ancora ai cani maltrattati da Victor, ma era contento che almeno si fosse calmata per parlargli.

Quando lui si tirò indietro, Sidney gli portò delicatamente una mano al viso e glielo accarezzò, facendogli scorrere le dita tra la barba con un sorriso. "Non ero fan della barba... ma poi ti ho conosciuto," gli disse.

Quelle parole scatenarono la fantasia sexy di Gumby, che

si ricordò quanto lei adorasse la sensazione della barba che le sfregava l'interno coscia quando la divorava, o come si dimenava per il solletico quando le baciava la pancia. Se alla sua donna piaceva la barba, Gumby non se la sarebbe rasa tanto presto.

"Bene, mi fa piacere," le disse dopo qualche istante.

Sidney alzò gli occhi al cielo, indovinando le fantasie sessuali del SEAL. "Sei proprio un maiale," gli disse mentre gli sorrideva e lo spingeva per gioco.

Gumby si sentì più sollevato per il clima più leggero, così le disse: "Solo con te, Sid."

"Bella risposta," scherzò lei. Poi si sfilò dal braccio di Gumby passandogli sotto e si diresse verso le scarpe appoggiate contro il muro.

Lui la osservò allacciarsi le Converse e accarezzare Hannah per qualche minuto, mentre la apostrofava come "la miglior cagnolina del mondo." Poi lei si rialzò, prese la borsa e il telefono.

"Guida con prudenza," le disse Gumby mentre lei si dirigeva verso la porta.

"Anche tu. Ci sentiamo più tardi," gli rispose, poi uscì.

Hannah mugolò.

"La penso come te, bella," disse Gumby ad Hannah, poi scosse la testa e si preparò ad andare al lavoro.

———

Mentre Sidney era seduta in macchina in attesa di Caite e Caroline, fissava il telefono.

Victor aveva pubblicato un altro post, quella volta su Facebook. Aveva allegato la foto di due cuccioli seduti nel fango, accanto a una staccionata. Le bestiole erano rannicchiate e sembravano terrorizzate. Il post recitava:

· · ·

Ho appena preso questi due cuccioli e penso che abbiano bisogno di un cane adulto per stare meglio. Hanno tanta paura. Se avete un cane femmina di cui volete sbarazzarvi, chiamatemi, le darò una bella casa.

Sidney aveva voglia di mettersi a urlare: c'erano già un sacco di risposte, tanti gli chiedevano l'indirizzo; un tizio gli aveva addirittura detto che aveva trovato un cane randagio e non poteva tenerlo, poteva incontrarsi con Victor da qualche parte.

Sidney segnalò subito il post come offensivo, nella speranza che Facebook lo togliesse. Si sentiva furiosa con Victor e terrorizzata per quei poveri cuccioli. Si portò una mano al petto, il cuore le faceva fisicamente male per quelle bestiole. Chiuse gli occhi e fu invasa da un ricordo spiacevole, vivido come se fosse successo il giorno prima e non nel passato.

Brian si era comportato bene con lei per quasi un mese, Sidney aveva abbassato la guardia dato che lui non l'aveva resa nervosa o diffidente. Un giorno lui le aveva detto di volerle mostrare qualcosa, ma lei si era rifiutata, ricordandosi fin troppo bene ciò che aveva visto l'*ultima* volta che era andata nel capanno con lui.

Anche se più piccolo d'età, Brian era un ragazzino grande e grosso: l'aveva trascinata tra calci e urla nel retro, fino al temuto capanno.

Quando lui aveva aperto la porta, Sidney era stata travolta dal terrore per qualsiasi orrore volesse mostrarle il fratello. Lui l'aveva spinta dentro e si era messo davanti alla porta, impedendole la fuga.

"Erano randagi," le aveva detto Brian, indicando qualcosa sul pavimento in un angolo del capanno. "Non li voleva nessuno, probabilmente erano anche malati."

Nell'angolo giacevano due cuccioli... o almeno, Sidney credeva fossero cuccioli: non aveva idea di cosa avesse fatto il fratello, aveva girato la testa e chiuso gli occhi ma ormai era troppo tardi. La visione del sangue, delle mosche e dei corpi mutilati le era rimasta ugualmente impressa.

Sapeva che Brian aveva trascorso tanto tempo nel capanno degli orrori, ma lei era rimasta in casa, spaventata, il più lontano possibile da lui.

Mentre lei se ne stava seduta senza far niente, quei poveri cuccioli erano stati fatti a pezzi.

Sidney aveva vomitato nel capanno.

Brian si era infuriato, quella stupida della sorella gli aveva impestato la "postazione di lavoro"; l'aveva afferrata per i capelli e l'aveva trascinata fuori dal capanno, gettandola a terra e tirandole un potente calcio nello stomaco prima di tornare dentro e sbattere la porta.

Sidney aprì gli occhi e si sforzò di cancellare quel ricordo; Brian era dietro le sbarre, non poteva più ferire lei, cani, gatti... o donne.

Victor sì, però.

Sidney aveva salvato la foto dei cuccioli prima di segnalare il post, iniziò a fissarla. Non era riuscita a salvare quei cuccioli, tanti anni prima... ma accidenti, non sarebbe rimasta di nuovo seduta con le mani in mano.

Doveva salvarli, punto e basta.

Iniziò subito a pianificare: avrebbe pranzato con Caite e Caroline, poi sarebbe andata a controllare la situazione. Forse Victor non aveva nessun cucciolo, magari aveva preso la foto da internet... o qualcosa del genere. Poi lei avrebbe sbirciato nel giardino e se ne sarebbe andata, se non c'erano i cuccioli. Se invece ci fossero stati, avrebbe potuto provare a farli uscire di nascosto. Se stava attenta, e lontana da Victor, Decker non poteva venire a saperlo. Sarebbe entrata e uscita. Ecco. Dieci minuti al massimo.

Sapeva che Decker si sarebbe infuriato se l'avesse scoperto. Riconsiderò il piano... per un secondo. Sapeva di essere una donna problematica, il fratello l'aveva contaminata. Avrebbe fatto qualsiasi cosa per non sentirsi tanto dannatamente in colpa per le malefatte di Brian. Sì, forse *avrebbe* parlato con Decker per vedere uno psicologo. Se uno specialista fosse riuscito a farle diminuire quel pulsante desiderio di salvare gli animali, beh, ne sarebbe valsa la pena.

Ma poi lanciò un secondo sguardo alla foto postata da Victor.

Se non avesse fatto qualcosa per salvare quei cuccioli, non sarebbe riuscita a stare bene con se stessa.

Sidney scese dalla macchina, ripassando il piano. Non vedeva l'ora di pranzare e di rivedere Caite, ma sperava anche che quel momento non durasse troppo a lungo: aveva dei cuccioli da salvare.

CAPITOLO 16

"La mattina dopo avevo un mal di testa tremendo, ma Sidney era fresca come una rosa. Mi ha stupita, perché abbiamo bevuto un *sacco* di rum!" Caite stava raccontando a Caroline come aveva conosciuto Sidney tra sorrisi e risate.

L'altra donna ridacchiò e appoggiò i gomiti sul tavolo. "Mi sembra che voi due andiate molto d'accordo."

Caite annuì. "So che avrei potuto chiamarti, ma Gumby mi ha assicurato che Sidney è un'esperta di cani, ho pensato che lei avrebbe saputo cosa fare."

"Hai fatto bene. Probabilmente sarei impazzita se fossi entrata e avessi visto tutto quel sangue," ammise Caroline.

Sidney non ne era così convinta: quella donna le sembrava una persona molto equilibrata e giudiziosa.

Prima dell'arrivo di Caroline, Caite aveva raccontato a Sidney qualche dettaglio: quella donna aveva salvato un aereo pieno di passeggeri; era stata presa di mira dai terroristi ma era riuscita a superarli in astuzia e a recapitare un messaggio segreto diretto a quello che poi sarebbe diventato suo marito, e alla sua squadra di SEAL, rivelando loro il luogo della prigionia in modo che potessero salvarla.

Erano fatti incredibili, ma dopo aver conosciuto Caroline, Sidney aveva capito che Caite non aveva esagerato per niente. Si sentiva un pesce fuor d'acqua, tra quelle due donne. In genere non si sentiva intimidita dagli altri, ma Caroline la faceva sentire fuori posto: era con i piedi per terra, sposata con un SEAL della marina autorevole e rispettato da tutti ed era una chimica: una dannata *chimica*, santo cielo.

Poi c'era Caite che parlava benissimo il francese e aiutava la marina nei casi criminali che coinvolgevano francofoni: accanto a quelle due, Sidney si sentiva molto la pecora nera della famiglia.

Quando Caite iniziò a parlare di quanto Rocco fosse protettivo, Sidney si concentrò e mostrò un po' più di interesse nella conversazione.

"Ve lo giuro, ragazze, dopo tutti i casini che mi sono successi, Rocco è diventato quasi paranoico. Ecco perché ha insistito per farmi stare a casa di Gumby, mentre loro erano via. Non si fida più di nessuno nel nostro complesso di appartamenti, anche se prima dell'episodio con Brenae andava d'accordo con tutti."

"Sai come sono fatti," la rincuorò Caroline. "Anche Wolf è così, anche se stiamo insieme da anni. Non accettano l'idea che possa accaderci qualcosa."

"Mi fa diventare matta, mi sento in colpa se provo fastidio per questo suo essere protettivo," proseguì Caite. "Insomma… sono una donna adulta, perfettamente in grado di guidare da sola per pranzare fuori, se lo desidero. Ma lui ha insistito per venire a prendermi in ufficio e portarmi qui. Ha anche detto che sarebbe venuto a prendermi qui una volta finito, ma gli ho detto che Sidney poteva riportarmi al lavoro. Per te va bene?"

Sidney cercò di nascondere la frustrazione: voleva salvare quei cuccioli il prima possibile, ma non poteva negare un favore a Caite, quindi annuì. "Certo. Potevo anche venire a prenderti, in caso."

"Lo so, ma mi sembra di scomodare sempre Rocco... e ora anche le mie amiche. Se mi avesse lasciata guidare per i fatti miei non avrei dovuto disturbare nessuno per venire a prendermi *o* portarmi al lavoro."

Caroline appoggiò una mano sopra quella di Caite. "Ammetto che il loro istinto di protezione talvolta può diventare opprimente, ma devi ricordarti che i nostri uomini vedono il peggio dell'umanità. Vengono mandati in paesi poveri dove la gente muore di fame per le strade, non per modo di dire.... Oppure in paesi ricchi dove chi ha i soldi schiavizza chi non può comprarsi da mangiare, e quelli si fanno fare di tutto solo per sopravvivere. I nostri uomini uccidono, sono costantemente nel mirino di qualcuno col rischio di *essere* uccisi. Questo accade quando sono all'estero; poi ci sono gli scemi in *questo* paese che hanno una pessima opinione dei nostri SEAL, li ritengono robot senza cervello che eseguono qualsiasi ordine alla cieca, senza porsi alcuna domanda su ciò che è giusto o sbagliato."

"I nostri uomini desiderano solo che stiamo al sicuro, ci vogliono proteggere dai mali di un mondo che purtroppo conoscono meglio di noi. In fondo, pensaci... è davvero un male? Pensa se fosse il contrario: un Rocco che non si interessa, a cui non importa niente se torni tardi a casa dopo il lavoro, che se ne sta seduto senza far niente e ti lascia aprire la porta se qualcuno bussa a notte fonda."

"Hmmm," mormorò Caite. "Beh... *è* bello sapere che quando arrivo tardi dopo aver visitato mia madre, Rocco mi aspetta sempre in aeroporto. Non devo preoccuparmi di attraversare da sola il parcheggione per arrivare alla macchina."

"Esatto," le disse Caroline. "Se non si può presentare, manda sicuramente qualcuno di cui si fida... vero?"

"Sì."

"Ma cosa succede se ti ordina di fare qualcosa, o di smettere di fare qualcosa che ami?" si intromise Sidney.

Caite e Caroline si voltarono verso di lei.

Sidney sembrava davvero curiosa, ma Caroline si limitò ad annuire come se la domanda non l'avesse sorpresa.

"Bene... allora, presumo che questa non sia una domanda retorica, ma non conosco i dettagli quindi faccio fatica a risponderti... ma voglio fare un tentativo. Sono sposata con un SEAL e ho imparato che loro sono molto diretti. Matthew non riesce ad andare per il sottile o girare intorno a un argomento: dice la sua molto apertamente, senza pensare a come potrei reagire. Quando capita che reagisco in un modo che non si *aspetta*, allora riflette su quanto ha appena detto. Ho notato che in genere non mi chiede realmente di smettere di compiere un'azione, ma è solo preoccupato per le conseguenze che potrei affrontare."

"Mi fai un esempio?" le chiese Sidney.

Caroline rifletté qualche istante prima di rispondere: "Ok, ecco. Una volta ho pensato che sarebbe stata una grande idea trovare la famiglia della figlia adottiva del nostro amico Tex, in Iraq. Ci avevo lavorato con impegno: immaginavo scene di grande ricongiungimento e pensavo alla gioia di tutti, chissà Akilah quanto sarebbe stata entusiasta di rivedere la sua famiglia! Una sera ne ho parlato con Matthew e mi ha detto che era una pessima idea... senza girarci troppo attorno. Mi sono infuriata, *di brutto*. Ho pensato, ma come può essere negativo ricongiungersi con la famiglia?"

"L'ho mandato a cagare e me ne sono andata; lui è venuto a cercarmi, non avevo voglia di parlargli ma mi ha costretta ad ascoltarlo. Mi ha spiegato che quando Akilah era stata ferita, nessun parente aveva mosso un dito per aiutarla. L'aiuto lo ha ricevuto da un soldato che l'ha trovata urlante di dolore nel bel mezzo della casa bombardata. A quanto pare, la Croce Rossa aveva cercato di trovare i famigliari, ma sembrava che non la conoscesse nessuno. Proseguiamo nella storia, arriviamo ai giorni nostri: Akilah si è integrata perfettamente negli Stati Uniti, è felice con la famiglia adottiva e ha persino una sorellina. È ovvio che non conservi buoni ricordi della vita in Iraq, non avrebbe fatto i salti di gioia se le avessi proposto di farle incontrare la famiglia che l'aveva abbandonata."

"Matthew e io ne abbiamo parlato a lungo, valutando pro e contro, così ho riconosciuto che la mia idea non era delle migliori. Mi ha concesso che avrei potuto esaminare le informazioni raccolte, avrei potuto condividerle con Akilah una volta adulta e a quel punto lei avrebbe scelto cosa fare.. ma sarebbe stata una *sua* decisione, non qualcosa di imposto. Se Matthew avesse affrontato l'argomento con calma e razionalità fin da subito, non mi sarei arrabbiata. Ma siccome era preoccupato per *me* e per il casino che avrei potuto affrontare, ha subito detto no alla mia idea. Mi ha dato fastidio sul momento, ma poi ho capito."

Sidney rimase in silenzio, assorbendo le parole di Caroline.

"Rocco mi ha proibito di farmi un tatuaggio," sbottò Caite.

Sidney la fissò, stupita "Volevi farti un tatuaggio?"

"Perché sei così sorpresa?" le chiese la nuova amica.

"Non mi sembri proprio il tipo," le disse Sidney. In effetti, era così. Caite era fin troppo prudente per marchiarsi sulla pelle un qualcosa di eterno come un tatuaggio.

"Sì, beh, mi sono incazzata con Rocco, gli ho detto che non comandava lui e che non aveva voce in capitolo."

"Scommetto che è andata bene," la prese in giro Caroline.

Caite arrossì. "Uhm... ha ignorato la mia sfuriata e mi ha sedotta. Dopo aver fatto l'amore mi ha detto che gli piace il mio corpo così com'è, voleva solo che riflettessi un po' più a lungo prima di compiere un'azione di cui mi sarei potuta pentire."

"E quindi?" la incalzò Sidney.

"Alla fine, aveva ragione. Avevo iniziato a sentirmi insicura perché notavo sempre più marinaie sexy e femminili piene di tatuaggi, alla base... immaginavo che lui le vedesse e ci interagisse regolarmente, non volevo che Rocco si pentisse di aver scelto me quando poteva avere donne molto più belle e alla moda."

Sidney non voleva ammettere che entrambe le donne avevano ragione. Decker era molto diretto, come lei d'altronde. Quella mattina entrambi si erano detti fin troppo, forse avrebbero dovuto riflettere di più prima di affrontare certi argomenti. Lui le aveva esposto come la pensava, ma ricordando la conversazione Sidney dovette ammettere che lui non le aveva intimato di smettere di pensare ai cani maltrattati... non voleva che si esponesse al rischio in prima persona.

Ma ripensò alla foto postata da quel cretino di Victor e scosse la testa internamente. Anche se avesse denunciato il fatto alla polizia o alla protezione animali, ci avrebbero impiegato troppo per intervenire e Victor avrebbe avuto tutto il tempo di spostare i cuccioli altrove, per continuare a maltrattarli.

"Ehi... a che stai pensando così intensamente? Ce lo vuoi dire?" le chiese Caite.

Sidney si costrinse a concentrarsi di nuovo sulle due donne. "Oh, niente."

"Va tutto bene con Gumby?" le chiese Caroline con gentilezza.

Sidney annuì. "Sì, va tutto benone... è solo che... stamattina abbiamo avuto un piccolo diverbio, ma abbiamo risolto."

"Ottimo. Non è tanto che vi state frequentando, vero?" le domandò Caroline.

"Vero."

"Ricordati solo che quando questi ragazzi si innamorano, non scherzano e faranno di tutto per renderti felice. Non è prerogativa dei militari... molti vanno a letto con chiunque gli capiti a tiro, tanto perché possono farlo. Ma la squadra di Matthew è diversa, penso che anche la squadra di Rocco sia simile. Quando questi ragazzi si impegnano, *si impegnano*: non tradiscono, non si arrendono di fronte alle difficoltà... magari non comunicano sempre nel migliore dei modi, ma sono sempre mossi da buone intenzioni e ucciderebbero chiunque osi farti del male."

Caite annuì con energia. "L'ho visto in prima persona. Rocco era *incazzato* con l'uomo che mi voleva morta, non si è buttato nell'oceano a salvarmi perché prima voleva *assicurarsi* che la minaccia fosse stata neutralizzata."

Caroline si rivolse a Sidney. "Non fare stupidate: se Gumby ha deciso che tu sei quella giusta per lui, potresti ferirlo profondamente mettendoti in una situazione in cui lui deve uccidere qualcuno per proteggerti. È un SEAL, ma ciò non significa che non possa andare in prigione."

Sidney si spaventò, sembrava che pur senza conoscere i dettagli Caroline avesse percepito che lei stava pianificando di fare qualcosa che non avrebbe dovuto. "Lo so, non farei mai nulla per ferirlo."

Per un istante Caroline la fissò: Sidney pensò che Carline l'avrebbe redarguita, ma l'altra donna si limitò ad annuire. "Bene. Ma ti dico questo... se Matthew fosse in pericolo, farei sicuramente tutto il necessario per aiutarlo."

"Anch'io," intervenne Caite.

Sidney sorrise. "Lo sappiamo. Tu l'hai già fatto, e non eravate neanche usciti la prima volta."

Le tre scoppiarono a ridere.

"Vero," ammise Caite. "Credo di essermi buttata a capofitto in una situazione che non ho valutato attentamente, quando sono andata a cercare Rocco, Gumby e Ace in Bahrain, vero?

"Però è andato tutto bene," le disse Sidney con voce rassicurante.

Le tre continuarono a chiacchierare ancora un po', a Sidney piaceva molto Caroline ma si sentiva più in sintonia con Caite: anche lei usciva da poco con un SEAL ed erano coetanee. Caite era simpatica proprio come la sera quando si erano conosciute e avevano sistemato quel casino in casa di Gumby.

"Questo pranzo lo offro io," disse Caroline quando avevano quasi finito.

"Assolutamente no," protestò Caite. "Vi ho invitate io, ci penso io."

"Ragazze, posso permettermelo," aggiunse Sidney.

La cameriera si avvicinò, anziché portare il conto disse: "È il vostro giorno fortunato, signore. Un certo Matthew Steel ha chiamato e ha pagato tutto con carta di credito... compresa la mancia. Quindi potete andare quando volete. Non c'è fretta, volevo solo informarvi."

Sidney fissò la cameriera incredula.

Quando la donna se ne andò, Caite sbuffò con frustrazione. "Beh, che gesto subdolo!"

Caroline sorrise. "Rocco e Gumby devono ancora imparare."

Sidney apprezzò quel gesto: se l'avesse compiuto Decker, ne sarebbe stata molto lusingata.

Soffermandosi un attimo a pensare, si rese conto che lui *aveva* già compiuto azioni simili per lei, diverse volte. Era premuroso e attento e lei aveva assorbito ogni singolo gesto senza quasi pensarci: le teneva aperte le porte, le riempiva il bicchiere quando lei era comoda sul divano, le lasciava l'ultimo pezzo di pizza, impostava la sveglia sull'orologio da polso invece che sulla sveglia, così non la disturbava la mattina, lavava i piatti... e la lista proseguiva.

Sidney si sentì in colpa per ciò che voleva fare dopo pranzo, era sul punto di cambiare idea... ma poi si ricordò il muso terrorizzato dei cuccioli. Non poteva abbandonarli.

Quella sera avrebbe parlato a cuore aperto con Decker e gli avrebbe spiegato perché aveva agito in quel modo. Lui l'avrebbe capita... doveva capirla per forza.

"Grazie per l'invito," disse Caroline mentre si alzava.

"Grazie per essere venuta," le rispose Caite, dandole un rapido abbraccio.

Sidney non si aspettava che Caroline l'abbracciasse, ma fu felice di essere inclusa in quel gesto d'affetto.

Si avviarono verso la porta e Caroline le salutò mentre si dirigeva verso la macchina.

"Grazie anche a te per essere venuta," disse Caite a Sidney mentre andavano verso l'Accord. "Non volevo ammetterlo, ma Caroline mi intimidisce. È sciocco, lo so, ma è sposata con un militare da così tanto tempo che ho paura di dire qualcosa di stupido, quando sto con lei."

Sidney la capiva perfettamente, anche lei si sentiva nello stesso modo. "E ha già le sue amiche, quindi so cosa intendi."

Caite sorrise. "Immagino che creeremo il nostro gruppo, vero?"

"Certo! Allora andiamo, bellezza?"

"Fammi strada," le disse Caite.

Nel momento in cui salirono in macchina, Sidney sentì esploderle l'ansia che aveva tenuto a bada durante il pranzo. Le faceva piacere accompagnare Caite, ma ogni minuto impiegato nel tragitto tra la base e casa di Victor poteva segnare la sofferenza dei cuccioli. Victor avrebbe potuto ucciderli prima che lei riuscisse a intervenire... come era successo con Brian e il dannato capanno.

Sidney era consapevole che stava per combinare un disastro e tradire Rocco, mettendo Caite in pericolo, ma non poteva fermarsi. Si rivolse a Caite e le chiese: "Possiamo fare una piccola sosta, prima di andare alla base?"

"Ma certo, di che si tratta?"

Sidney sentì una fitta allo stomaco. Ormai era in ballo: doveva ballare. "Oh, niente di che. Devo fermarmi a controllare una situazione, è qui vicino e ci vorranno pochi minuti."

"Va bene, non c'è problema, ho ancora venti minuti prima di rientrare, ma il mio capo è fantastico e può essere flessibile sugli orari, dato che faccio tanti straordinari non pagati. Quindi se ci impieghiamo qualche minuto in più, va bene."

Sidney accese la macchina, sollevata dal fatto che l'amica non le stesse chiedendo altri dettagli; si sentiva anche tremendamente in colpa. Non era una novità, ormai si era abituata a quella spiacevole sensazione.

Si sforzò di sorridere a Caite e uscì dal parcheggio del ristorante. Aveva dei cuccioli da salvare: non importava cosa dicesse Decker, non c'era nessun altro che potesse farlo, quei poveri piccoli non avevano più tempo... li aveva lasciati a casa di Victor abbastanza a lungo.

—

CAPITOLO 17

—

"Uhm, Sidney... non sono tanto sicura," le disse Caite dieci minuti dopo.

"Andrà tutto bene, vado solo a dare un'occhiata," cercò di rassicurarla Sidney. Non era esattamente una bugia: *stava* andando a dare un'occhiata... se avesse visto i cuccioli nel giardino di Victor, sarebbe entrata di nascosto e li avrebbe presi. "Tu resta qui."

"Forse dovrei venire con te," le disse Caite, palesemente a disagio.

"No!" Sidney quasi urlò, senza volerlo.

Si sentiva già abbastanza in colpa per aver mentito a Caite su quello che poteva succedere, ma conosceva abbastanza Victor per sapere quanto potesse diventare violento; non voleva che ferisse Caite, in alcun modo. Doveva convincerla a rimanere in macchina. Poteva sopportare di *essere* picchiata, ma se fosse successo qualcosa a Caite per colpa sua, non se lo sarebbe mai perdonato. Accidenti, Rocco non l'avrebbe mai perdonata e Decker l'avrebbe scaricata in un attimo.

Pensò rapidamente, facendo un respiro profondo: non voleva spaventare Caite, ma doveva assicurarsi che restasse in macchina. "Non devo fare nulla di che: voglio solo sbirciare oltre il recinto e vedere se ci sono i cuccioli di cui ha parlato quello stronzo. Se saremo in due ad appostarci, daremo più nell'occhio, quindi tu devi restare qui. Non importa cosa succede, non venire a cercarmi e non seguirmi. D'accordo?"

Caite la fissò per un momento. "Ok... ma per la cronaca, non mi piace questa situazione."

"Davvero... non è niente di che," ripeté Sidney, irritata con se stessa perché più Caite faceva obiezione, più lei si sentiva a disagio. "Lascio le chiavi in macchina, così lasciamo l'aria condizionata accesa. Mi porto il telefono e se avrò bisogno del tuo aiuto, ti chiamo o ti mando un messaggio. Va bene?"

"Sì, ma perché abbiamo parcheggiato tre case più in là se non è niente di che?"

Caite poneva tutte le domande intelligenti, aveva sicuramente capito che qualsiasi cosa avesse in mente Sidney non era sicura. A quel punto, Sidney decise di raccontarle qualcosa su Victor: non voleva spaventarla, ma sperava di tenerla a distanza da quella casa. "E va bene. Il tizio che tiene i cuccioli è uno stronzo, non gli farebbe piacere vedermi. Ma fidati di me: bisogna agire *adesso*." Sbloccò il telefono e lo girò verso Caite, mostrandole la foto salvata dal post di Victor. "Guarda: questi sono i cucciolotti che sto cercando di salvare."

Caite si morse un labbro guardando la foto. "Sono proprio adorabili."

"Sì, e terrorizzati." Sidney sapeva che Caite non poteva proprio negarlo: era evidente dalla foto.

"Bene. Ma ti do solo dieci minuti: se non torni, ti vengo a cercare."

"Ottimo," le disse Sidney con entusiasmo. Non aveva bisogno di dieci minuti, gliene bastavano cinque. Rivolse un gran sorriso a Caite. "Tornerò in un battibaleno," le disse mentre apriva la portiera e usciva. Si mise il telefono in tasca, mostrò un pollice all'insù a Caite e chiuse la portiera.

Ogni passo verso casa di Victor le smorzava il sorriso. Era tutto tranquillo: visto l'orario, probabilmente molti dei vicini erano al lavoro. Sidney si fece strada tra i cortili vicini nella speranza di passare inosservata e lanciò un'occhiata in giro; non vide nessuno, si infilò tra due case prima di quella di Victor.

Tra le staccionate che circondavano ogni cortile c'era uno spazio di circa un metro e mezzo che creava un vicolo stretto e non curato tra le case che si affacciavano sul lato della strada e quelle dietro. Viste le erbacce alte fino al ginocchio, Sidney fu contenta di indossare i jeans e si avvicinò con cautela al cortile di Victor.

Sentì guaire i cagnolini ancora prima di vederli: non riusciva a vedere attraverso la recinzione, anche i vicini ficcanaso non potevano farci nulla.

Sidney toccò la recinzione e constatò con piacere che il legno era vecchio e marcio. In qualche minuto (che non sentiva di avere) e con tutte le proprie forze, caricò la staccionata in un punto e riuscì a rompere una delle assi in basso, in uno degli angoli. Si sdraiò sull'erba, sbirciò nel cortile e vide i tanto agognati cuccioli.

Uno dei due stava dormendo, l'altro strattonava un enorme catena al collo e guaiva con sofferenza, entrambi erano ricoperti di feci e sporcizia. Quella visione rafforzò la determinazione di Sidney: sì, stava compiendo una buona azione.

Strattonò le assi finché riuscì ad aprirsi un varco abbastanza grande per potersi infilare nel cortile. Una volta entrata, Sidney si accorse di aver avuto proprio ragione a preoccuparsi.

Notò immediatamente una catasta di casse metalliche stipate contro la casa, due settimane prima non c'era; su gran parte della recinzione notò chiazze di sangue, c'erano anche paletti conficcati nel terreno, circondati da catene.

La vista più straziante era la carcassa nell'angolo del cortile: era lì da un pezzo, a giudicare delle ossa che spuntavano tra la pelliccia.

Sidney si sforzò di ignorare l'ignobile visione e schizzò verso i cagnolini. Quello marrone si svegliò nel momento in cui lei lo prese in braccio: la bestiola iniziò a tremare di paura, Sidney ebbe un tuffo al cuore.

Era talmente concentrata nel cercare di capire come liberare i cagnetti dalle catene per portarli via da non sentire l'arrivo di Victor, fino a quando fu troppo tardi.

Quando lui le avvolse con forza qualcosa intorno al collo, Sidney lasciò cadere il cagnolino e si portò le mani intorno alla gola; le dispiacque sentire il cucciolo guaire per il dolore provocato dalla caduta, ma non poteva occuparsi di lui; dove riuscire a respirare.

"Ti ho presa, stupida troia," le sussurrò Victor all'orecchio. "Pensavi di potermi rubare ancora i cani, eh? Sbagliato. Ma se ci tieni tanto a occuparti delle mie risorse, ti aiuterò a farlo."

Sidney lo sapeva: si era cacciata in un bel guaio, soprattutto quando Victor iniziò a trascinarla in casa. Lei cercò di togliersi ciò che le aveva messo al collo quel farabutto, ma senza successo. Essendo trascinata all'indietro, non era nemmeno in grado di tirargli un calcio o ferirlo in alcun modo per liberarsi.

Le speranze colarono a picco quando entrarono in casa e vide che c'era un altro uomo.

"Ma è venuta davvero?"

"Certo, te l'avevo detto," gli disse Victor.

Sidney riusciva a malapena a respirare, ma almeno il farabutto non la stava strangolando... non ancora, per lo meno.

"Cazzo! Chiamo Dallas," esclamò l'altro uomo.

"Chiamalo, chiamalo. Digli che stanotte facciamo il

combattimento: non voglio perdere altro tempo. Abbiamo aspettato abbastanza."

Sidney cominciò a gridare, ma Victor le strinse l'oggetto misterioso intorno al collo ancora più forte, togliendole l'aria. Lei cercò di inalare ossigeno, ma non ci riuscì; nonostante la lotta forsennata, la stretta intorno al collo non diminuiva. Sentì cedere le gambe e Victor che la faceva cadere a terra.

"Non ucciderla," sentì dire dall'altro uomo.

"No. È la nostra principale fonte di denaro e di divertimento, stasera," gli disse Victor.

Quelle furono le ultime parole che Sidney sentì prima di perdere i sensi.

———

Caite si mordicchiava nervosamente un'unghia mentre aspettava il ritorno di Sidney. Erano passati dieci minuti e l'amica non era ancora tornata.

Mentre si chiedeva come intervenire, sbatté le palpebre per la sorpresa quando notò del movimento provenire dalla casa dove si era diretta Sidney.

Due uomini uscirono dalla casa portando una grande gabbia per cani. Si diressero verso un piccolo pick-up parcheggiato nel vialetto. La gabbia era coperta da un telo, la posarono a terra mentre uno degli uomini apriva il portellone.

Quando sollevarono di nuovo la gabbia, il telo scivolò a terra e Caite rimase sconvolta nel vedere il corpo lì dentro.

Sidney.

Era sicura che fosse lei, i lunghi capelli neri fuoriuscivano dai fori e riconobbe la camicetta azzurra.

Caite seguì l'istinto e si rannicchiò sul sedile della macchina, seguì la scena con terrore: gli uomini caricarono la gabbia nel retro del pick-up, la ricoprirono rapidamente con il telo, salirono sul mezzo e una volta messo in moto uscirono dal vialetto.

Caite sollevò il telefono e scattò una foto del pick-up, poi strizzò gli occhi per cercare di leggere la targa. La annotò su un pezzo di carta trovato nella macchina di Sidney, colta da un moto di nausea mentre il veicolo spariva dalla vista.

Chiamò Rocco e trattenne il respiro mentre aspettava che lui le rispondesse.

———

Gumby stava bighellonando con i compagni di squadra mentre aspettavano che il loro comandante tornasse dalla pausa pranzo; a Rocco squillò il telefono.

Gumby si chiese se Sidney avesse finito il pranzo, non prestò particolare attenzione alla conversazione telefonica dell'amico. Non vedeva l'ora di parlare con Sidney: temeva che lei fosse ancora arrabbiata con lui, ma era sicuro che prima o poi si sarebbe fatta male sul serio se avesse continuato a fronteggiare da sola il traffico dei combattimenti clandestini.

Aveva fatto delle ricerche sui combattimenti tra cani, non era rimasto sorpreso da quanto aveva trovato, ma si era convinto ancora di più a distogliere Sidney dall'impulso di intervenire in prima persona. La gente che faceva parte di quel mondo era una feccia criminale, uomini violenti che spesso facevano parte di band e usavano i combattimenti come veicolo per il traffico di droga e il gioco d'azzardo. Tramite i combattimenti, inoltre, si regolavano i conti di supremazia e rispetto tra le bande, intimidendo i nuovi arrivati e rafforzando il prestigio dei pezzi grossi.

Non voleva proprio che Sidney finisse nel bel mezzo di uno scenario simile.

"Gumby!" urlò Rocco dall'altra parte della stanza.

Gumby sollevò lo sguardo dal telefono e guardò l'amico.

"Sto parlando con Caite: Sid è nei guai."

Merda.

Gumby capì immediatamente: il discorso di quella mattina non era andato bene, anzi, l'aveva spronata a mettersi di nuovo in pericolo. Raggiunse l'amico in pochi secondi.

Rocco mise il telefono in vivavoce e i sei SEAL vi si raggrupparono intorno, ascoltando attentamente il racconto di Caite.

"...la stavo aspettando in macchina, mi ha detto che andava solo a dare un'occhiata. Dopo dieci minuti, stavo pensando a cosa fare quando ho visto due tizi uscire dalla casa, stavano portando una grossa gabbia per cani; quando è caduto il telo, l'ho vista lì dentro!"

"Era cosciente?" le chiese Gumby agitato.

"No. O meglio, non credo. Era sdraiata, immobile."

"Hai visto se c'era del sangue?" le chiese Ace.

Il cuore di Gumby minacciava di fermarsi mentre aspettava la risposta.

"No, ma ero lontana. Sidney ha parcheggiato a distanza di tre case," gli rispose Caite con voce rotta.

"Com'era il veicolo?" le chiese Phantom.

"Ho fatto una foto," disse loro Caite. "Non sapevo cos'altro fare," proseguì, chiaramente preoccupata e sofferente. "Avevo le chiavi della macchina, ma non volevo che mi vedessero seguirli."

"Mandami la foto," le disse Rocco con gentilezza.

"Subito. Ho segnato anche il numero di targa."

"Bravissima," le disse Rocco. "Mandami anche quello."

Gumby strinse i pugni per la rabbia e la preoccupazione: il peggio era accaduto, Victor aveva preso Sidney. Chissà quali orrori l'aspettavano.

Sentì una mano sul braccio, si girò per guardare Ace.

"Calma, amico. La troveremo."

Gumby non ne era tanto convinto. Certo, avrebbero fatto tutto il possibile per salvarla, ma in quale stato l'avrebbero ritrovata?

Non riuscì a smettere di immaginare gli orrori che avrebbero potuto infliggerle Victor e i degni compari, come se stesse guardando un film splatter a ripetizione.

"Qual è l'indirizzo?" chiese Rocco a Caite.

Lei glielo fornì. "Oh, Sidney aveva dietro il telefono quando è scesa dalla macchina."

"Bene, forse riusciremo a rintracciarlo," commentò Rex.

"Riprenditi, Gumby," gridò Bubba. "Abbiamo bisogno di te."

Gumby sbatté le palpebre e tornò in sé: l'amico aveva ragione. Doveva smettere di pensare a quello che poteva succedere a Sid e concentrarsi sul trovarla. Prima l'avrebbero trovata, meglio sarebbe stato.

Mentre Rocco faceva il possibile per rassicurare Caite dicendole di non muoversi e che l'avrebbe raggiunta il prima possibile, Gumby chiamò Faith. Attese con impazienza la risposta della signora.

"Ciao, Decker," lo salutò lei.

"Hanno rapito Sid," gridò lui, andando subito al punto. "È tornata a casa di Victor, l'hanno messa fuori combattimento e l'hanno portata chissà dove. Dobbiamo trovarla."

"Oh, mio Dio!" esclamò la signora. "Come posso aiutare?"

"Mi servono tutti i nomi e i numeri dei tuoi contatti del dipartimento di polizia di Riverton e dei detective che indagano sui combattimenti tra cani. Potrebbero sapere o immaginare dove l'hanno portata."

"Certo! Te li mando subito."

"Grazie."

"Le ho detto di farsi da parte," gli disse Faith. "Quei tizi sono pericolosi."

"Lo so," le disse tristemente Gumby. "Gliel'ho detto anch'io."

"Era troppo concentrata a salvare quei poveri cani."

"Sì. Mi mandi i nomi e i numeri?" le ricordò Gumby. Sapeva che Faith era sconvolta dalla notizia, ma non avevano tempo di parlare dei metodi di Sidney.

"Mi dispiace. Contatterò tutti quelli del centro di soccorso, forse riusciamo a pensare a un posto dove potrebbero averla portata, o a qualcosa che possa aiutare."

"Lo apprezzo. Ti tengo aggiornata."

"Ok, ora ti invio il messaggio."

"Grazie. Ci sentiamo più tardi."

"Pregherò per lei," gli disse Faith, poi riattaccò.

Pochi secondi dopo, Gumby ricevette il messaggio contenente tutti i nomi e i numeri degli agenti che avrebbero potuto saperne di più sul giro di combattimenti di cani in cui era coinvolto Victor.

Il comandante Storm North entrò nella sala riunioni in quel preciso momento e si irrigidì all'istante. "Che succede?" chiese, captando la tensione nell'aria.

Bubba gli spiegò la situazione mentre Gumby si portava il telefono all'orecchio. Aveva bisogno di chiamare immediatamente la polizia: ogni secondo che Sidney trascorreva tra le grinfie dei feroci organizzatori di combattimenti tra cani era un secondo di troppo.

———

Sidney riprese conoscenza lentamente, all'inizio si sentì stordita ma poco a poco si ricordò cosa fosse successo... era nella merda fino al collo.

Era sdraiata in una gabbia per cani con indosso solo reggiseno e mutandine, le avevano tolto anche l'orologio e la collana. Il catenaccio era chiuso con un lucchetto e Sidney non riuscì a piegare le sbarre di metallo, nonostante gli sforzi; non riusciva nemmeno a stare seduta con la schiena dritta, poteva curvarsi appoggiandosi sul sedere o stare a quattro zampe, ma non ci pensava nemmeno. Anche se l'avevano messa in gabbia, non era certo un animale.

Sentì dolore al collo, si rese conto di essere stata fortunata: Victor avrebbe potuto facilmente strangolarla, anzi, l'*aveva* strangolata ma non voleva ucciderla, le aveva solo fatto perdere i sensi... grazie al cielo.

Pensò a Caite: chissà dov'era? Una volta trascorsi i dieci minuti, era andata a cercarla? Avevano preso anche lei? Se fosse accaduto qualcosa di simile, Sidney non se lo sarebbe mai perdonato.

Si guardò intorno, senza avere la minima idea di dove si trovasse. Non riusciva a vedere granché, dato che sopra la gabbia c'era un telo che ne ricopriva la maggior parte, ma si era sollevato un angolino sul lato frontale; riuscì a intravedere un soffitto molto alto, di circa dieci metri.

Non erano a casa di Victor, quel soffitto era troppo alto per appartenere a una casa o a un garage.

Sidney rabbrividì, nonostante l'aria calda: non aveva mai provato tanta paura in vita sua... fino a quando udì alcune voci maschili vicino a lei.

"Non riesco ancora a credere che si sia presentata sul serio."

"Te l'avevo detto che sarebbe venuta."

La seconda voce apparteneva a Victor. Sidney non riconobbe l'altro uomo, rimase ad ascoltare terrorizzata mentre discutevano le sorti della serata.

"Allora, è tutto pronto per il combattimento di stasera?"

"Sì. Dallas ha detto che inizieremo alle otto in punto, le scommesse aprono alle sette."

"Quanti vengono?"

"Ci sarà il pienone."

"Cazzo, sì! Sarà epico! Quegli stronzi ci rispetteranno un sacco grazie a questa merda."

"Finalmente. Vieni, aiutami a tirare su questa recinzione. Non possiamo permettere che la nostra troia se la fili dal divertimento, vero?"

Sidney non era una sciocca, cercò di non piangere. Sapeva che qualsiasi cosa avessero in serbo per lei non era positiva, soprattutto se includeva scommesse e recinzioni.

Poi per un istante la vergogna quasi superò la paura; Sidney aveva fatto esattamente quello che Caroline le aveva detto di non fare... stava procurando dei guai a Decker, avrebbe potuto ferirsi o peggio, uccidere qualcuno per salvarla.

Aveva toppato alla grande. Non solo aveva messo Caite in pericolo, ma i propri traumi erano riusciti a ficcarla in una situazione da cui probabilmente non aveva scampo.

Nonostante la consapevolezza dei propri sbagli e del pericolo che stava procurando a Decker, Sidney sussurrò: "Ti prego, Decker... trovami." Si sdraiò e si rannicchiò in posizione fetale sul fondo della gabbia, continuando a sussurrare quelle quattro parole, nella speranza che più le pronunciava, più rapidamente sarebbe arrivato il suo salvatore.

———

In via del tutto ufficiale, il dipartimento di polizia di Riverton aveva iniziato a occuparsi del caso. In realtà, Gumby sapeva che contavano sulla forza e sull'esperienza della squadra SEAL per farsi aiutare.

Il telefono di Sidney era stato rintracciato... a casa di Victor. Pista morta. Grazie alle dichiarazioni di Caite su quanto aveva visto, i poliziotti avevano una motivazione per irrompere a casa di Victor, alla ricerca di Sidney.

Avevano trovato tantissimo materiale che riconduceva ai

combattimenti illegali tra cani, ma di Sidney nessuna traccia. Trovarono solo i vestiti, inclusi i jeans con il cellulare nella tasca posteriore.

Il seminterrato era un vero e proprio spettacolo dell'orrore; dopo tale visione, Gumby capì sempre di più perché Sidney si sentiva tanto in dovere di salvare quei poveri cani.

Trovarono due cani in pessimo stato nel seminterrato: avevano cicatrici sulla testa e sul petto, portavano pesanti catene al collo. Erano separati da una tendina leggera, ma i detective esperti in quella pratica barbara gli spiegarono che era sufficiente: gli animali erano fedeli agli umani, in qualche modo, ma erano stati addestrati a inferocirsi quando si trovavano vicino a un altro cane.

Gli ufficiali sapevano tutto ciò che riguardava quel mondo crudele, erano una fonte inesauribile di informazioni su tutto ciò che c'era in quel seminterrato.

C'erano tracce di sangue in tutta la stanza, sicuramente in passato vi si erano svolti dei duelli. Trovarono tavole di legno imbrattate di sangue impilate in un angolo, era ovvio che le avessero usate come pareti per creare ring di fortuna dove avevano lottato i cani. In un altro angolo c'era un tapis roulant, i malviventi lo usavano per far correre i cani; serviva a farli restare in forma e aumentare la resistenza cardiovascolare. C'era un mucchio di catene pesanti, gli agenti spiegarono che le catene più pesanti aiutavano a rafforzare il collo e il torace dei cani, abituati a sopportarne il peso.

Alcune catene avevano un peso attaccato: spiegarono a Gumby che talvolta i padroni facevano correre gli animali con quelle catene agganciate ai collari, per aumentarne la forza.

Ma la prova determinante che trovarono nel seminterrato era la grande quantità di farmaci, vitamine e integratori. C'erano antinfiammatori, epinefrina, speed, antidolorifici, antibiotici, ormoni del testosterone, vitamina K per favorire la coagulazione del sangue, vitamine marca Canine Red Cell e una montagna di materiali per il primo soccorso, inclusa la colla speciale.

I poliziotti erano infastiditi da quella visione, ma per Gumby fu straziante.

Victor aveva progettato quel futuro per Hannah: la sola idea che la dolce cagnolina potesse vivere in quella casa da incubo era insopportabile.

Era ovvio che Sidney sentisse il bisogno di aiutare gli animali come Hannah: tra l'infanzia tremenda vissuta nell'ombra del fratello psicopatico e la consapevolezza di cosa potesse compiere gente come Victor, Gumby la capiva molto di più. Non voleva comunque che si esponesse in prima persona, ma almeno aveva capito perché lei fosse tanto desiderosa di fare almeno *qualcosa*.

Però non gli andava giù come lei aveva coinvolto Caite. Certo, Sidney le aveva detto di rimanere in macchina e non le aveva rivelato il piano, ma comunque l'aveva messa in pericolo.

E poi... gli aveva mentito.

Gumby lo *detestava*. Diamine, lui aveva detto che l'avrebbe accompagnata il giorno seguente a controllare la maledetta casa di Victor e lei aveva accettato, pur sapendo che in realtà sarebbe andata senza di lui. Gumby si sentì alquanto ferito e irritato.

Ma in quel momento, doveva concentrarsi sul trovarla e riportarla a casa sana e salva; poi avrebbero parlato di tutto il resto.

"Così non andiamo da nessuna parte," si lamentò Gumby. "Va bene, ora siamo certi che Victor è coinvolto nei combattimenti illegali, ma non abbiamo idea di dove abbia portato Sidney."

"Vero, ma sapendo che quel coglione sguazza in questo mondo di merda possiamo perquisire tutti i luoghi di combattimento di cani conosciuti," gli disse il detective Francisco

Garnham.

Gumby capiva perché il detective si stava assicurando di seguire alla lettera ogni procedura, ma era decisamente frustrante. Seguire la via legale richiedeva sempre tempo: se Victor si fosse accorto che i poliziotti stavano indagando su di lui, avrebbe spostato i cani e nascosto le prove schiaccianti. Sidney lo sapeva, lo aveva fatto presente.

Comunque, il fatto di non perdere tempo passando attraverso i canali della giustizia (tempo che forse i cani non avevano) non giustificava il furto degli animali dalle grinfie dei malviventi e mettersi in pericolo.

Però Gumby stava cominciando a capire che non c'era una soluzione semplice per la piaga dei combattimenti tra cani.

"Porto Caite a casa," gli disse Rocco. "È scossa e si sente in colpa per non aver fatto nulla."

"Lei non ha nessuna colpa," disse Gumby all'amico.

"Lo so, sono molto contento che la pensi così."

"Ma scusa, pensavi che l'avrei incolpata?" gli chiese, sconvolto.

"No."

Gumby si sentì meglio per la risposta fulminea dell'amico, ma si accigliò ascoltando il resto.

"Però ti conosco, Gumby, perché siamo molto simili. So che hai già ripensato almeno mille volte a ciò che è successo e hai pensato a come sarebbe potuta andare diversamente, per evitare che la tua donna finisse nei guai."

Rocco aveva ragione.

"Ciò non significa che io incolpi Caite per questa situazione," gli rispose Gumby. "Le voglio bene come se fosse mia sorella, ogni scenario possibile immaginabile finisce con Caite ferita o catturata insieme a Sidney."

"La colpa è solo di Victor," intervenne Ace. "Troveremo quello stronzo e i suoi compari, fermeremo questa follia una volta per tutte."

"Se fosse davvero così semplice..." intervenne il detective Garnham.

I sei SEAL si voltarono a guardarlo. "Cosa intende dire?" gli chiese Bubba.

"I combattimenti tra cani esistono da tantissimo, per la precisione dai tempi degli antichi romani, che li facevano lottare nel Colosseo. All'inizio dell'Ottocento, l'American Kennel Club ha formulato delle regole e ha avuto degli arbitri autorizzati perché questo 'sport' era diventato molto popolare negli Stati Uniti. È stato messo fuori legge da tutti gli stati solo nel millenovecento settantasei, ma continua a esistere e riscuotere successo, in parte perché il sistema legale è tipo... apatico verso questo scempio."

"I combattimenti sono senza regole, quando viene eliminato un capobanda ne saltano fuori subito altri due per prenderne il posto. Quasi tutti i bambini che vivono in un ambiente urbano sono esposti ai combattimenti tra cani nel quartiere, molti genitori costringono i figli a guardarli per 'indurli' di fronte alla cruda realtà della vita. Questa pratica continua a diffondersi in tutto il paese, e anche in tutto il mondo, come i crimini violenti."

"Beh, lui sì che sa come rallegrarci," mormorò Phantom sottovoce.

Gumby era d'accordo, ma non era il momento per discutere di tematiche o problemi sociali che avevano dato origine ai combattimenti tra cani. Dovevano concentrarsi sulla ricerca di Victor e dei degni compari, per portare Sidney in salvo. "Capisco che per lei sia complicato, detective, ma ora mi importa solo che la mia donna non finisca a far parte delle statistiche delle vittime. Cosa facciamo adesso?"

Il detective annuì. "Hai ragione. I miei ragazzi continueranno a occuparsi di questo posto di merda, compresa la confisca dei cani e di tutta l'attrezzatura che abbiamo trovato. Ho un informatore fidato che può darmi una mano, in passato mi è stato molto utile per sapere dove e quando avvengono combattimenti improvvisati. Potrei faticare a trovarlo, però."

"Posso cercarlo con lei?" gli chiese Gumby.

Francisco gli lanciò una lunga occhiata, poi gli chiese: "Se dovessi trovarlo e dovesse dirmi qualcosa di spiacevole, saresti in grado di controllarti?"

Gumby annuì. "Sì."

"Vengo anch'io, così posso assicurarmi che Gumby si comporti bene," aggiunse Ace.

Gumby voleva ribellarsi, ma in fondo sapeva che si sarebbe sentito meglio con uno dei compagni vicino. Aveva *detto* che si sarebbe controllato, sì, ma in realtà non ne era affatto sicuro.

"Bene, allora andiamo: non abbiamo un minuto da perdere. Questi combattimenti di solito sorgono in pochissimo tempo, per evitare di crearci delle piste e non farsi rintracciare," disse il detective.

Gumby sentì una fitta allo stomaco: da un lato, ciò era un bene, perché se fossero riusciti a capire dove si stava svolgendo il combattimento avrebbero potuto irrompere e salvare Sidney in poco tempo. Ma d'altra parte, se non fossero riusciti a trovare quell'informatore il prima possibile, il combattimento avrebbe potuto iniziare e finire senza che loro avessero idea di dove andare.

Gumby non voleva neanche pensare a quello che Victor e tutti gli altri stronzi assetati di sangue avevano architettato per la sua Sidney.

L'avrebbero costretta a guardare, ovvio. Vedere i cani che si sbranavano a vicenda l'avrebbe distrutta, specialmente se usavano una sorta di esca, come un cucciolo o un gatto; di solito i padroni usavano le esche per incitare i combattenti.

Ma di sicuro non era sufficiente, quelli erano uomini crudeli e chissà cosa avrebbero fatto a Sidney dopo o durante il combattimento. Gumby doveva solo trovarla, assicurarsi che stesse bene; l'istinto gli urlava di fare presto, la situazione era prossima al disastro... e in genere il suo istinto non si sbagliava.

"Teneteci aggiornati," gli ordinò Rocco mentre Gumby si dirigeva fuori dal seminterrato con Ace e il detective Garnham.

"Certo," gli disse Ace.

Rocco fermò Gumby con una mano sulla sua spalla. "Non fare tutto da solo. Lei è importante anche per noi."

Gumby annuì, sapeva che non ce l'avrebbe fatta a soccorrere Sidney da solo. C'erano i poliziotti coinvolti, ma non si sarebbero fatti da parte lasciando piede libero ai SEAL, che avrebbero potuto precipitarsi nella lotta e prendere tutti a calci in culo. Lui e i suoi amici erano un'unità, i poliziotti potevano a malapena eguagliare l'elemento più debole della squadra SEAL... Gumby sapeva che in quel caso era *lui* l'anello debole. Tutto quello a cui riusciva a pensare era Sidney, non agli stronzi, non ai cani da liberare; gli serviva l'appoggio della squadra e non se ne vergognava minimamente.

"Se qui troviamo qualcosa che possa tornarci utile, vi chiameremo," disse Rex dal fondo delle scale.

Gumby annuì di nuovo, sapeva che anche gli altri poliziotti si sarebbero messi in contatto con Francisco in caso di novità. Ci sarebbe stato un continuo scambio di informazioni, ma quel pensiero non tranquillizzò Gumby... mentre loro correvano in lungo e in largo per capirci qualcosa, Sidney poteva già essere ferita... o morta. Ecco il pensiero che più lo tormentava.

"Andiamo," disse Francisco. "Sono quasi le tre e mezza, è probabile che in questo momento il mio informatore stia cercando una dose. Conosco i posti che frequenta, vediamo se riusciamo a trovarlo prima che sia troppo fatto per tornarci utile."

Mentre attraversavano la casa per dirigersi verso l'auto non contrassegnata del detective, Ace gli chiese: "Ma se è costantemente fatto, perché se lo tiene come informatore?"

"Perché mi dice tutto," gli rispose immediatamente Francisco. "Guarda, questi ragazzi non sono tutti crudeli. Per esempio, questo tizio che stiamo andando a cercare è tossico-dipendente e ha combinato un sacco di casini. L'ho conosciuto l'anno scorso, sta navigando in un mare di guai... ha una moglie e una figlia a Los Angeles, ma è scappato via. Stava vendendo tutto quello che trovava e sapeva che stava danneggiando la famiglia, così è andato via... È venuto quaggiù per non farsi trovare."

"Un *gran* bel casino," commentò Ace. "Perché non si disintossica?"

"Eh, ci ha provato tante volte, fallendo di continuo. La dipendenza è troppo forte. Sa che morirà per strada e non vuole che sua figlia lo ricordi come lo stronzo che ha venduto l'iPad nuovo di zecca per comprarsi della droga. Che ci crediate o no, se n'è andato per proteggerle."

"E pensa che questo qui ci aiuterà a trovare Sidney?" gli chiese Gumby salendo in macchina e sedendosi davanti.

"Se sa qualcosa, ci aiuterà," confermò Francisco.

Mentre se ne andavano, Gumby pregò come non aveva mai pregato in vita sua che riuscissero a trovare rapidamente quel tizio. Vista la situazione disperata, gli avrebbe offerto addirittura cento dollari da spendere in droghe se avesse fornito loro informazioni utili.

Sidney fece tutto il possibile per non dare a vedere che si era ripresa, non voleva dare ai coglioni che l'avevano rapita la minima possibilità di combinarle qualcosa. Però man mano che il tempo passava, e Decker e i suoi compagni non si facevano vedere per salvarla, si preoccupava sempre di più.

Nel magazzino ferveva molta attività, lei si spaventò a morte quando la circondarono con gabbie contenenti cani ringhianti e furenti. Serrò gli occhi mentre sentiva parlare gli uomini circa cosa sarebbe successo di lì a poco.

"Punto su Thor, stasera."

"Non ci penso neanche, Kujo spaccherà tutti."

"Dallas dice che ci sono sei probabilità contro una, per la tipa."

"Non può battere Thor e Kujo."

"Forse sì, forse no. Ma sarà l'ultima lotta, arriveranno già un po' stanchi."

"Hmmm, vero."

"E comunque stasera guadagnerà un botto con tutta quella merda che ha ricevuto dal suo contatto messicano. Il combattimento è solo un bonus aggiuntivo."

"Dai, andiamo. Quegli stronzi hanno difficoltà a tirar su la recinzione, non riuscirebbero nemmeno a mettere in piedi una scatola di cartone."

Quando le voci si allontanarono, Sidney rabbrividì di terrore.

Aveva sentito bene? Avevano davvero intenzione di farla scontrare con due cani di nome Thor e Kujo?

Bene, era spacciata. Non doveva terminare in quel modo, quella sera... Doveva tornare a casa di Decker e fare l'amore con lui, non stare sdraiata in una gabbia chiusa a chiave, con la morte nel cuore.

Più tempo passava e più persone si presentavano, più Sidney si rattristava. Decker non sarebbe riuscito a salvarla in tempo, ma non gliene faceva una colpa. Si era cacciata lei in quella situazione, con le proprie azioni sconsiderate. Lui aveva sempre avuto ragione: lei avrebbe dovuto dargli retta e lasciare che se ne occupassero gli esperti. La propria insistenza e ossessione nel salvare i cuccioli probabilmente li aveva condannati a morte... e lo stesso valeva per lei.

Rivolse una preghiera affinché Decker riuscisse a perdonarla e andasse avanti con la propria vita, si avvolse le braccia intorno alle ginocchia da sdraiata e si concesse l'ultimo pianto.

———

Gumby era alle spalle del detective Garnham che interrogava l'informatore, Martin Bierman. Magari un tempo quell'uomo era stato bello, ma in quel momento sembrava un mucchietto d'ossa che camminava. Aveva un corpo talmente fragile e magro che sembrava sul punto di spezzarsi con la prima folata di vento.

Emanava un odore orribile: un mix di corpo sudicio, urina e spazzatura in decomposizione. Indossava un paio di jeans strappati, scarpe da ginnastica bucate in punta e diversi strati di vestiti. I capelli castani erano unti e gli ricadevano in modo disordinato sugli occhi, i denti erano gialli e marci.

Era un uomo prossimo alla morte, qualsiasi persona sana di mente si sarebbe tenuta alla larga da lui se lo avesse incrociato per strada.

Ma il detective Garnham non manifestava alcun disprezzo per Martin; spararono un paio di boiate come se fossero vecchi amici che non si vedevano da diversi mesi.

Ci avevano messo ore a rintracciare Martin: in quell'istante Gumby stava per dare di matto dalla frustrazione, quando finalmente il detective arrivò al punto.

"Sai di qualche combattimento tra cani imminente?"

Martin fece spallucce. "Ci sono sempre combattimenti tra cani," rispose.

Gumby digrignò i denti e sentì Ace posargli una mano sul braccio. Era ovvio che l'amico lo conosceva tanto bene da sapere cosa stava pensando, sapeva che gli mancava poco per mettere in pratica sul drogato alcune tecniche di interrogatorio.

"Vorrei informazioni su un nuovo incontro, dovrebbe svolgersi stasera. Probabilmente c'è molto fermento al riguardo..."

"Sì." Martin annuì. "Ho sentito delle voci." Gli si illuminarono gli occhi. "Ho sentito che ci sarà un sacco di roba buona, lì."

"A che ora?"

"Alle otto."

"Dove?" gli chiese Francisco.

Gumby era impressionato dall'atteggiamento del detective: sembrava tranquillo e distaccato, come se quelle informazioni non gli importassero davvero. Gumby sapeva che lui non sarebbe riuscito a mantenersi tanto calmo se fosse stato lui a porre le domande, dal momento che la vita di Sidney dipendeva da quelle risposte.

"Non mi ricordo tanto bene."

Tutti e tre sapevano che era una cazzata, ma sembrava che facesse tutto parte di un gioco che il detective Garnham aveva già fatto con Martin, e più di una volta.

"Mi sono fermato in quel fast food che ti piace tanto, ma non sono riuscito a finire il mio pasto," gli disse Francisco. "Se vuoi, ti lascio i miei avanzi."

Altra cazzata. L'agente si era fermato a prendere un pasto per corrompere Martin non molto tempo dopo che avevano lasciato la casa di Victor. Probabilmente ormai era diventato freddo, ma sapevano che al tossico non sarebbe importato.

"Sì, mangerei volentieri," gli rispose Martin.

"Vado a prenderli io," si offrì Ace, si diresse verso l'auto che avevano lasciato parcheggiata lungo la strada mentre cercavano Martin.

"Cos'altro hai sentito sul combattimento?" gli chiese Francisco.

Martin fece ancora spallucce. "Ho sentito che c'era molta eccitazione a riguardo, c'è una nuova puttana che combatte... A quanto pare c'è qualcosa di grosso in ballo, una sorta di disputa tra Dallas e un altro che vuole salire di grado."

"Victor?"

"Non lo so, non mi interessa. Tu sai cosa mi interessa."

Francisco annuì. "Lo so. Ma sai cosa interessa *a me*, Martin?" Senza aspettare la risposta del tossico, il detective proseguì. "Mi interessa che ci sia coinvolta una donna innocente che si è trovata nel posto sbagliato, al momento sbagliato. Sai cosa voleva fare? Voleva salvare due poveri cuccioli, non voleva che finissero nel crudele mondo del combattimento tra cani."

"E tutto questo mi interessa perché...?" gli chiese Martin.

Gumby stava per perdere la testa, ma Francisco tese un braccio, come se avesse intuito le intenzioni bellicose del SEAL. Continuò a scuotere il mondo già tremendo di Martin con voce glaciale: "Perché se ho ragione, la 'nuova puttana' che combatterà stasera *è* questa donna innocente. Sidney Hale potrebbe essere tua figlia, mi hai detto quanto le piacciono i cuccioli e i gattini. E se fosse lei, e avesse voluto salvare quei cani? E se fosse *lei* quella su cui Dallas e il suo amico hanno messo le mani? Ti importerebbe, a quel punto?"

Gumby vide Martin sobbalzare, per poi puntare lo sguardo a terra.

"So quanto ami la tua famiglia, Martin. *Lo so*. Dai un'occhiata all'uomo dietro di me. Ama la sua donna allo stesso modo, lei è scomparsa. Siamo abbastanza sicuri che il combattimento di stasera la coinvolgerà, in qualche modo. Se fosse *tua* moglie o *tua* figlia, non vorresti che qualcuno ti aiutasse a trovarle?"

Gumby trattenne il respiro. Non aveva idea se la strategia di Francisco avesse appena irritato Martin, perdendo così le informazioni utili, o se avesse giocato a loro favore.

Dopo alcuni interminabili secondi, Martin borbottò: "Washington Avenue. Quel grande magazzino in fondo alla strada."

Gumby espirò rumorosamente. Non aveva idea di dove fosse Washington Avenue, ma il detective ovviamente sì. "Grazie," gli disse a bassa voce.

Martin non si accorse minimamente della presenza di Gumby, si limitò a fissare Francisco e a chiedergli con voce rabbiosa: "E io cosa ci guadagno?"

Il detective fece per estrarre il portafoglio, ma Gumby lo fermò. Tirò fuori dal proprio portafoglio cinque pezzi da venti e li porse a Martin senza aggiungere una parola. L'uomo glieli strappò di mano e se li nascose addosso così rapidamente che il SEAL non l'avrebbe creduto possibile, se non l'avesse visto di persona.

Ace tornò con il sacchetto del fast-food e lo porse a Martin. Francisco fece un cenno al tossico e si voltò.

Gumby e Ace lo seguirono, Ace sussurrò: "Cosa mi sono perso?"

"Sappiamo quando e dove si combatterà stasera."

"Per fortuna," disse Ace.

Per fortuna, sì. Gumby guardò l'orologio, erano già le sette. Non avevano molto tempo per riunire la squadra, Francisco doveva anche avvisare l'unità SWAT, le forze speciali della polizia. Ogni minuto che passava era un minuto in cui Sidney poteva rischiare la vita.

Gumby tirò fuori il telefono e mandò un messaggio a Rocco e Phantom nello stesso momento in cui il detective Garnham iniziò a parlare al telefono. Stavano iniziando a chiamare rinforzi, ma Gumby non aveva idea se sarebbero arrivati in tempo.

CAPITOLO 18

Sidney si dimenò per sottrarsi alla salda presa di tutte le mani che la bloccavano, senza riuscire a liberarsi. Si ritrovò in mezzo a un gruppo di uomini che la fissavano con occhi lascivi mentre il seno si agitava nel reggipetto. Si trovava in una situazione assurda: seminuda di fronte ad almeno un centinaio di uomini... anche se al momento, quella era l'ultima delle sue preoccupazioni.

Era più preoccupata per il ring dove si svolgevano i combattimenti tra cani di fronte a lei.

Aveva seguito l'allestimento di quell'affare e il graduale arrivo di spettatori, impazienti di assistere al combattimento di quella sera. Poi aveva sentito cani duellare ferocemente e gli spari per uccidere il cane perdente di ogni round; i ringhi e i latrati l'avevano terrorizzata.

Erano suoni tremendi, quelli non erano i ringhi di cani che proteggevano il territorio; non erano cani protettivi come Hannah, quando aveva ringhiato contro Max la prima volta che era andato a casa di Decker... No, quei versi appartenevano a cani che combattevano fino alla morte, disposti a fare qualsiasi cosa per abbattere i loro avversari.

Guardò la recinzione costruita intorno all'area del combattimento e realizzò con orrore che stava per accadere il peggio: Victor e gli altri bastardi avrebbero messo *lei* nel ring, con due dei cani più spaventosi che avesse mai visto: Thor e Kujo. Avevano vinto i loro combattimenti precedenti, per il gran finale avrebbero duellato tra loro... e contro di lei.

"No, vi prego, no," implorò i due uomini che la trascinavano verso il ring.

"Stai zitta, troia! Altrimenti ti mettiamo la museruola."

Gli altri uomini intorno a loro scoppiarono a ridere, come se quella fosse stata la battuta del secolo.

Victor aprì il cancelletto del ring e Sidney fu spinta con violenza all'interno.

Lei cadde su mani e ginocchia, la folla intorno a lei si scatenò: tutti strepitarono, urlarono e risero di lei.

Sidney balzò in piedi, nonostante lo stordimento, e si lanciò verso l'ingresso da dove l'avevano spinta... ma ormai era troppo tardi, tre omoni lo tenevano chiuso e le sghignazzavano in faccia mentre lei si aggrappava alla recinzione e la scuoteva.

Si guardò intorno, sconvolta da quella situazione pericolosa. La recinzione temporanea era alta circa tre metri, avevano persino installato una rete metallica in cima. In quel modo Sidney non poteva scavalcare la recinzione per scappare, senza contare che comunque era circondata da tanti uomini pronti a godersi lo spettacolo.

Gli spettatori spacciavano in tutta libertà, i soldi circolavano di mano in mano per l'acquisto di piccole dosi. Il fumo era talmente fitto da provocare la nausea a Sidney.

Non c'era una sola faccia amica.

Improvvisamente Sidney notò un dettaglio, sbatté le palpebre più volte per esserne sicura: c'erano anche dei bambini, sicuramente non avevano più di dieci anni... Ridevano e tenevano i soldi in pugno insieme agli adulti intorno a loro.

Sidney si allontanò dal cancelletto con repulsione, sconvolta. Il pavimento era imbrattato di sangue, scivolò una volta mentre cercava di capire come salvarsi la pelle. Su un lato del ring c'era la carcassa di un cane che aveva perso un incontro precedente. La povera bestia grondava sangue, ma era evidente che la morte fosse stata causata da uno squarcio alla gola.

Sidney a momenti non respirava; non riusciva a credere di essere finita nel bel mezzo di un incubo.

Victor si alzò su una cassa e cercò di rivolgersi alla folla, impiegò qualche minuto per far calmare tutti i presenti e farsi ascoltare, ma alla fine anche Sidney riuscì a sentirlo.

"...e per l'ultimo incontro di stasera, finalmente si scontreranno Thor e Kujo! Ci sono tre possibili esiti per questo incontro: Kujo uccide Thor..."

La metà degli uomini nella stanza produsse un boato tremendo, Sidney trasalì per il baccano.

"...Thor uccide Kujo..."

Esplosero altri applausi e altre grida.

"... o entrambi i cani si rivoltano contro la troia e *la* uccidono."

I muri sembravano vibrare per le urla provocate dopo quell'ultima frase.

Sidney iniziò a piangere, a cosa serviva trattenersi ormai? Capì come si erano sentite le vittime dei romani, ai tempi del Colosseo, probabilmente proprio come lei in quel momento... indifese e terrorizzate.

Si allontanò dalla zona in cui si trovava Victor, ma quando finì troppo vicina alla recinzione, gli uomini dall'altra parte conficcarono coltelli e bastoni (probabilmente raccolti per strada) nella rete, costringendola a ritornare nel centro del ring.

Tra le lacrime e il ronzio nelle orecchie, Sidney sentì Victor che continuava a incendiare gli animi.

"Come tutti sapete, Thor è imbattuto e ha dimostrato più e più volte di essere il miglior lottatore."

Quell'affermazione provocò numerosi fischi, un tizio spinse Victor giù dalla cassa e gli rubò il posto. "Ti sbagli, stronzo! Kujo farà a pezzi il tuo lottatore *e* sbranerà anche la puttana!"

Sidney sentì la gente gridare frasi tipo "Fagliela vedere, Dallas!" e "Sì, cazzo," ma riusciva a pensare solo alla morte imminente; in pochi minuti si sarebbe ritrovata in mezzo a due bestie assetate di sangue.

Victor sembrava irritato dal fatto che tale Dallas gli aveva rubato la scena: lo spinse via dalla cassa e reclamò il posto sul trono. Risalì e gridò ancora: "Questo è un incontro molto atteso, ma so che molti di voi si stanno chiedendo perché c'è una puttana in mezzo al ring."

Dopo alcuni mormorii di consenso da parte della folla, Victor continuò: "Si crede una *benefattrice*.... salva gli animali dalla vita dei combattimenti." Nella grande stanza piovvero fischi e altre grida. "Ma questa qui non capisce che questi cani sono *nati* per combattere, e lo adorano! Ma dopo stasera finalmente lo capirà, vero?"

Quando la stanza esplose di nuovo con ovazioni, Victor scese dalla cassa e fece cenno a Sidney con un dito. Lei non voleva avvicinarsi a quel farabutto torturatore di animali, ma se ci fosse stata anche una minima possibilità che lui potesse farla uscire dal ring, doveva coglierla. Si mosse verso di lui, abbastanza lontana per non farsi attaccare, ma vicina a sufficienza per scappare se quel coglione avesse aperto il cancelletto.

"Mi senti?" le chiese Victor quando lei fu abbastanza vicina.

Sidney annuì.

Lui le rivolse un sorriso... talmente malvagio da farle venire i brividi. "Stasera morirai su questo ring," le disse con tono piatto. "Non avresti dovuto rubarmi i cani, puttana." Detto ciò, le voltò le spalle e fece cenno a qualcuno nelle vicinanze.

Sidney sentì i ringhi prima ancora di vedere i cani. La folla dietro Victor e Dallas si spostò mentre quattro uomini portavano due gabbie verso il ring. Dai boati precedenti, non si sentì più volare una mosca: la stanza era diventata talmente silenziosa che l'unico suono udibile era quello delle unghie dei cani che grattavano sul fondo delle gabbie.

Sidney si lanciò una rapida occhiata intorno, purtroppo ebbe conferma che l'unica via di uscita era la stessa da cui era entrata. Per quanto ne aveva capito sulle regole dei duelli tra cani, di solito i proprietari stavano ai lati opposti del ring, tenendo i loro cani fino al momento della lotta. C'erano regole complicate riguardo a quando i padroni potevano radunare e riportare i cani ai lati del ring, fino a far riprendere l'incontro.

Ma era chiaro che quella sera non avrebbero seguito le solite regole... No, avrebbero liberato i cani e sarebbe iniziato subito un duello all'ultimo sangue. Niente regole, nessun limite di tempo; l'incontro si concludeva solo con la morte di un duellante.

Lei sarebbe stata in mezzo a quel duello.

Deglutì a fatica mentre guardava Victor e Dallas posizionare le gabbie una sopra l'altra, davanti alla porta. Era ovvio che avevano intenzione di aprire le gabbie, far saltar fuori i cani e poi sbattere il cancelletto della recinzione, chiudendoli dentro.

Sidney guardò in alto: studiò ancora l'opzione di scalare la recinzione, ma uno sguardo agli uomini armati lì intorno le fece capire che non c'era modo di arrivare in cima senza restare seriamente ferita.

Poi guardò di nuovo Kujo e Thor.

In ogni caso sarebbe rimasta ferita gravemente, doveva solo decidere se farsi fare a pezzi degli stessi animali che aveva cercato di proteggere e salvare per tutta la vita, o farsi ferire da un branco di uomini crudeli e spietati, che non vedevano l'ora di farla morire.

Lanciò un pensiero fulmineo a Decker, rimpiangeva di non aver passato più tempo con lui... non gli aveva detto che lo amava, dato che lo amava alla follia, ma ormai non aveva tempo di pensare ad altro che sopravvivere.

"Uno, due, *tre!*" gridò Victor, le porte delle gabbie si spalancarono e i due cani ringhiosi e furibondi saltarono sul ring dando vita a uno spietato duello.

———

Gumby sapeva che avrebbe dovuto essere grato per la rapidità con cui si erano radunate decine di forze dell'ordine intorno al magazzino di Washington Avenue... ma non abbastanza velocemente da farlo stare tranquillo. Era da un po' che sentivano grida e tifo provenire dall'interno del magazzino, non riusciva neanche a pensare che Sidney fosse là dentro, in mezzo alla bolgia.

Se fosse stato per lui, avrebbe già fatto irruzione con la squadra, disperdendo tutti e salvando Sidney... ma quella non era la loro missione: dovevano attenersi alle regole della polizia e ciò lo dilaniava.

"Calmati, amico mio," gli disse Ace, mettendo una mano sulla spalla di Gumby. "Adesso la salviamo."

Gumby ne era certo, ma non sapeva in che stato l'avrebbero trovata. Non gli rispose in quel modo, non serviva: era ovvio che anche gli altri compagni stavano pensando proprio lo stesso.

Rocco sembrava soffrire: era l'unico della squadra che

poteva davvero capire cosa stesse provando Gumby. Quando la vita di Caite era stata in pericolo, Gumby si era molto preoccupato, ma non aveva capito completamente le emozioni provate da Rocco... fino a quel giorno.

Gli agenti indossavano giubbotti antiproiettile ed erano in assetto antisommossa. Tutti quanti sapevano che nel momento in cui avessero fatto irruzione nel magazzino, sarebbe scoppiato il caos. Gli spettatori all'interno avrebbero cercato di scappare in ogni direzione possibile, a giudicare dal casino c'era un sacco di gente dentro quel maledetto magazzino. Era impossibile che i poliziotti li acciuffassero tutti, ma volevano catturarne il più possibile.

Però a Gumby interessava solo Sidney, era lei il suo unico scopo: doveva salvarla prima che Victor le combinasse qualcosa di molto stupido, come ucciderla perché la odiava.

"Tutto sotto controllo?" gli chiese Phantom.

Gumby annuì. Non riusciva a parlare, si limitò a digrignare i denti per non gridare dalla frustrazione causata dalla lungaggine dei preparativi.

"Ci siamo quasi," gli disse Rex a bassa voce.

"Tra pochi minuti l'abbraccerai di nuovo," lo rassicurò Bubba.

Gumby sapeva che gli amici cercavano di aiutarlo, ma non facevano altro che renderlo più nervoso. Si voltò e vide alcune ambulanze ferme nelle vicinanze, in attesa di intervenire per aiutare chiunque ne avesse bisogno una volta scongiurato il pericolo.

Il detective Garnham camminò verso i SEAL. Gumby sperava ardentemente che fosse giunta l'ora di scattare.

"Quattro minuti ed entriamo," annunciò Francisco. "Come abbiamo deciso, voi sei agirete nelle retrovie. So che ne abbiamo già parlato, ma voglio essere sicuro. Nessuno di voi è armato, vero?"

Tutti e sei confermarono di essere disarmati. A Gumby

non importava delle armi, non ne avevano bisogno: ognuno di loro conosceva diversi modi per uccidere a mani nude. Se Victor aveva fatto del male a Sidney, era già un uomo morto.

Gumby e Rocco ne avevano già discusso: sapevano che una volta fatta irruzione dentro il magazzino, sarebbe scoppiato il pandemonio. Tutta quella confusione avrebbe fornito a Gumby la copertura necessaria per togliere di mezzo Victor e assicurarsi che non fosse più un problema per Sidney. A Gumby non piaceva uccidere, ma se avesse dovuto scegliere tra Sidney o Victor, non c'era storia. Non avrebbe provato rimorso nel porre fine alla vita di Victor, se ciò significava far vivere Sidney in santa pace.

"Fate attenzione," disse loro Francisco. "In incursioni come questa, i proprietari di solito rilasciano i cani tra la folla, per aver il tempo di scappare."

I SEAL mormorarono di aver capito: erano pronti praticamente a tutto.

Il detective li guardò ancora una volta, poi annuì, si voltò e si allontanò.

Gumby fece un respiro profondo.

"Pronto?" gli chiese Rocco.

Gumby annuì a labbra serrate, così come il resto della squadra. Erano tutti pronti e concentrati, come non lo erano mai stati. Quella non era una missione di salvataggio qualunque, dovevano recuperare una di loro: nessuno se ne sarebbe andato senza Sidney. Un SEAL non si lasciava mai un compagno alle spalle. Mai. Sidney Hale non era una SEAL della marina, ma faceva comunque parte della loro squadra.

Gumby e gli altri si mossero dietro gli agenti della SWAT. Gumby era totalmente focalizzato su ciò che stava per succedere, tutto il resto era passato in secondo piano.

Un attimo prima erano tutti vigili e con i muscoli tesi, pronti ad entrare in azione, quello dopo si stavano muovendo. Gli agenti spalancarono le porte del magazzino e si riversarono all'interno, urlando ordini e intimando a tutti di portare le mani in alto.

Proprio come previsto, gli spettatori si dispersero immediatamente, fiondandosi verso le altre due uscite, ignorando gli ordini degli ufficiali.

Mentre la folla si sparpagliava, Gumby cercò ovunque la sua donnina dai capelli corvini. C'era talmente tanto baccano che non riusciva a parlare con il resto della squadra, ma non c'era bisogno di comunicare: erano tutti alla ricerca di Sidney.

Poi sentì urla e ringhi provenienti dal centro della stanza.

Gumby alzò lo sguardo e vide un'area recintata, al centro di un magazzino: quando altra gentaglia si tolse di mezzo, realizzò cosa stesse guardando.

Un ring dal diametro di circa cinque metri, circondato da un'alta recinzione di rete metallica. Dentro c'era il motivo per cui si trovava lì: Sidney.

C'era anche un enorme pitbull, feroce e furioso, che faceva di tutto per raggiungerla.

Gumby spinse letteralmente via due uomini e un bambino mentre si dirigeva verso la recinzione, con gli occhi puntati su Sidney. "Resisti, Sid," mormorò. "Ti prego, resisti."

Quando Kujo e Thor erano balzati nel ring, Sidney era rimasta paralizzata dal terrore per il modo in cui i due animali si erano gettati immediatamente l'uno contro l'altro. Aveva sentito lo scatto dei loro denti mentre si affrontavano; si era allontanata il più possibile, pur rimanendo fuori dalla portata degli spettatori e dei loro coltelli.

Per un attimo i due cani erano sembrati più interessati a sbranarsi a vicenda che a rivoltarsi contro di lei. Il sangue schizzava in ogni direzione quando uno dei cani scuoteva la testa, imbrattando Sidney, ma lei non avvertiva nemmeno la sensazione del sangue sulla pelle: non riusciva a distogliere lo sguardo dallo scontro che stava avvenendo di fronte a lei.

Kujo era riuscito a dilaniare la gola di Thor troppo in fretta. La vista era estremamente feroce; al pari di ogni spettatore in sala, Sidney fissò la scena come ipnotizzata. Le si riempirono gli occhi di lacrime alla vista della resistenza di Thor farsi sempre più debole.

Quando fu ovvio che Thor non avrebbe vinto l'incontro, una parte della folla andò su tutte le furie, iniziando a strepitare e inveire. Sidney vide il passaggio dei soldi guadagnati col sangue, quelli che avevano scommesso su Thor li diedero a chi aveva scommesso su Kujo.

Sentì vagamente Victor gridare: "Il combattimento non è ancora finito! È il momento di un incentivo!"

Quando qualcosa le colpì la gamba, Sidney si voltò e vide un uomo con una pistola puntata su di lei. Spalancò gli occhi, poi sentì qualcosa che le punse la schiena.

Si voltò rapidamente e notò un altro tizio con una pistola in mano. In un attimo sembrava che tutti stringessero una pistola in pugno: ma le stavano davvero *sparando*?

Poi sentì Kujo guaire. Si voltò di nuovo verso il cane e capì solo allora che gli spettatori non stavano sparando pallottole vere, erano più dei pallini... o qualcosa di simile.

Kujo fu colpito da un altro pallino: si girò verso Sidney e ringhiò.

"Oh, cazzo," imprecò lei sottovoce, prima di urlare quando il pitbull si mosse verso di lei.

"No!" urlò. "Kujo, seduto!" gli disse disperatamente, ma il cane si limitò a ringhiare e ad avanzare con passi lenti e minacciosi verso di lei.

Prima che fosse pronta, Kujo le saltò addosso.

Sidney si girò di lato istintivamente e gli sferrò un calcio, colpendo il cane nel quarto posteriore. La bestia cambiò la direzione del balzo, ma non si lasciò scoraggiare: si scagliò di nuovo verso di lei, mordendole un polpaccio.

Sidney urlò dal dolore, doveva trovare assolutamente una via di fuga.

Picchiò l'animale sulla testa, cercando di convincerlo a lasciarla andare: il dolore alla gamba era talmente lancinante che si sentiva svenire, ma resistette: se fosse caduta, la belva le avrebbe dilaniato la gola.

Poi la folla ricominciò a colpire Kujo con quei dannati pallini. Il cane scosse la testa e guaì, lasciandole andare la gamba.

Libera dalle fauci del cane, Sidney corse verso il recinto, i coltelli e i bastoni non la spaventavano più come prima. Doveva sottrarsi dalle zanne di Kujo; dato che i cani non potevano arrampicarsi, poteva salvarsi solo arrampicandosi sulla recinzione, fino a raggiungere la parte in alto.

I proprietari, infatti, avevano creato una specie di soffitto fatto di rete metallica, pensando di impedirle le fuga; ma non avevano considerato che se lei avesse raggiunto quel punto, avrebbe evitato sia il cane che gli spettatori intorno alla recinzione. Si sarebbe potuta aggrappare alla rete e penzolare come un bambino nella scala orizzontale di un parco giochi... infernale.

Mentre cercava disperatamente di arrampicarsi con la gamba dolorante, gli spettatori le ghignavano in faccia, le sputarono addosso ridendo e fecero tutto il possibile per farla cadere, una volta indovinate le sue intenzioni. Scossero la recinzione e cercarono di colpirla con i loro pugnali.

Sidney ignorò i bastardi e si arrampicò per sopravvivere. Se solo fosse riuscita ad arrivare in cima, sarebbe stata salva...

...Beh, ok, non proprio: in breve Victor e gli altri avrebbero trovato un modo per farla cadere e farle affrontare ancora Kujo, ma Sidney avrebbe fatto qualunque cosa pur di *non* sentire di nuovo le zanne del cane sulla pelle.

Nel giro di pochi istanti, il rumore e l'atmosfera nella stanza cambiarono radicalmente: il pubblico non applaudiva e rideva più, si levarono alte grida di panico.

Sidney ignorò tutto e tutti e continuò la scalata, voleva solo allontanarsi dal cane che ringhiava e saltava sotto di lei, tentando di morderla. Gli spettatori avevano smesso di tormentarla ma lei era troppo concentrata sul salvarsi la pelle per porsi domande sul cosa fosse successo.

Una volta raggiunta la cima della recinzione, si fermò; le dita le facevano male per la rete metallica e la gamba le pulsava in modo insopportabile. Il sangue colava dalla ferita, sgocciolando su Kujo, che continuava a saltare verso di lei a fauci spalancate.

Sidney sapeva che non poteva resistere ancora a lungo, aveva già i crampi alle dita.

Stava per morire, proprio lì, proprio in quel momento... tra le fauci di uno degli animali che aveva tentato di salvare per tutta una vita.

———

Gumby corse come un forsennato verso il ring, cercò in tutti i modi di trovare un ingresso, senza successo. Finalmente notò un cancelletto con un grande lucchetto sul lato opposto rispetto a quello dove penzolava Sidney: lei si trovava a circa tre metri da terra ed era praticamente nuda, ma quel dettaglio non lo preoccupò al momento. Era più concentrato sull'enorme cane ricoperto di sangue che stava facendo di tutto per raggiungerla.

Raggiunse il cancelletto nello stesso momento in cui arrivò anche Ace; Gumby alzò una gamba e sferrò un potente calcio che fece vibrare tutta la recinzione, Sidney lanciò uno strillo.

"Merda," mormorò.

"Togliti, ci penso io," disse Ace mostrando un taglia-bulloni.

Gumby si spostò e gli chiese: "Ma dove cazzo lo hai preso?"

Ace posizionò le ganasce dell'attrezzo intorno al lucchetto che teneva chiuso il cancelletto e rispose: "Me l'ha dato Garnham prima di entrare in questo posto di merda, ha detto che poteva tornarci utile."

Gumby benedì mentalmente il detective per quell'intuizione. Con la coda dell'occhio vide Rocco correre intorno alla recinzione, verso una Sidney ancora aggrappata in alto. L'amico fece un salto e scalò rapidamente la recinzione, riuscì ad arrampicarsi con cautela in cima al precario impianto, raggiungendo il punto in cui Sidney lottava per la vita. La rete aveva buchi troppo piccoli per afferrare Sidney, ma Gumby sapeva che le avrebbe parlato, esortandola a resistere: erano arrivati.

La minaccia principale era il cane ringhiante. Per salvare la sua donna, Gumby doveva disfarsi dell'animale; senza armi, però, non era un compito semplice. Nel momento in cui il lucchetto cadde a terra, Gumby si spinse all'interno della recinzione. Notò la presenza di un cane morente nell'arena improvvisata, ma non lo degnò di uno sguardo; fissava solo la belva sotto Sidney.

Gumby era pronto ad affrontare il cane a mani nude, ma Phantom lo spinse di lato e in pochi secondi tagliò la gola dell'animale.

Phantom aveva mentito al detective, ma a Gumby non importava; si inoltrò ancora di più nella recinzione, scivolando in una pozza di sangue (sarebbe caduto, se Ace non l'avesse afferrato al volo per un braccio). Non aveva tempo di ringraziare l'amico, si arrampicò in modo disperato per raggiungere Sidney.

La recinzione oscillò con tutto quel peso, ma lui non ci

fece neanche caso. In pochi secondi era accanto a Sidney e stava già elaborando un modo per farli scendere entrambi in tutta sicurezza.

———

Sidney teneva gli occhi serrati mentre impiegava tutte le energie per restare aggrappata al soffitto della recinzione. Le facevano male le dita e la gamba, tremava per lo sforzo di resistere nella presa. Si era ferita anche tutte le dita dei piedi scalando la rete metallica, ma il dolore alla gamba le distoglieva l'attenzione da tutto il resto. Sentì vagamente qualcuno che le parlava con una voce bassa e rassicurante, ma non riusciva ad aprire gli occhi per vedere chi fosse.

Quando qualcosa le toccò la schiena, sussultò e urlò di terrore.

"Sono io, Sidney! Sono qui. Sei al sicuro."

"Decker?" gridò incredula. Sicuramente il dolore le provocava allucinazioni: non era possibile che quello fosse proprio Decker.

"Puoi lasciarti andare e aggrapparti a me?"

Lei aprì gli occhi e sbatté di nuovo le palpebre quando vide Rocco sopra di sé, all'esterno della recinzione, ed erano spariti tutti gli spettatori: nessuno la stava più punzecchiando, deridendo o insultando.

Girò la testa e vide Decker. Era davvero lui!

"Decker!" bofonchiò lei.

"Shhhh. Puoi spostare il braccio e mettermelo intorno al collo? Non ti lascerò cadere. Aggrappati a me."

"No! Kujo!"

"Chi?"

"Il cane! Ci prenderà!"

"È morto, Sid. Dobbiamo portarti giù e farti dare un'occhiata a quella gamba."

Sidney spostò lo sguardo verso il basso e vide Phantom e Ace che li guardavano. Non vide Bubba o Rex, ma sapeva che dovevano essere nei dintorni.

Il corpo immobile e insanguinato di Kujo giaceva sul pavimento.

Sidney registrò tutte le informazioni in un colpo solo. Decker l'aveva trovata... appena in tempo.

Si mosse verso il suo uomo ancora prima di pensare. Lasciò la recinzione con una mano e la avvolse intorno al collo di Decker. Si girò immediatamente e gli avvolse l'altro braccio, fece del proprio meglio per agganciargli anche la gamba sana intorno ai fianchi. Non aveva dubbi che lui sarebbe stato in grado di sorreggerla, non l'avrebbe mai lasciata cadere.

Decker cominciò a scendere lentamente lungo la recinzione. Sidney non aveva idea di come lui riuscisse nell'impresa, visti i piccoli buchi della rete, ma non le importava nemmeno. Sentì delle mani toccarle i fianchi mentre si avvicinavano al pavimento, strinse Decker con ancora più forza. Percepì il secondo in cui lui toccò il suolo con i piedi, poi si diressero verso il cancelletto del ring.

"Mettila giù, Gumby," ordinò una voce.

"Non qui," rispose lui, lei sentì la voce rimbombarle nel petto.

Scoppiò un grido che forzò Sidney a sollevare la testa, per guardare nella direzione da cui proveniva.

Victor era in piedi davanti a Rocco, che era sceso dalla rete dopo Decker; il farabutto stava puntando una pistola contro il SEAL.

Sidney seguì la scena come se si trovasse in lungo tunnel oscuro. Aprì la bocca per urlare, per dire qualcosa, ma non doveva preoccuparsi.

Un attimo prima Victor stava minacciando Rocco, l'attimo dopo era sdraiato sul pavimento, immobile.

Bubba era arrivato da dietro e lo aveva rapidamente disarmato, poi Phantom lo aveva fatto girare e gli aveva sferrato un potente pugno in viso.

Mentre Decker la portava fuori dal ring, diretto verso la porta del magazzino, lei si voltò e vide Rocco che si chinava su Victor e gli controllava il polso.

"Cazzo, non c'è battito," mormorò Rocco mentre tentava la rianimazione.

Sidney si sentiva stordita, notò che i poliziotti avevano catturato parecchi spettatori, li avevano fatti sdraiare o stare tutti in linea con le mani dietro la schiena. Le si spezzò il cuore vedendo tanti bambini, ricordava di averli visti dal ring. Non si erano spaventati, anzi, avevano fatto il tifo e urlato tanto quanto gli adulti.

"Tieni duro, Sid. Va tutto bene," mormorò Decker.

Già, peccato che non fosse proprio vero. Sidney era a pezzi, sia fisicamente che psicologicamente: provava un dolore acuto alla gamba, il ricordo di quanto poco ci fosse mancato per essere sbranata da Kujo le fece accelerare il respiro e sentì l'acquolina in bocca. "Sto per vomitare," avvertì Decker, pochi secondi prima di farlo.

Purtroppo lui non la lasciò andare, così lei gli vomitò lungo tutta la spalla, la schiena e il braccio. Mugolò per quanto si sentiva orribile, oltre al dolore, aveva vomitato sul SEAL e se ne vergognava.

Quando il dolore e l'umiliazione cominciarono a sopraffarla, insieme al ritorno delle vertigini, Sidney si abbandonò volentieri all'oscurità.

Gumby avvertì il momento esatto in cui Sidney gli svenne tra le braccia. In realtà era sollevato, la ferita alla gamba era seria ma per fortuna il cane non gliel'aveva fatta a brandelli. Si avvicinò rapidamente a una delle ambulanze e ringraziò mentalmente i paramedici che non cercarono di fermarlo mentre entrava con Sidney tra le braccia e la adagiava su una barella. Si inginocchiò vicino alla testa della sua donna e rimase a guardare mentre i paramedici si mettevano al lavoro per medicarla.

Sidney rimase a occhi chiusi, Gumby sospirò sollevato. Lei aveva perso molto sangue dalla gamba; dopo averla disinfettata, i paramedici le avrebbero messo sicuramente un po' di punti, ma comunque poteva andarle molto peggio.

Circa tre minuti dopo, Ace infilò la testa nell'ambulanza e gli fece segno di uscire per parlargli. Gumby non voleva lasciare Sidney, ma sapeva che l'amico non avrebbe chiesto di parlare in privato se non fosse stato importante.

"*Non* andatevene senza di me," borbottò ai paramedici. "Torno subito."

"Le diamo circa quattro minuti," gli disse uno degli uomini mentre si occupava di una flebo da infilarle nel braccio.

"Tornerò," gli rispose Gumby, poi si allontanò e saltò a terra. Nel momento in cui si voltò verso Ace, l'altro uomo cominciò a parlare.

"Victor è morto. Il pugno di Phantom gli ha fatto esplodere le vene nel cervello, causandogli un'emorragia interna."

Gumby era contento che quel pezzo di merda fosse morto. Avrebbe voluto farlo soffrire di più, ma al momento poteva solo essere felice per il fatto che Sidney non dovesse più trovarsi faccia a faccia con quell'uomo. "Phantom sarà nei guai?"

Ace scosse la testa. "Non ha usato il coltello che si portava dietro, Garnham ha assistito a tutta la scena. Ha visto Victor puntare la pistola contro Rocco. Sa che è stata autodifesa."

Gumby annuì.

"L'altro stronzo, Dallas, è stato preso mentre scappava ed è stato identificato da altri uomini presenti."

"Sono stati trovati altri cani?"

"Solo morti," gli disse Ace.

"E i bambini?"

Ace sospirò. "Fanno parte delle bande che si occupano dei combattimenti tra cani. Non sono minimamente traumatizzati da quanto è successo, erano più preoccupati di liberarsi della droga che si passavano di mano in mano."

"Cazzo," esclamò Gumby.

"È un peccato. Voglio dire, so che crescere i bambini non è semplice, ma quei ragazzini come faranno a crescere bene dopo esperienze del genere? Sono già desensibilizzati dalla sofferenza dei cani, sono stati quasi testimoni di una donna fatta a pezzi davanti ai loro occhi. Se non sono traumatizzati da eventi simili, dubito diventeranno uomini onesti e produttivi per la società."

Gumby era d'accordo, ma al momento non gliene fregava niente di quei bambini. Pensava solo a Sidney.

"Quindi si è chiuso il giro? Con Victor morto e Dallas in custodia finisce tutto, giusto?"

Ace fece spallucce. "Sì, ma il detective è sicuro che qualcun altro riprenderà da dove hanno interrotto."

"Fottuti combattimenti tra cani," imprecò Gumby.

"Come sta Sidney?" gli chiese Ace.

"Non è troppo grave, ma non sta proprio benissimo," rispose onestamente Gumby all'amico. "Se non fosse riuscita ad arrampicarsi sulla recinzione, quel cane l'avrebbe sbranata."

"Merda..."

"Sì."

"Vado a prenderti dei vestiti puliti," gli disse Ace. "Mi assicurerò anche che Hannah stia bene. Ti serve altro?"

Gumby tirò un sospiro di sollievo. Onestamente, non

aveva pensato ad altro che a Sidney. Si sentiva in colpa per non aver dedicato nemmeno un pensiero ad Hannah, ma la circostanza di pericolo lo giustificava. "No, tutto bene. Non darti troppa pena, posso trovare un paio di camici all'ospedale tra poco."

"Fanculo," gli disse Ace. "Come se andassimo tutti a casa a farci un pisolino quando la tua donna è ferita."

Gumby annuì. Era bello avere amici tanto leali. "Non so quanto tempo ci vorrà per sapere qualcosa da un dottore," disse ad Ace.

"Non importa. Ci saremo."

"Signore? Siamo pronti a partire," gli disse uno dei paramedici dall'interno dell'ambulanza.

"Vai," ordinò Ace. "Vi raggiungeremo all'ospedale."

Gumby annuì e si girò per risalire sul retro dell'ambulanza. Si sedette accanto a Sidney e si sforzò di mantenere la calma di fronte alla vista: lei aveva due flebo, una per braccio, un collare a C (messo per precauzione), le avevano tolto il reggiseno e sistemato una coperta sul petto. La gamba ferita era stata ricoperta da fasce ed era collegata a ogni sorta di macchine che emettevano segnali acustici.

Sidney era ancora incosciente, Gumby pensò che in quel momento fosse meglio così. Le prese delicatamente una mano, facendo una smorfia per i lividi che le vide sul palmo e sulle dita.

Senza badare all'uomo seduto accanto a lui, Gumby si chinò e portò le labbra all'orecchio di Sidney. "Resisti, Sid. Ti amo."

A quelle parole, lei gli strinse le dita per un secondo prima di rilassarsi di nuovo.

Andava bene così. Sidney lo aveva sentito, Gumby sapeva che tutto sarebbe andato per il meglio.

CAPITOLO 19

Sidney sorrise a Decker. Le ultime due settimane non erano state proprio il massimo, ma la vicinanza di Decker le rendeva qualsiasi cambio di benda o dolore molto più tollerabile da affrontare.

Non si trattava solo di Decker, Sidney adorava anche la vicinanza degli altri SEAL. Durante la permanenza in ospedale, Ace le aveva fatto visita quasi quanto Decker; anche Phantom, Bubba, Rex e Rocco andavano spesso a farle compagnia, rallegrandole le giornate.

Le avevano dovuto mettere più di cento punti nella gamba, per ricucire la ferita provocata dal morso. Poi la ferita si era infettata, il dolore scatenato dalla pulizia giornaliera era quasi intollerabile. Sidney doveva restare poco tempo in ospedale, ma alla fine erano trascorse due settimane con i bravi medici che si affaccendavano in tutti i modi per contrastare e curare l'infezione.

Sidney si era resa conto di essere fortunata: sapeva che le sarebbe potuta andare molto peggio, anche se era difficile mantenere un pensiero positivo di fronte a tanto dolore.

Nora le aveva fatto visita, Sidney si era divertita un mondo scoprendo che l'amica si era portata a casa uno degli infermieri: avevano fatto due chiacchiere in corridoio e Nora aveva sfoggiato il suo talento più grande... quello seduttivo.

Era passata anche Faith, le aveva detto quanto fosse dispiaciuta per tutto quello che era successo, ma tra le due si era instaurata una strana atmosfera. Sidney si sentiva orribile per come si era comportata in tutto quel casino, aveva ignorato gli avvertimenti dell'amica sul non farsi coinvolgere in prima persona nel tentativo di salvare i cani.

Poi aveva ricevuto le visite di un'altra squadra SEAL, con le rispettive compagne. Per primi erano passati Caroline e il marito, Wolf. Da quel giorno Sidney aveva conosciuto le altre coppie della squadra: Abe e Alabama, Cookie e Fiona, Mozart e Summer, Benny e Jessyka, Dude e Cheyenne. Erano passati persino il comandante di quella squadra e la moglie Julie.

Sidney credeva che a vedere tutta quella gente si sarebbe sentita in imbarazzo, invece si era sentita molto accudita.

Comunque, tra tutte le visite, prediligeva quella di Caite. La nuova migliore amica le faceva visita quasi tutti i giorni, tenendola sempre aggiornata su quello che succedeva a Dallas e agli altri partecipanti ai combattimenti tra cani. Decker non amava parlare di tale argomento, credeva che fosse meglio tenere Sidney all'oscuro, ma lei voleva sapere e dunque era contenta di sentire gli aggiornamenti da Caite.

Dallas era ancora in prigione, ma i poliziotti non avevano nulla di concreto per muovere accuse contro la maggior parte degli spettatori trovati nel magazzino; non erano riusciti a trovare un modo per dimostrare a chi appartenesse la droga trovata sul pavimento. Sidney era stata in grado di riconoscere gli uomini che l'avevano rapita e sbattuta nel ring, ma gli altri spettatori erano stati rilasciati in mancanza di accuse.

Grazie al cielo Phantom non era stato accusato per la morte di Victor, il detective Garnham aveva garantito che il SEAL si era mosso per legittima difesa. Sidney ricordava a malapena quello che era successo, perché era troppo traumatizzata in quel momento.

Ma la parte migliore delle ultime due settimane era Decker.

Venti minuti prima, lui l'aveva portata fuori dall'ospedale dopo un ultimo controllo per i punti. Sarebbe tornata per fare altri controlli in futuro, ma era stata dimessa ufficialmente. Il pick-up di Decker era proprio di fronte all'ingresso dell'ospedale, lui l'aveva presa in braccio con delicatezza e l'aveva fatta accomodare sul sedile anteriore. In quel momento, erano quasi arrivati a casa di Decker.

"Stai bene?" le chiese, lanciandole un'occhiata.

"Sì." Era così, infatti. Sidney sentiva ancora male alla gamba, ma migliorava di giorno in giorno.

Lei voleva dirgli qualcosa di importante, ma non ne aveva avuto la possibilità mentre era in convalescenza, tra le visite continue e gli interventi medici non aveva mai trovato il momento adatto. Ma più ci pensava, più sentiva che era giunto il momento propizio. Lo scenario non era dei più romantici, ma il fatto che Decker non potesse guardarla con intensità l'avrebbe aiutata a parlare.

"Devo dirti una cosa," gli disse Sidney con dolcezza mentre Decker usciva dal parcheggio dell'ospedale.

"Ok," le disse lui. "Me la dici quando arriviamo a casa, così ti faccio stare comoda?"

"No." Lei pronunciò quella parola con più foga del previsto.

"Va bene. Spara."

Per Sidney affrontare quel discorso si stava rivelando più difficile del previsto. "Quando ero in quella gabbia, aspettando qualsiasi orrore avessero in serbo per me quei farabutti, non riuscivo a pensare ad altro che a quanto ti saresti incazzato con me."

"Sid, no, io..."

"Ti prego, fammi continuare," lo implorò Sidney.

Decker annuì.

"Ho combinato un casino... lo so. Mi hai scongiurato di non andare da sola, ma l'ho fatto comunque. Certo, non sapevo che Victor mi aveva teso una trappola con quella storia dei cuccioli, ma comunque... mentre ero stesa in quella gabbia e sentivo il baccano intorno a me mentre costruivano il ring, conscia di poter essere violentata e uccisa, non riuscivo a smettere di pensare a un grande rimpianto... a qualcosa che non ti avevo detto."

Decker allungò un braccio e le prese una mano ma non disse nulla, Sidney apprezzò.

"Poi, nel momento più pericoloso della mia vita, sei apparso. È stato un miracolo, non riesco ancora a credere a come ti sei mobilitato per trovarmi tanto in fretta. Ero certa che non ce l'avresti fatta in tempo." Fece un respiro profondo e tirò fuori le parole che aveva pensato per settimane. "Ti amo, Decker. Non avevo pianificato di innamorarmi, ma prima che me ne accorgessi, eri diventato la persona più importante della mia vita."

Lui le strinse la mano con vigore.

"Mi dispiace di aver agito di nascosto e di essere andata comunque da quei cuccioli, da sola. Mi dispiace di aver rischiato di coinvolgere anche Caite in quella situazione schifosa. Vorrei averti ascoltato... ho proprio toppato."

Decker si diresse verso il parcheggio di un grande supermercato. C'erano tante persone nei dintorni, eppure si sentivano gli unici due sulla faccia della terra.

Dopo aver parcheggiato il pick-up, Decker si voltò sul sedile per guardare Sidney. Tra di loro c'era la console centrale del veicolo che gli impediva di avvicinarsi troppo a lei, ma Decker si avvicinò e le prese il viso tra le mani. Aveva uno sguardo molto intenso, Sidney si sentì nervosa per quello che lui avrebbe potuto dirle.

"Credo di averti amato dal primo momento in cui ti ho vista. Amo in particolar modo la tua lealtà e tenacia. Amo quanto ti preoccupi per gli animali e la profondità dei tuoi sentimenti. Mi dispiace che tu non mi abbia aspettato, ma questo non diminuisce il mio amore o il mio rispetto per te. Penso che potresti trarre beneficio dal parlare con qualcuno di quello che hai passato da piccola, e di come tutto ciò si è manifestato nella persona che sei oggi, ma non importa cosa sceglierai, io ci sarò sempre per te."

Sidney tirò un sospiro di sollievo. Accettava pienamente il pensiero di parlare con uno psicologo: forse parlare con qualcuno che non la conosceva personalmente sarebbe stato anche più facile.

Decker frugò un istante in tasca prima di voltarsi verso di lei.

Aprì il palmo della mano: c'era un anello solitario con diamante a taglio princess.

Sidney sobbalzò per la sorpresa.

"Ti amo, Sid. Niente conta più di te, nella mia vita... farei di tutto per tenerti al sicuro e darti tutto quello che desideri. Ti appoggerei in tutto ciò che vuoi fare. Vuoi sposarmi? So che essere la moglie di un SEAL della marina non è per niente semplice, ma giuro che farò tutto il necessario per alleggerirti il carico. Non ti tradirò mai, farò tutto il possibile per assicurarmi di tornare a casa da te dopo ogni missione. Non posso promettere, ma..."

"Sì," lo interruppe Sidney senza fiato.

"Sì?"

"Sì!" confermò lei.

Il viso di Decker si illuminò con un sorriso radioso, Sidney non se lo sarebbe mai dimenticato. Lui le prese la mano e le infilò l'anello al dito: le stava perfettamente, Sidney era incredula per quanto se lo sentisse perfetto.

"Che cazzo... ti amo," le disse Decker con un filo di voce

prima di baciarle l'anello, poi le prese di nuovo il viso tra le mani e la baciò con infinita passione.

Quando si tirò indietro, entrambi respiravano a fatica. Si erano baciati molte volte dopo il casino di Victor, ma quel bacio in particolare sembrava diverso da tutti gli altri: era un bacio che sapeva di promessa, di un nuovo inizio.

"Non avevo programmato di farlo qui," borbottò Decker mentre si aggiustava l'uccello nei pantaloni e si rivolgeva verso il volante.

Sidney ridacchiò, poi fissò il nuovo anello. Non riusciva a togliergli gli occhi di dosso, talmente le piaceva: probabilmente era di circa un carato, per lei significava il mondo. Era perfetto.

"Non voglio aspettare così tanto per sposarmi," le disse Decker mentre usciva dal parcheggio. "Ma sicuramente mio padre e la mia matrigna vorranno esserci... anche mio fratello. Sto pensando che forse potremmo fare una piccola cerimonia sulla spiaggia dietro casa con la squadra, la mia famiglia e chiunque tu voglia invitare. Di sicuro inviteremo Faith e Nora. Magari anche Jude?"

Sidney sorrise. Non aveva mai pensato veramente a sposarsi, quindi non aveva pensato a che tipo di cerimonia volesse fare... ma un matrimonio sulla spiaggia le sembrava semplicemente perfetto. "Possono venire anche Wolf e la sua squadra?"

Decker sorrise come se con quella domanda lei gli avesse appena rallegrato la giornata. "Chiunque tu voglia, tesoro."

"Non ti merito," gli disse lei.

"Sbagliato. Ci meritiamo l'un l'altra," le rispose con un sorriso.

Sidney gli prese la mano e la tenne stretta per il resto del tragitto verso casa.

———

Gumby si sentiva al settimo cielo. Le ultime due settimane erano state difficili, ma il comandante North era stato molto comprensivo e gli aveva dato molto tempo libero per stare con Sidney mentre lei si riprendeva. Si era anche assicurato che la squadra non fosse destinata a nessuna missione mentre lei era ancora in convalescenza. Gumby sapeva che sarebbe terminata presto quella tregua dal lavoro, dal momento che Sidney era tornata a casa, ma si sarebbe preoccupato di un'imminente partenza solo quando si sarebbe presentato il momento.

Non avevano ancora deciso i dettagli su come far trasferire Sidney a casa di Gumby, ma visto che si sarebbero sposati quello era diventato un punto irrilevante. Avevano tutto il tempo del mondo per capire come organizzarsi.

Il ragazzo che doveva prendere il posto di Sidney al parco roulotte aveva iniziato ad arrangiarsi prima del previsto, poiché Sidney era in ospedale, e se la cavava alla grande.

Gumby aveva chiesto a Max di terminare la ristrutturazione dell'ultimo piano della casa sulla spiaggia, nel modo in cui avevano deciso lui e Sidney. Gumby desiderava che la casa fosse pronta per la sua donna, quando sarebbe uscita dall'ospedale, in modo da farla sentire totalmente a suo agio. Per terminare la ristrutturazione in tempo, Max aveva lavorato con la sua squadra giorno e notte, ma tutto era risultato esattamente come pianificato (incluso il bagno, con un'enorme doccia in grado di accogliere senza problemi due persone.)

Max voleva ancora assumere Sidney, le aveva persino portato i documenti da compilare mentre era in ospedale. Quando si sarebbe sentita pronta, lei avrebbe potuto iniziare a seguire una delle squadre di Max. Avrebbe dovuto fare attenzione, i primi tempi, non poteva salire su scale o assumersi incarichi pesanti, ma il dottore aveva rassicurato entrambi dicendo che presto Sidney avrebbe potuto lavorare senza preoccuparsi troppo.

Gumby accostò il pick-up nel vialetto e le disse: "Non muoverti finché non sono di ritorno."

"Posso camminare, Decker," protestò lei.

"Fare qualche passo sì, ma camminare... mica tanto."

"Come vuoi," mormorò lei.

"Dai, assecondami," la supplicò Gumby.

Lei annuì, lui scese dal pick-up e la raggiunse. Quando notò il luccichio dell'anello che lei portava al dito, Gumby sentì il cuore gonfiarsi d'amore.

Lui la prese in braccio come se fossero già sposati, lei gli avvolse le braccia intorno al collo. Gumby chiuse la portiera del veicolo con un colpo d'anca e si diresse verso il portico anteriore. Una volta lì, la fece scendere e si assicurò che lei si reggesse in piedi senza fatica, prima di aprire la porta di casa.

Nelle settimane in cui Sidney era stata in ospedale, Hannah era guarita quasi miracolosamente. La ferita sulla schiena aveva assunto una tonalità di rosa molto chiaro e non sembrava provocarle più dolore. Le erano guariti anche i cuscinetti delle zampe, a tal punto che la veterinaria aveva dato il via libera alle scorrazzate sulla spiaggia. Hannah adorava giocare tra le onde e correre in lungo e in largo, mentre abbaiava con gioia. Era una cagnolina completamente diversa rispetto alla bestiola ferita e tremante che Gumby aveva accolto in casa tante settimane prima.

Gumby non vedeva l'ora che Sidney vedesse i progressi di Hannah, e che Hannah rivedesse la sua donnina preferita.

Inserì la chiave nella porta e la aprì per far entrare Sidney.

Hannah abbaiò con entusiasmo e danzò sul posto, nell'ingresso, compiendo innumerevoli giri su se stessa dall'emozione.

Ma anziché essere al settimo cielo per le feste della cagnolina, Sidney era terrorizzata: indietreggiò contro il petto di Gumby e poi gli girò rapidamente intorno, finì dietro di lui e lo usò come fosse una sorta di barriera tra lei e Hannah.

Gumby si girò immediatamente e trascinò Sidney contro di lui, non appena sentì che le cedettero le gambe si adagiò a terra con delicatezza: lei gli stava in grembo, gli aveva nascosto il viso contro il petto. La sentì tremare, rimase confuso per quella reazione tanto inaspettata.

Nel momento in cui realizzò che Sidney era spaventata da *Hannah,* gli si spezzò il cuore.

La cagnolina mugolò e si sdraiò sulla pancia, poi strisciò verso gli umani con tristi mugolii. Proprio non capiva come mai i suoi umani non la stessero salutando. Sfiorò il gomito di Gumby con il naso.

"Sid?" le chiese a bassa voce

"Per un secondo, io... ero di nuovo lì," sussurrò lei. "In quel ring... Non appena ho visto Hannah, ho pensato che stesse per mordermi."

"Non lo farebbe mai, ti vuole bene."

"Sì, ma appena l'ho vista, ho risentito il dolore provocato dal morso di quel cane."

"Dammi la mano," le ordinò con dolcezza Gumby. Lei fece subito quanto detto, lui fu subito rincuorato da tanta fiducia. Gumby mosse lentamente le loro mani incrociate sulla testa di Hannah. Come se il pitbull potesse percepire la paura di Sidney, rimase immobile.

Sidney era ancora un po' inquieta in grembo a Decker, ma continuava ad accarezzare la testa di Hannah con le loro mani giunte. "Vedi? È solo la nostra Hannah. Non ti morderà."

Sidney fece un respiro profondo; Gumby era convinto che tutto sarebbe andato per il meglio.

Quella donna era coraggiosa, l'aveva sempre pensato, dalla prima volta in cui l'aveva vista mentre affrontava un uomo grosso il doppio di lei, ma in quel momento ne ebbe un'ulteriore conferma. Lei cominciò ad accarezzare Hannah da sola, così lui abbassò la mano e le cinse la vita.

"Mi sembra che stia meglio," commentò Sidney dopo qualche minuto. Era sempre attenta, ma non tremava più.

"Sì. La veterinaria dice che sta guarendo benissimo."

Mentre parlavano, Hannah iniziò a scodinzolare e si avvicinò ancora di più a loro.

Gumby ridacchiò quando il pitbull gli appoggiò la testa sul ginocchio e guardò Sidney come se fosse tutto, per lei.

"Non posso tornare ad agire come facevo prima di questo casino," gli disse Sidney a bassa voce, mentre guardava Hannah.

"Che intendi?" le chiese Gumby.

"Avevi ragione... è stupido inseguire da sola chi maltratta gli animali, è ovvio. Pensavo che se fossi stata attenta, me la sarei cavata, ma sono stata ingenua. Avrei potuto mettere in pericolo Caite, te e tutti gli altri. Ma questo non è tutto." Sidney alzò lo sguardo verso Gumby. "Avevo paura, Decker. Ero paralizzata dal terrore... quei cani nel ring non potevano essere salvati, ormai il loro processo era irreversibile. Non avrei potuto salvarli, qualunque cosa avessi fatto."

"Lo so," le disse Gumby con dolcezza, sentendosi triste ma anche sollevato per il fatto che finalmente Sidney ci fosse arrivata da sola.

"Pensavo che tu fossi prepotente, quel giorno ero tanto arrabbiata con te... ciò ha aumentato la mia idiozia. Mi avevi persino *detto* che saresti venuto con me, ma io ho comunque dovuto fare di testa mia. Mi dispiace tanto."

Gumby le baciò una tempia. "Hai fatto un errore. Non devi scusarti."

"Sì, invece. Avrei dovuto capire che volevi solo il meglio per me."

"Scuse accettate," le disse Gumby, desideroso di andare avanti.

Lei tornò a guardare Hannah. "Voglio continuare a lavorare per salvare gli animali maltrattati, ma non mi schiererò più in prima persona. Parlerò con Faith per vedere se vuole ancora che la aiuti. Magari posso aiutarla con le adozioni, o qualcosa di simile."

"Penso che sia un'ottima idea," le disse Gumby.

Mentre continuava a guardare la cagnolina, lei gli chiese: "E se non riuscissi a fare nemmeno questo? E se ora fossi terrorizzata da ogni cane?"

"Non succederà."

"Come fai a saperlo?" gli chiese Sidney, guardandolo con grandi occhi lucidi. "Guarda come ho reagito con Hannah, e la *conosco*."

"Datti un po' di tregua, tesoro. È il primo cane con cui entri in contatto da quando sei stata morsa, appartiene alla stessa razza. Ti ci vorrà del tempo, ma so che ce la farai a superare questa paura. Non sarai più la stessa persona di prima, ma non è un male. Va bene che tu abbia acquisito un po' di cautela quando si tratta di cani maltrattati e di animali in generale. Non preoccuparti... ti conosco, ti riprenderai. Te lo garantisco."

"Cosa ho fatto per meritarti?" gli chiese Sidney a bassa voce dopo qualche istante di silenzio commosso.

Gumby decise di non risponderle e si limitò a dirle: "Dai, andiamo sul divano. Ti preparo il pranzo e puoi fare un pisolino."

"Non sono stanca," si lamentò lei, smentita da un grande sbadiglio.

Gumby sorrise, era meglio non contraddirla; si sfilò da sotto di lei e si alzò, poi l'aiutò ad alzarsi in piedi. "Calma, Hannah," disse rivolto al pitbull, quando l'animale balzò sulle zampe in attesa di giocare.

Vide Sidney trasalire sul momento, ma poi lei allungò coraggiosamente una mano verso Hannah e sorrise quando la cagnolina la leccò.

Gumby la circondava con un braccio mentre la accompagnava al divano e la faceva accomodare, le fece appoggiare i piedi su un cuscinetto posto sopra il tavolino. Hannah saltò sul cuscino accanto a lei, sul divano, lui stava per mandarla via quando Sidney gli disse: "Va bene, lasciala qui."

"Se ti infastidisce troppo, avvisami."

"Certo. Decker?"

"Sì?"

"Ti amo."

Gumby sospirò. Non si sarebbe mai stancato di sentire quelle belle parole. "Anch'io ti amo, Sid. Ora rilassati un po' mentre ti preparo qualcosa da mangiare."

"Santo cielo, sì. Non vedo l'ora...Il cibo dell'ospedale fa schifo."

Gumby sorrise di nuovo; Sidney aveva ragione, ma tra i pasti che le avevano portato gli amici (anche quelli di Gumby) lei non aveva di certo digiunato in ospedale.

Quando Gumby finì di cucinare un'omelette carica di proteine e la portò nell'altra stanza, trovò Sidney addormentata. Aveva la testa appoggiata allo schienale del divano, Hannah le aveva appoggiato la testa su una coscia. Una mano di Sidney giaceva sulla schiena del pitbull, quando si era addormentata stava sicuramente accarezzando la cagnolina.

Gumby tornò subito in cucina per mettere il piatto in frigo, l'avrebbe riscaldato più tardi. Non riuscì a trattenersi e tornò in soggiorno, poi si sedette vicino a Sidney. Lei si mosse solo per un breve istante quando lui le circondò le spalle con un braccio, spostandosi in modo che la testa di lei gli riposasse sulla spalla piuttosto che sul divano, poi si accomodò di nuovo.

Era metà pomeriggio, Gumby sapeva di dover tornare alla base perché il comandante aveva annunciato una missione imminente, ma non riusciva a muoversi.

Nel suo mondo ogni tassello era al posto giusto e non era mai stato tanto felice.

———

Tutti e sei i SEAL della marina studiavano le mappe di fronte a loro come se fosse una questione di vita o di morte, in effetti era proprio così. C'erano in gioco le loro vite e quella della donna che dovevano salvare a Timor Est.

Prima di quella missione, Ace aveva sentito il nome di quel paese giusto un paio di volte. Era un'isola a nord dell'Australia, colonizzata dall'Indonesia. Fino al millenovecentonovantanove c'erano stati numerosi tafferugli e disordini tra i guerriglieri del paese e i militari indonesiani.

Poi Timor Est era entrato a far parte delle Nazioni Unite; a parte alcuni tentativi di assassinio dei primi ministri durante gli anni, la situazione si era fatta più pacifica... fino a quel momento.

Erano scoppiati di nuovo degli scontri tra le fazioni, il paese era piombato di nuovo nel caos. I rinforzi australiani erano intervenuti di nuovo per cercare di ristabilire l'ordine, ma c'erano ancora delle schermaglie che costringevano migliaia di civili a fuggire dalle loro case, soprattutto lontano dalle città più importanti.

In genere, il governo degli Stati Uniti non si sarebbe interessato, né avrebbe coinvolto i SEAL della marina, ma quando erano scoppiati i tumulti c'erano più di cinquanta volontari di Peace Corp[1] nel paese e il governo era stato in grado di evacuarne in tutta sicurezza solo la metà.

Ciò non sarebbe stato ancora sufficiente per coinvolgere i SEAL, ma una delle volontarie scomparse era la figlia di un uomo d'affari locale molto influente, con legami a Washington, Quel tipo non era stato in grado di mettersi in contatto con la figlia per una settimana, così aveva chiesto tutti i favori possibili... e quindi ecco la squadra in volo verso Timor Est, per vedere se riuscivano a ritrovare la volontaria scomparsa.

La squadra era stata in grado di individuare la posizione

della casa in cui aveva vissuto la ragazza e della scuola dove aveva insegnato inglese, concludendo che sarebbe stata una missione abbastanza semplice. Il luogo si trovava in una regione montuosa, a quanto pare una delle roccaforti dei ribelli. I SEAL non sarebbero penetrati nel paese per ingaggiare uno scontro, anche se erano pronti a difendersi: avevano ricevuto l'ordine di recuperare Kalee Solberg e andarsene.

"È sorta una complicazione," disse con aria turbata il comandante Storm North alla squadra.

Ace sospirò. Ogni volta capitavano delle complicazioni... era una scocciatura, ma prevedibile.

"Kalee ha ricevuto una visita prima che scoppiasse il casino, si tratta di una delle migliori amiche del college."

"Merda," borbottò Rocco sottovoce.

Ace non disse nulla ma la pensava come il compagno. Salvare una persona era già complicato, ma recuperarne due raddoppiava i problemi.

"Piper Johnson ha trentadue anni, altezza e peso nella media, capelli biondi, occhi azzurri. È una fumettista, le sue strisce sono state pubblicate sul *New York Times*, sul *Wall Street Journal* ed è famosa anche sui social media." Il comandante distribuì i fogli informativi alla squadra e proseguì.

Ace girò il foglio, riconoscendo immediatamente la vignetta in cima alla pagina. Era satira politica, divertente senza essere maligna. Fece scorrere lo sguardo verso il fondo del foglio... e sbatté le palpebre.

In quella foto Piper Johnson stava ridendo per qualcosa, con gli occhi chiusi e la testa buttata all'indietro.

La pura gioia che le illuminava il viso era splendida.

Ace sentì l'impulso improvviso di scoprire cosa ci fosse di tanto esilarante, per poter condividere con lei quella felicità.

Il SEAL si stupì di se stesso, che strana reazione di fronte a una foto... Lui era un professionista, un soldato addestrato;

Piper era solo un incarico. Non aveva mai provato una reazione simile, per un incarico.

Si concentrò su ciò che stava dicendo il comandante.

"...inoltre, non si hanno notizie da più di una settimana. La vostra missione principale è trovare Kalee e portarla a casa, ma state all'erta per trovare anche Piper Johnson. Ci sono domande?"

Mentre il resto della squadra poneva varie domande al comandante, Ace tornò a fissare la foto della bionda. Sperava con tutte le forze che fosse riuscita a mettersi in salvo e a lasciare il paese, in qualche modo. Trovarsi nel bel mezzo di una guerra civile non era il massimo per nessuno, specialmente per qualcuno che portava in sé tanta gioia e allegria come Piper Johnson.

———

Piper Johnson trattenne il respiro mentre i ribelli calpestavano le travi sopra di lei. Era affamata, sporca e terrorizzata, ma non emise un fiato. Se i ribelli l'avessero scoperta l'avrebbero uccisa, proprio come probabilmente avevano già ucciso Kalee.

Il pensiero dell'amica minacciò di farla scoppiare in lacrime, ma si morse un labbro screpolato e si costrinse a resistere. Era fortunata ad essere viva, ne era ben consapevole, tutto *grazie* a Kalee. Doveva mantenere la calma.

Non solo per lei, ma anche per le ragazzine.

Piper respirò senza emettere un suono e si voltò verso tre paia di occhi scuri che la fissavano. Rani, di quattro anni, era spaventatissima; Sinta, di sette anni, guardava Piper come se avesse in mano una bacchetta magica pronta a sistemare tutto, mentre Kemala, di tredici anni, sembrava ormai rassegnata al peggio.

Piper si portò un dito alle labbra e ricordò alle ragazzine di non fare rumore. Tutte e tre annuirono solennemente.

Quando i ribelli sopra di loro iniziarono a ridere e gridare, Piper chiuse gli occhi e cercò di capire come diavolo fosse finita in quella situazione: era una donna single, sulla trentina, che per lavoro disegnava fumetti spiritosi. In quel momento si trovava incastrata in una sorta di guerra civile... responsabile di tre ragazzine orfane.

Non era una soldatessa, non sapeva nemmeno impugnare una pistola.

Non parlava il portoghese e non riusciva a capire cosa stessero dicendo i soldati sopra di loro.

Sicuramente non aveva uno spiccato istinto materno.

Erano spacciate.

* * *

Acquista subito il libro 4!
Soccorrere Piper

NOTE

CAPITOLO 1

1. Derivato dell'inglese "Gummy", letteralmente "gommoso". [NdT]

CAPITOLO 19

1. Peace Corps è una organizzazione di volontariato internazionale creata dal governo degli Stati Uniti all'inizio della presidenza di John Fitzgerald Kennedy, per aiutare i paesi sottosviluppati. [NdT]

Non tutto quello che scrivo è basato su fatti reali, so che l'avete immaginato. Ma ogni tanto incorporo notizie che leggo o vedo in giro: Hannah rientra tra queste.

Hannah è vera, esiste: ciò che ho descritto nel libro è esattamente ciò che è successo alla vera Hannah. È stata trovata abbandonata sul ciglio di una strada trafficata, come se fosse un sacco di spazzatura. È stata portata dal veterinario, che le ha diagnosticato le stesse ferite che ho riportato nel libro.

Proprio come la Hannah immaginaria, anche la vera Hannah è guarita a meraviglia e vive felice con la mia amica Amy e il nuovo "fratello", un pitbull di nome George.

Il combattimento tra cani è un crimine orrendo e terrificante che esiste ancora oggi, in quasi tutti i paesi. Ci sono migliaia di cani come Hannah, che vogliono solo essere amati e invece vengono crudelmente maltrattati. Con questo non voglio dire che tutti i pitbull siano dolci e docili, no. Penso di averlo dimostrato in questa storia. Ma non sono nemmeno le belve feroci ritratte dai media.

Volevo solo rassicurarvi sul fatto che la vera Hannah è viva e vegeta nella sua nuova casa, proprio come la Hannah immaginaria di questa storia.

310 NOTA DELL'AUTRICE

e vegeta nella sua nuova casa, proprio come la Hannah immaginaria di questa storia.

Proteggere Jessyka
Proteggere Julie
Proteggere Melody
Proteggere il Futuro
Proteggere Kiera
Proteggere i figli di Alabama
Proteggere Dakota

Forze Speciali alle Hawaii

Trovare Elodie
Trovare Lexie
Trovare Kenna (19 Oct 2021)
Trovare Monica (10 Maggio 2022)
Trovare Carly
Trovare Ashlyn
Trovare Jodelle

Mercenari di Montagna

Difendere Allye
Difendere Chloe
Difendere Morgan
Difendere Harlow
Difendere Everly
Difendere Zara
Difendere Raven

Ace Security

Il riscatto di Grace
Il riscatto di Alexis
Il riscatto di Bailey
Il riscatto di Felicity
Il riscatto di Sarah

BIOGRAFIA

L'autrice best seller del *New York Times*, *USA Today,* e *Wall Street Journal*, Susan Stoker ha un cuore grande come lo stato del Texas, dove vive, ma questa tipica ragazza americana ha trascorso gli ultimi quattordici anni vivendo nel Missouri, in California, in Colorado, e nell'Indiana. È sposata con un ex militare dell'esercito, che ora la segue in tutto il Paese.

Ha debuttato con la sua prima serie nel 2014, seguita dalla serie SEAL of Protection, che ha consolidato il suo amore per la scrittura, e la creazione di storie in cui i lettori possono perdersi.

Se ti è piaciuto questo libro, o qualsiasi libro, per favore considera di lasciare una recensione. Gli autori lo apprezzano più di quanto tu possa immaginare.

www.stokeraces.com
susan@stokeraces.com

www.ingramcontent.com/pod-product-compliance
Lightning Source LLC
Chambersburg PA
CBHW060236100726
47907CB00003B/648